제 8권
명도전 전쟁

고조선 역사대하소설

九夷原
구이원

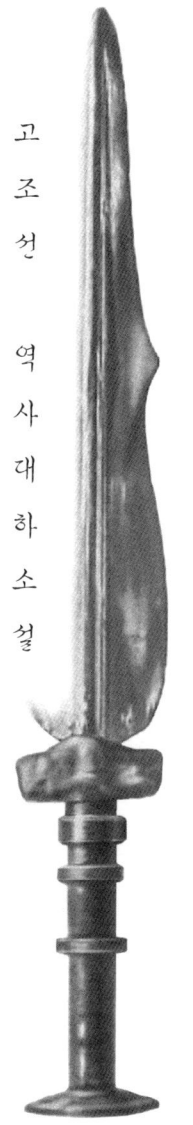

무곡성【武曲星】지음

삼현미디어

흑 림
(黑林)

서 문

"현재를 지배하는 자가 과거를 지배하고 과거를 지배하는 자가 미래를 지배한다."
조지오웰이 '1984'에서 했던 말이다.

고조선, 고구려 시대 우리의 활동 무대였던 구이원(九夷原: 캄차카 반도에서 곤륜산맥에 이르는 광활한 영토)을 잃어버린 것은 애석한 일이나, 고향을 잃고도 기억하지 못하는 우리의 모습을 경계하며 옛 선조의 기상과 포부를 회복하길 바라는 마음으로 '구이원'을 집필하게 되었다.
시대는 단군 조선 말기와 해모수가 부여를 세웠던 시절이며, 고조선의 제후국
오가(五加: 백호국, 청룡국, 주작국, 현무국, 웅가국)와 동호국(國), 흉노국, 번조선, 마한(- 막조선), 동예, 동옥저, 북옥저, 읍루, 구리국, 낙랑국 협객들의 의협행을 모티브로 구이원의 모습을 그려보고자 하였다.

조선의 유학자들은 춘추필법(春秋筆法)의 요지 중 하나인 「중국을 자랑하고 오랑캐의 것을 깎아 내린다」는 원칙으로 서술된 중원의 역사를 비판 없이 그대로 수용함으로써 스스로 선조들을 비하시켜 왔다.
중국의 사서는
우리 땅에 명멸했던 나라들을 예맥(獩貊: 돼지), 흉노(匈奴: 가슴부터

노예), 동호(東胡: 동쪽의 오랑캐), 물길(勿吉: 기분 나쁜 놈), 선비(鮮卑: 분명히 비천한 놈) 등으로 적어왔고

특히, 부여 제후국을 '오가(五加: 우가, 마가, 구가, 저가)'로 기록하고 있다.

이는 고조선과 부여의 문명이 낙후되고 미개한 사회여서가 아니라 중원 사가들이 오가(五加)를 '소, 말, 개, 돼지'라고 낮추어 기록한 것이기에,

필자는 이 책에서 백호가, 청룡가, 주작가, 현무가, 웅가로 이름을 바로 잡았다.

쏟아져 나온 '홍산문화'의 유물과 고구려 고분 벽화의 장엄한 사신도를 보면, 상고시대 배달국과 조선이 고도의 문명국이었음을 알 수 있다.

진시황의 폭정으로 도탄에 빠진 중원의 백성들을 구하고 협객 형가의 복수를 하기 위해,

철기병의 호위 속에 순행 중인 진시황의 마차를 120근 철퇴로 박살 낸 창해신검 여홍의 의거가, 중원을 통일한 후 기고만장한 진시황의 간담을 서늘하게 하고,

이를 본 중원의 백성들이, 신(神)처럼 여겼던 진시황을 더 이상 두려워하지 않고 들불 같은 항거를 일으키게 되었음을 알아야 할 것이다.

구이원(九夷原)의 푸른 하늘에 주작(朱雀)이 날아오를 날을 기다린다.

주작도

아득히 장백산 산록부터 서풍이 강하게
불어오는 몽골의 메마른
하늘가까지
지배하던 신국(神國)의 수호자

고대의 하늘을 날아서 벽화 속에서 잠이
든다

어둡고 캄캄한 석실의 무덤 속에서
길고 긴 시간의 지층을 뚫고
오늘에 깨어나
세계 도처에 흩어진 신국(神國)의 후예들
에게
불멸의 영광된 시간을 기억하게 하고

홍익인간(弘益人間)의 꿈이
모든 들과 산으로 사해(四海)로 무한우주
공간으로 퍼져나가고
저 멀리 북두칠성과 우주의 질서를 교감
하던
혼(魂)을 일깨우노니

불새가 향나무 불속에서 장엄히 몸을
태우고

아름다운 새로 다시 태어나 영원을 날았듯이
너희 겨레도 모든 회의와 나약함을 죽여 버리고
사소한 어려움
반목과 질시를 태워버리고

불새처럼 영원할 것을 기억해주고자 함이니.

목 차

프롤로그

제 8권 명도전 전쟁

뇌바우	1
단오절	14
독제비	49
천일주	66
간신 필구	93
명도전을 되찾다	106
명도전은 고조선의 화폐	139
중립지대 상하운장	143
칠성각 다회	177
육마검	210
상하운장에 이는 풍운	224
무너지는 당가장	253
하간오노	266
흑립방	295
현무와 용가의 전쟁	314
좌두성의 혈전	352

프롤로그

환웅천황이 하늘에서 내려오시기 전, 세상은 말 그대로 혼돈의 세상이었다.

마귀, 요괴, 축생과 인간이 뒤섞여 살며 사람과 짐승의 구별이 없었고, 수간이 빈번하게 행해지다 보니 반인반수의 요괴인간들까지 돌아다녔다.
인간들은 수백만 년을 하늘의 이치와 인간의 도리 그리고 선(善)과 악(惡)을 모르고 오직 추위와 굶주림, 공포 아래 야수(野獸)처럼 살아갔다.
이를 보다 못한 어지신 환웅이 온 우주를 지배하시는 아버지 한울님께 청(請)하여 세상에 내려가 다스릴 포부를 말씀드리고 천부인을 받아
4대신장 풍백, 우사, 운사, 뇌공과 삼천인을 이끌고 신시(神市)를 세우셨다.
환웅께서는 제일 먼저 백두산 천평에 천정(天井)을 파고 나라 이름을
배달국이라 하시며 「홍익인간 이화세계: 세상을 이롭게 하고 이치로 세계를 다스린다」를 개국이념으로 선언하셨다.

이에 구이원(九夷原)의 모든 사람들이 환호하며 환웅천황을 따랐으나
천황을 처음부터 싫어하고 증오하며 저주하는 무리가 있었으니, 그

들은 그동안 혼돈의 세상을 지배하며 거짓과 악행을 일삼던 가달마황과 그를 추종하는 마왕(魔王), 요괴(妖怪), 귀신, 야수(野獸), 식인귀 등으로, 어떻게든 신시(神市)를 파괴하려 했으며 선량한 인간들을 죽이거나 잡아먹고 노예로 부리며 천황의 교화(敎化)를 방해했다.

마침내 이로 인해 선계의 환웅천황과 마계의 가달마황 사이에 인류 최초의 정마전쟁(正魔戰爭)이 일어났다.
그러나 헤아릴 수 없는 긴 세월을 뿌리내린 악의 무리가 너무도 많아
혈전은 수백 년간 교착상태를 이어갔고, 흑마법까지 쓰는 마왕과 요괴들로 인하여 그 피해는 차마 눈뜨고 볼 수 없는 지경에 이르렀다.
이에
천황은 천계의 환인천제께 상주하여, 우주의 칠백 누리를 수호하던 해사자와 원수 게세르 그리고 10천간장(將)과 12지신장(神將)을 데려왔다.
해사자는 태양을 실은 마차(馬車)를 운행하던 마부로 능히 일월성신(日月星辰)의 주천(周天)을 헤아리고 무기는 불 채찍을 사용하였으며,
게세르는 수백 만 천병을 통솔하던 자로 금검(金劍)과 천궁(天弓)을 사용하고
10천간장(將)은 모두 지략이 높고 용맹하며, 12지신장(神將)은 불패의 장사들이었다.
천황이 이들로 하여금 사람들에게 수행법과 단공(丹功), 선(仙)무예를 가르치게 함으로써 선계의 힘이 마도(魔道)의 무리를 압도하게 되었다.
마지막으로 천황과 가달마황의 결투는 건곤일척의 승부였는데 천황은 천부신공(天府神功)으로 가달마공을 펼치는 마황과 자웅을 겨루

었다.
싸움은 개벽 이래 정마(正魔)간의 가장 큰 격투였다. 하늘은 천둥과 벼락이 칠일칠야(七日七夜)를 내리쳤고, 땅은 속불이 터져 갈라지고 꺼졌다. 사람들과 마귀, 요괴, 짐승들은 모두 숨을 죽이고 떨며 싸움이 끝나기만을 기다렸다.

드디어 천황이 가달마황의 머리를 잘라 비밀스러운 절지(絶地)에 묻고,
피와 오장육부는 항아리에 담아 해저(海底)의 화옥(火獄)에 가두고 봉인하여 동해의 용왕이 지키도록 하였다.
그리고
신장(神將)들에게 명하여 가달을 따르며 악을 행하던 마왕, 마귀, 요괴, 귀신, 식인귀, 괴수들을 끝까지 추적하여 제거하도록 하였는데,
이때 살아남은 일부 가달의 무리들은 사람이 살 수 없는 북쪽 동토의 땅으로 쫓기고 도망쳐서 흑림(黑林)의 어둡고 추운 지하 동굴과 황량한 계곡, 늪지, 호수에 숨어 선계를 증오하며 수천 년을 견뎌왔다.
그동안 구이원의 배달국과 조선은 수천 년을 은성(殷盛)하며 태평성대를 누렸고,
가달 무리는 보이지 않아 사람들은 이 세상에서 그들이 영원히 사라진 줄 알았으나
마도(魔道)는 없어지지 않았으며 오히려 그 수가 불어 가달마황을 신(神)으로 받드는 가달마교를 조직해 세상을 차지하려고 넘보고 있었다.

삼신교(- 仙敎)가 문란해진 조선 마지막 47대 고열가 단제의 조선은 열국시대에 접어들었고 가달마교의 세력은 최고조(最高潮)에 달

했다.
소설 '구이원'은 당시 조선(朝鮮) 열국의 선협(仙俠: 협객)들의 이야기이다.

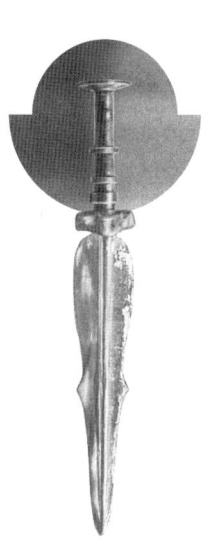

뇌바우

삼(三)은 배달국과 조선의 우주관을 상징하는 수로 천지인(天地人)의 이치를 표상한다. 이에 단군께서는 조선을 삼(三)조선으로 나누어 통치하였는데 이를 삼한관경제(三韓管境制)라고 부른다. 조선의 진한(眞韓: 진조선 또는 진국, 신국神國), 마한(馬韓: 막조선) 번한(番韓: 번조선)이 그것이다.
진한은 단군(檀君: 天王)이 직접 통치하고, 그 보좌역인 번한, 마한은 부(副)단군격인 가한(- 왕)을 두었다.
웅가(熊加), 청룡가, 백호가, 주작가, 현무가는 진한의 다섯 제후국이다.

단군왕검께서 치두남(蚩頭男)을 번조선(- 번한) 왕으로 분봉했다. 단제는 치우천황의 후손 치두남을 만나 보신 후, 그 용맹과 지혜를 기특하게 여겨 번한의 왕으로 임명하고 중원의 우순(虞舜) 정치를 감독하게 하셨다.
당시 요임금(唐堯: 당나라), 순임금(虞舜: 우나라)은 단군조선의 제후였다.
치두남은 경자(庚子: BC 2301)년, 요하(- 古代의 난하)주위에 왕검, 영지, 탕지, 용도, 거용, 한성, 개평, 대방, 백제, 장령, 여성, 갈산 12개 성(城)을 쌓고
그 중(中)「왕검」을 도성으로 정하셨는데, 후일 왕검성이라 불리었다.

참고　번조선은 기자(奇子)조선으로 불렸다. 여기서 기자(奇子)의 의미는「**태양의 아들**」을 의미한다.
　　　이 기자를 흔히 은나라가 망한 후 조선으로 망명 온 기자(箕子)로 혼동하여 왔다.
　　　황하 부근의 은나라도 조선과 같이 한울님을 믿는 선교(仙敎)를 받들고 있었으며
　　　「한울님」은 배달의 자손으로 한민족이면 누구나 배우지 않아도 알고 믿는 우주의 주재자였고 유일신이었다.

은(殷)의 왕족 기자(箕子)는 서화(西華: 개봉 남쪽 100km 지점에 기자 독서대가 있음)에 살았으나, 나라가 주(周)에 망한 후 탄압에 직면하자
번조선 제32 세 기자(奇子) 45년, 충복(忠僕) 강달과 궁흠 등 50인을 거느리고 동쪽으로 왔다.
이에 기자(奇子) 솔귀가,
은(殷)의 기자(箕子)를 가련히 여겨 요서 한쪽에 거주하도록 허락하시니, 기자(箕子)를 추종하는 자들만 수유지방에 모여 살게 되었다.

후일 제34 세 기자(奇子) 노단(魯丹) 때에는, 기자(箕子)의 아들까지 망명해 왔다.

사실이 이러하나, 화하(華夏)의 사학자들은 일찍부터 기자(箕子)가 조선의 왕이 되어 미개한 조선을 문명화시켰느니, 무리 5천을 이끌고 한반도 조선으로 왔다느니 하는 왜곡(歪曲)을 남발해 왔다. 그리고

기자(箕子)의 망명과는 다르게 당시에는 조선에서 학문을 배우고 돌아간 중원의 학생들도 많았다.

번조선 제30 세 기자(奇子) 서우여 시절, 천조(天朝: 진조선)의 단제는 제22 세 색불루였다. 번조선은 문물이 번창하여 태평성대였고 각 성의 소도와 경당에는 중원과 수십 개국 학생들이 유학을 하고 있었다.

당시 중원은, 수백 년 이어진 춘추전국시대의 무도한 정치와 전란을 피해

조선으로 몸을 피했다가 돌아간 자들이 그 수를 헤아릴 수 없을 정도였고

그 중,

여불위 밑에 있던 감나(甘奈: 12세에 재상이 됨)라는 소년도 번조선에서 수학하고 돌아갔으나 중원의 사가들은 늘 그렇듯, 이 사실을 천연덕스럽게 숨기고 「감나」라는 열두 살 천재가 있었다고만 전하였다.

무인(戊寅: 단기1451)년, 제43 세 기자(奇子) 누사가 진조선에 들어가 단군 내휴(- 제30 세)를 뵌 후

태자 등올, 소자(少子) 등리와 함께 별궁에서 지내다 형제에게 노래를 지어 올렸다.

兄頌愛其弟	형은 아우를 칭찬하고 사랑하며
弟必慕其兄	아우는 반드시 형을 우러러 받드소서
常以毫毛事	늘, 작은 일로
莫傷骨肉情	골육의 정(情)을 상하지 마소서
馬猶同槽食	말도 한 구유에서 먹고
雁亦一行成	기러기도 한 줄로 가니
寶室雖去樂	방에서 놀더라도
婦言愼勿聽	간사한 말은 삼가 듣지 마소서

뇌가(雷家)는 배달국에 이어 조선에서도 조정에 나아가 오래도록 무장으로 구이원을 지켜오다
이십대 조(祖) 시절, 모든 관직을 내려놓고 왕검성 밖 뇌호산 아래로 이주해 왔는데
그때부터 선조들은 농사를 지으며 살아왔고 뇌바우 아버지 대(代)에 와서는 아주 농사꾼이 되어있었다.
어머니 체동은 왕검성 학사로 있다 초야(草野)에 은거한 체숙의 외동딸로,
양친(兩親)이 모두 병으로 돌아가시자 친척의 주선으로 뇌상과 혼인했다. 농사 일이 없을 때 뇌바우는 어머니 체동으로부터 글을 배웠다.
뇌상은 아들 뇌바우가 농부가 되길 바라며 글은 농사에 별 도움이

되지 않으니 배울 필요가 없다고 하였으나, 체동은 뇌바우가 왕검성(城)의 관리나 학자가 되었으면 했다.
뇌바우는 올해 열여섯 살이었고, 키는 그 나이 아이들과 비슷했으나 어깨가 넓고 통뼈여서 힘이 장사였다.
부모님이 논에 가시면 전날 배운 글을 땅바닥에 쓰고 지우며 혼자 지냈다.
어느 날 글 연습이 따분해진 뇌바우가 글씨를 쓰던 막대기를 휙 던졌다.
"아이, 재미없어! 따분해. 어머니는 왜, 글을 배우라고 하시는지 모르겠어. 난 사냥꾼이 되고 싶은데. 심심해. 뭐 재미있는 일이 없을까?"
하고 둘러보다
마당 한편을 가로지르고 있는 빨래 줄로 달려가, 줄을 받친 장대를 뽑아들고
"얏! 내 창을 받아라!"
하며
휘둘러 댔다. 그러나 장대가 여기저기 부딪치며 줄에 걸려있던 빨래들이 바닥에 떨어졌다.
'아이쿠, 큰일 났다! 이를 어쩌나. 빨래가..'
뇌바우는 장대를 다시 꽂고 부지런히 빨래들을 털어 다시 걸어놓았다.
한 참이 지나
"휴, 혼났네."
하고 토방에 걸터앉은 뇌바우는 뒷산을 멍하니 바라보다
'그래! 오늘 저 뇌호산 정상에 가봐야겠다.'

고 하며 달려 나갔다. 전부터 꼭 한번 올라가 봐야지 하던 산이었다.
꼬박 두 시진이 넘게 걸렸다. 산꼭대기에 오르고 보니 멀리 왕검성이 보였다.
모든 것이 다 발 아래에 있었다. 뇌바우는 가슴이 절로 펴지고 시원해졌다.
"아.. 좋다!"
뇌바우는 한참을 구경하다, 넓적한 거북이 등 같이 생긴 바위를 발견하고 그 위에 누워 보았다. 넓고 파란 하늘이 두 눈에 가득 들어왔다.
'아, 하늘이 어쩜 저렇게 파랄까? 한울님이 계시는 곳이라 그럴까?'
하며
가만히 눈을 감자 더없이 향긋한 바람이 얼굴을 어루만지며 지나갔고
이어, 가슴에 작은 구멍들이 뚫리면서 부드러운 바람이 스며들자 뇌바우는 저도 모르게 깜박 잠이 들고 말았다. 한참 후 시끄러운 소리에 눈을 뜨자
하늘에 기러기 떼 수 천 마리가 열을 지어 서쪽으로, 서쪽으로 날아가고 있었다. 장관이었다. 새들이 나는 걸 이렇게 가까이서 보기는 처음이었다.
바로 위로 날아가고 있어 손만 뻗으면 잡을 수 있을 것 같았는데 어떤 아이가 뇌바우의 얼굴을 아슬아슬하게 스치듯 지나가자, 깜짝 놀라 일어났다.
해는 아직 하늘에 걸려 있었지만, 얼마 지나지 않아 산(山) 뒤로 사라질 것이다.

뇌바우는 기러기들이 어쩌면 지고 있는 해를 따라가고 있을지도 모른다고 생각했다.
그때 앞서가던 대장 기러기가 갑자기 휘익- 솟구쳐 오르다 몸을 뒤집자
"꺄악-!"
하고 청아한 소리가 온 하늘에 울려 퍼졌다. 이에 뒤따르던 기러기들이
"꺄악-!"
하고 화답(和答)하며 높이 솟구치는 순간
'아! 시간이 너무 흘렀다. 깜빡 했어. 맹수들이 나올 텐데, 내려가야지.'
하며 정신을 차린 뇌바우가 일어서다 맞은편 아래쪽에서 뭔가를 발견했다.
거석(巨石)이었는데 뇌바우는 그것이 큰 고인돌이라는 것을 알아봤다.
그러나 보통의 고인돌 보다는 유난히 커보였다.
'와! 고인돌 봐. 누구 묘일까?
돌이 큰 걸 보면 생전(生前)에 훌륭한 사람이었을 거야. 맞은편엔 가보지 못했는데, 한 번 가볼까? 아냐, 오늘은 너무 늦었으니 내일 가보자.'
뇌바우는 부지런히 산을 내려왔다. 집에 돌아와 아버지께 뒷산 이야기를 하자, 어머니가 듣고 야단을 쳤다.
"바우야,
뇌호산엔 호랑이, 늑대들이 있다. 가면 안 된다. 그래서 산(山) 이름도 뇌호(雷虎) 아니냐. 다시는 혼자 산(山)에 가지 말거라."

뇌바우는

아까 본 고인돌에 가보겠다고 말하려다, 아무래도 혼날 것 같아 네 - 하고 입을 꽉 다물었으나 내내 고인돌 생각이 났다. 다음날, 부모님이 일을 하러 나가자마자 호신용으로 낫을 집어 들고 집을 나섰다.

산을 넘어가는 건 힘도 들고 짐승을 만날 것 같아, 멀리 돌아가기로 했다.

그러나 길은 고개를 세 개나 넘어야 하는 숲길이었고, 사람들이 많이 다니는 길도 아니었다.

걸음을 빨리해 오시(午時: 오전 11시 반)가 되어서야 겨우 고인돌에 도착했다.

고인돌은 정말 컸다. 길이 5장, 폭 2장의 받침돌 두 개 위에 덮개석이 올려 있었는데, 뇌바우의 집보다 커 보였다. 주변은 수풀이 무성했고 세워진지 수천 년은 되어 보였으나 누구의 묘인지는 알 수 없었다.

'훌륭한 분의 묘임에 틀림없어. 그런데 다른 영웅(英雄)들의 고인돌처럼 잘 보이는 평원(平原)에 세우지 않고, 왜 이런 깊은 산속에 세웠을까?'

고인돌의 이모저모를 구경하던 뇌바우는 배가 고파 고인돌 아래의 입석에 기대 앉아 주먹밥을 먹기 시작했다.

다리를 뻗고 밥을 먹던 뇌바우는 등을 기댄 바위가 어째, 조금씩 뒤로 움직이는 것 같이 느껴져 바위를 자세히 살펴보니 다른 받침돌은 하나의 바위를 깎아 만든 것인데, 자기가 기댄 돌은 한 개의 돌이 아니라, 가로가 석자 정도 되는 각기 다른 돌을 조립한 것이었다.

뭔가 느낌이 온 뇌바우가 기댔던 돌을 힘껏 밀자 돌이 조금씩 뒤로 밀려갔고, 돌을 다 밀고 나자 그 자리에 지하로 내려가는 계단이 나타났다.
"앗...!"
밑은 캄캄했다. 뇌바우는 부싯돌로 횃불을 만들어 들고 내려갔다. 계단 아래는 큰 석실이었고 벽에는 불을 붙일 수 있는 오래된 등잔이 있었다.
뇌바우가 갸웃하며 불을 붙여 보았는데 신기하게도 금방 불이 붙었다.
석실이 환하게 밝혀지자, 용맹한 장수들이 마신, 마귀들과 싸우는 벽화가 눈에 들어왔다.
그림은 너무나 생생하여, 모두 살아 움직이는 듯 보였는데, 북쪽 벽 앞에 제단이 있고 그 위에 관(棺)이 하나 놓여있었다. 먼지가 수북이 쌓여 있어 털어내고 보니 「뇌호(雷虎) 장군」이라고 쓰여 있었다.
'뇌호 장군? 정말 이상하다. 산이 뇌호산(山)인데, 이분 이름도 뇌호네. 나와 성이 같은데 누구실까. 이런 깊은 산속에 계시다니.'
뇌바우는 아버지로부터 이곳 고인돌 이야기를 한 번도 들은 적이 없었다.
조상들의 고인돌은 십리 밖의 「뇌가(雷家) 묘역」에 있다는 걸 알고 있었고 이곳에 뇌씨 묘가 있다는 건 듣지 못했다. 뇌바우는 생각했다.
'누군지는 모르나 큰 고인돌로 보아 위대한 분일거야. 예(禮)를 갖추고 절을 올려야겠다. 어머니도 영웅들의 묘를 보면 그냥 지나치지 말고 「솔가지」라도 하나 꺾어 올리고 참배(參拜)하라고 말씀 하셨잖

아.'
하고 공손하게 절을 올린 후, 제단을 보니 뒤로 거대한 천문도가 그려져 있었다.
밤하늘을 그대로 옮겨 놓은 듯한 웅장함에 넋을 잃고 한참을 응시하던 뇌바우가 북두칠성(北斗七星) 자리의 요철(凹凸)을 발견하고 다가가 이리저리 만지자 스르르르 하고 벽이 열리며 밀실이 나타났다.
'어? 여긴 또 뭘까?'
안에는 탁자가 있었고 넓적한 뼈들이 쌓여있었는데, 모두 호랑이 뼈였다.
그런데 뼈의 넓적한 면에 그림들이 그려져 있어 손바닥으로 슥슥 문질렀다.
"앗?"
뇌바우의 눈에 「뇌가창법」이라는 제목과 설명 그리고 창을 든 용사들의 그림이 들어왔는데, 글은 녹도문이었다. 뇌바우는 어머니에게 녹도문을 배운 적이 있었다.
뇌바우가 얼른 다른 뼈들을 살펴보니 모두가 창술(槍術) 그림이었다.
뇌바우는 벼락이 스친 듯 전율(戰慄)을 느끼며, 자기도 모르게 왼손으로 호갑골(骨)을 들고 오른손으로 그림의 창술(槍術)을 흉내 내기 시작했다.
몇 시진 동안 창법에 빠져든 뇌바우는 호갑골(骨)을 집으로 가져갈까 고민하다 부피가 크고 너무 많아서 눈을 딱 감고 달달 외워버렸다.
그러나 창이 없어 아쉬웠던 뇌바우는 창(槍)을 대신할 만한 걸 찾

다,
시렁에 걸린 가죽을 혹시나 하고 끌러보았는데 7척(- 2m)의 길지 않은 철창(鐵槍)이 들어있었다. 25근(- 15kg) 정도 되었으나, 통뼈에 어깨가 넓고 힘이 센 뇌바우는 한 손에 꽉 잡히는 느낌이 들어 좋았다.

창을 휘둘러보니 손에 감기는 맛이 기가 막혔다. 호갑골을 들고 나온 뇌바우는 신나게 연습하며 시간 가는 줄 모르고 고인돌 속에서 하루 밤을 보냈다.

창법을 대강 익힌 뇌바우가 묘(墓)에서 올라와 고인돌의 받침돌을 밀어 제자리를 맞추어 놓고 보니, 밖은 거의 저녁이 되어가고 있었다.

뇌바우는 하루 하고도 반이 지나갔다는 사실에 깜짝 놀라 부모님을 떠올리며 정신없이 내달렸다. 대문을 들어서자 마루에 멍하니 앉아 있던 어머니가 맨발로 달려 나와 뇌바우를 붙들고 울면서 두들겨 팼다.

"이 녀석, 어딜 갔던 게냐!"

"어머니.."

"이놈아!"

이를 지켜보던 아버지가

"여보, 이제 그만 하시오!"

하며

"바우야, 들어와라. 어디서 뭘 했는지 들어보자."

뇌바우는 그 순간만은 아버지 목소리가 한울님의 말씀처럼 느껴졌다.

"네!"

하고 방으로 들자 어머니도 따라 들어왔다. 아버지가 어머니를 나무랐다.
"당신답지 않게 이야기를 들어보지도 않고 애부터 잡다니, 참."
뇌바우는
고인돌과 묘를 발견하고 창술을 연마 했다는 걸 이야기하고 창을 보여드렸다. 놀란 어머니와 달리, 아버지는 신음을 삼키며 엄숙한 표정을 지었다. 아버지는 평소 보았던 순박한 농부의 모습이 아니었다.
"아, 하늘의 안배인가! 바우야, 네가 뵌 분은 우리의 조상이신 뇌호장군이시다.
그분은 치우천황의 팔십일 형제 가운데 한 분이며, 청구(靑丘)국 7대 장군의 한 분이셨다.
바우야, 뇌가는 배달국에 이어 단조(檀朝)에 들어서도 무장의 가문으로 명성을 날려 왔으나,
나로부터 이십대 조(祖) 뇌현 할아버지가 조정의 일에 싫증을 느끼신 후 모든 관직을 버리고 이곳 뇌호산 아래로 이사 오셨단다. 그 후
자손들은 무공을 배우지 않고 농사만 짓고 조용히 살아왔다. 옛 어른들께서
「이렇게 저렇게
구전(口傳)으로 내려온 사대신장(四大神將) 뇌공의 창술을 무(武)의 기재, 뇌호님이 정리하신 후 뇌가창법이라고 명명한 일이 있다」 말씀하셨는데, 네가 그걸 발견하고 익힌 것이다. 그 산은 늘 짙은 안개가 끼어있고 마귀들이 출몰하는 곳이어서, 선문(仙門)에서 결계를 치고

뇌호 할아버지의 고인돌을 세워 마(魔)의 기운을 제압했다는 전설이 있다.

창은 치우천황 때 「마마차」라는 구이원 최고의 여(女)대장장이가 천일 기도를 올린 후,

3년 동안 벼락으로 날을 벼린 창이라고 전해지며, 마귀와 요괴들 모두 그 「벼락창」 앞에만 서면 한 줌의 기운도 모을 수 없었다고 한다.

그리고 비급을 석실에 두고 온 것은 정말 잘 한 일이고, 네가 벼락창(槍)을 얻은 것은 뇌호 할아버지처럼 의로운 길을 가라는 하늘의 뜻일 게다."

뇌바우는 자세를 바로하고 아버지의 당부를 가슴 속 깊이 새겼다.

"네"

그날 이후 뇌바우는 밤낮을 가리지 않고 온 정신을 집중하여 창법을 연마했다.

단오절(端午節)

5월 5일 단오는 옛말로 「수리」라고 하는데, 수리란 고상신(高上神) 등을 의미하는 것이니 수리 날은 '신의 날', '최고의 날'이라는 뜻일 것이다.
단오와 칠석제는 수천 년 전부터 큰 명절이어서 조선 조정과 열국 어디서나 소도에 나아가 천제를 올렸고 각 가정에서도 차례를 드렸다.
남자들은 씨름 등의 놀이로 하루를 즐겼고, 여인들은 창포에 머리를 감고 그네를 탔다.
뇌바우는 왕검성(城)에서 열리는 단오제(祭)를 구경하기 위하여 집을 나섰다. 벼락창(槍)은 어머니가 만들어 준 가죽싸개로 싸서 동여맸다.
어머니께 함께 구경 가자고 말씀드렸으나
"나는 어릴 적에 성에 살아서 단오제를 많이 봤고, 또 오늘은 아버지와 할 일이 많단다.
너 혼자 가고, 다녀오는 길에 시장에서 바늘, 단추를 좀 사다주렴."

뇌바우가 궁금해 하며 여쭈었다.
"네, 그런데 하실 일이 뭐에요?
"응, 오시(午時)에 대추나무를 시집보내야 해. 그래야 대추가 많이 열린단다."
뇌바우는 신기했다.
"나무를 어떻게 하는 건데요?"
"두 갈래로 뻗은 가지 사이에 돌을 끼워주는 거야."
"네.."
뇌바우는 왕검성 구경이 처음이라 적잖이 설레었다.
'어머니 말씀이
왕검성은 인파가 넘쳐, 어깨를 부딪칠 수밖에 없고 여름에는 땀을 비처럼 흘리게 된다고 하셨어. 그 어느 성보다 크고 화려하다 하니 굉장할 거야!'
성문은 이른 아침인데 사람들이 구름처럼 몰려들었다. 다양한 차림으로 보아, 단오제를 보기 위해 구이원(九夷原) 각지의 부족들이 찾아온 것이다.
길게 줄을 서서 기다리는 사람들의 얼굴에 희희낙락 즐거움이 가득했고
성을 지키는 병사들도 오늘 만큼은 검문을 대강하며 사람들을 들이고 있었다.

나흘 전, 가한 기윤은 단오제를 맞이해 대신과 시종들에게 단오선(扇: 부채)을 하사하시며
"이번 단오는 특별히 성대하게 치르도록 하라."

고 지시를 내렸기에 병사들도 위에서 내려준 「수리떡」을 먹으며 여유롭게 근무를 하고 있었다.
성에 들어온 뇌바우는 건물들과 사람들을 구경하느라 정신이 없었다.
인파(人波)에 이리저리 떠밀려 다니다 동쪽 광장에 군중들이 잔뜩 몰려있어 달려가 보니, 「왕검성 장사 씨름대회」가 열리고 있었다.
씨름은 단오 최대의 구경거리였다. 시합을 주관하는 본부석 옆 은행나무에 커다란 황소가 매어져 있었다. 우승자에게 줄 상품일 것이다.
대회장은 인산인해였다. 각지에서 온 선수들의 면면(面面)을 보니 하나같이 몸이 크고 힘이 좋아 보이는 장사들이었는데, 그들의 근육이 꿈틀댈 때마다 깜짝 놀란 여인네들의 눈이 흘끔흘끔 돌아갔고 시합 중(中), 그들이 선보이는 절묘한 기술에 저절로 탄성이 터져 나왔다.
뇌바우도 손과 발로 흉내를 내보며 고개를 끄덕였다. 대회장은 시간이 갈수록 열기를 더해갔다.
"와!"
"우!"
"저.. 덩치 큰 시커먼 장사(壯士)가 우승할 것 같아."
"에이, 저기 바위 같은 어깨를 가진 자가 이길 걸?"
뇌바우도 침을 삼키며 몇 번이나 뛰쳐나갈까 하다 꾹 참았다.
'아냐,
오늘은 그냥 구경만 하자. 그런데, 한 일도 없이 배가 고프네? 어머니 심부름을 하고 식사를 해야지.'
뇌바우는 씨름장을 나와 바늘, 단추를 산 후 광장 서편에 있는 「풀각시 주루」로 갔다. 안에는 벌써 많은 사람들이 식사를 하고 있었다.

뇌바우가 막 자리를 잡고 앉자, 등 뒤에서 여자들의 이야기 소리가 들려왔다.

"언니, 저녁에 가면극이 있대요. 제목이 「팔세아(八歲兒)」래요. 우리 보러가요."

"팔세아? 항탁 대선사님 이야기구나."

"이백여 년 전, 대흉산 귀혼애(崖)에서 흑교마왕을 토벌하신 항탁대선사님이요?"

"그래, 선사님의 어릴 적 이야기를 극화(劇化)한 모양이다. 재미있겠다."

"큰 언니, 선사님은 어릴 때 대단하셨나요?"

"그럼, 여덟 살 때 중원의 공자를 깨우쳐 주신 적도 있고, 그 후 심산유곡에서 수행할 때 중원의 학자들이 선사님의 재주를 시기하여 여러 차례 살수들을 보내 암살하려 했으나 털끝하나 건드리지 못하고 오히려 놈들이 목숨을 잃었다고 하지. 바로 우리 선도(仙道)가 그들의 유학(儒學)보다 높다는 증거 아니겠니? 항탁님은 조선 최후의 대선인이시다."

"큰 언니.. 노자, 장자 도학(道學)의 원류는 배달국과 조선의 선도(仙道) 아닌가요?"

"노자는 동이계 묘족이 건국한 초나라 사람이고, 장자는 동이계 은나라 유민들이 세운 송나라 사람으로, 두 나라 모두 동이의 선도(仙道)를 따르고 있었으니 두 분의 사상은 그 바탕이 배달의 선도(仙道) 사상에 포섭(包攝: 어떤 개념이 보다 일반적인 개념에 포괄되는 종속관계) 된다고 할 수 있다."
뇌바우는 식사를 하면서 그녀들의 대화에 푹 빠져 들어갔다. 항탁선사 이야기는 어머니 무릎 위에서 재미있게 들어 잘 알고 있는 이야기였다.
외조부 체숙이 왕검성의 학자여서 어머니도 상당한 지식이 있었다. 그래서 뇌바우에게 선교의 교리와 선인들의 일화를 많이 들려주었다.
뇌바우가 호기심에 살짝 돌아보니 두 사람은 강호의 복장을 하고 있었다.
언니는 스물다섯쯤 보였고 동생은 자기와 비슷한 십육칠 세 정도였다.
언니는 차분한 기품의 미인이었고 동생은 귀여운 얼굴에 호기심 가득한 눈이 영롱하게 반짝였다.
"언니, 식사하고 어디로 가실 거예요?"
"음,
장로님과 당주님들이 부탁하신 물건들을 산 후, 일토산(山) 소도의 산현선사님께 신모(神母)님 편지를 전해드리고 내일 빨리 돌아가자."
"언니! 내일이요? 어휴.. 어떻게 그럴 수가!"
"왜?"
언니가 천연덕스러운 표정으로 묻자 답답한 듯 가슴을 쿵 치며 말했다.
"북옥저 깊고 깊은 차구산 신녀국(國)에서 여기 왕검성에 오는 일이 어디 쉬운 일인가요?
운 좋게, 평생 한 번 올까 말까한 곳에 왔으니 볼 것 다보고 돌아가야죠. 네에?"
"호호호호, 너 하는 것 봐서 생각을 해보지."
애교 섞인 소리가 들렸다.
"언니, 나 말 잘 들을게요. 네?"
"그래, 알았다. 그럼 물건들은 내일 일토산(山)에 다녀온 후 사기로 하고, 오늘은 첫날이니 얼른 먹고 그네뛰기 대회장으로 구경 가보자."
"네, 좋아요"
잠시 후 신녀들은 주루를 나갔다.
뇌바우도
'원래, 신녀국(國) 신녀들이었군. 나도 그네타기 구경이나 해볼까?'
하며 식사를 마치고 주루를 나왔다.
뇌바우는 걸음을 재촉하다 강호의 인물 넷이 바쁘게 가는 걸 발견했다.
둘은 여자, 나머진 남자들이었다. 남자 둘은 태양혈(太陽穴: 관자놀이혈. 극한의 수련으로 관자근筋과 관자동맥貫子動脈이 굵어지면 불룩해짐)이 솟은 걸 보니 외가 고수로 느껴졌고, 여인 둘은 등에 검을 매고 있었다.
둘은, 십육 세 정도의 앳된 소녀와 다섯 살쯤 위의 평범한 외모를 가진 여인이었으나
모두 덕지덕지 칠한 분(粉)과 좌우로 엉덩이를 콱콱 찍는 걸음에서 칙칙하고 요사한 기운이 흐르고 있었다. 뇌바우는 눈을 떼기 어려웠으나 이내

'내가 뭘 보고 있지?'
하고 머리를 흔들며 둘 다 좋은 사람은 아닌 것 같다는 생각을 했다.
그네타기 대회장은 남쪽 숲에 있었다. 수백 평 잔디밭에 십장이 넘는 나무 두 그루가 1개 조(組)로, 네 개의 전나무가 하늘 높이 솟아 있었는데,
주변의 나무를 모두 베고 그네를 매달 나무들만 남겨놓았다는 걸 알 수 있었다.
신록의 계절이라 사방은 녹음이 짙었다. 전나무 두 그루의 7장 높이에 단단한 나무를 가로로 대어 양끝을 고정시키고 동아줄로 그네를 매달고 있었다. 벌써 한편 그네에는 두 명의 여인이 타고 있었다.
쌍그네 타기였다. 뇌바우가 곁에 있는 사람에게 물었다.
"벌써 시작했나요?"
"아니, 지금은 분위기를 살리기 위해서 작년에 상(賞)을 받은 댕기머리 처녀 둘이 대회 전(前)에 솜씨를 보이는 것이라네. 쌍그네 타기가 끝나면 바로 시작될 것일세."
두 처녀가 교대로 발을 구를 때마다 그네가 씽씽 솟아오르며 창공을 날았다.
"아!"
"정말 잘 탄다."
"야, 간이 오그라든다."
"와!"
하는 탄성을 뚫고 쌍그네 위에서 꾀꼬리 같은 노래 소리가 들려왔다.

「 님뱃중 님뱃중
　곰뱃중 곰뱃중
　달래종을 꺾으랴 곤륜산이 어디냐
　마늘종을 꺾으랴 묘향산이 어디냐
　님뱃중 님뱃중
　곰뱃중 곰뱃중
　검정콩을 심으랴 강낭콩을 심으랴 」

그네타기 대회는 여인들이 두 채의 그네를 뛰며 실력(實力)을 뽐내면 본부석의 성주 부인과 관료 부인 다섯이 점수를 매겨 우승자를 가렸다.
본부석에는 우승자와 참가자들에게 줄 비단 일백 필과 푸짐한 상품들이 준비되어 있었다. 작년 우승자들의 쌍그네 시연이 끝나자 시합은 바로 진행되었다.
시합이 시작되고 곱게 차려입은 처자들이 창공을 차면 치마폭이 바람에 멋지게 날렸다.
군중 속에서 넋을 잃고 감탄하던 뇌바우는 우연히, 건너편 숲의 구경꾼들 속에서 신녀국(國) 신녀들을 발견하고 자리를 그 근처로 옮겼다.
"언니, 나도 탈래."
신녀국은 그네를, 놀이 외에 무예수련의 한 방편으로 생각하였기에 신녀들 모두 그네타기의 명수(名手)라 할 수 있었으나 언니는 허락하지 않았다.
"소별아, 안 돼."

"나 잘 타, 언니"
"그래도 안 돼. 우리는 시합하러 온 게 아니야. 이번 길 역시 신녀국에 필요한 물품을 사는 동시에 구도(求道)의 여정으로 생각해야 해.
잠시라도 마음을 흐트러뜨리면 안 된다. 사인 장로님이 「도(道)는 잠시도 떠날 수 없는 것」이라고 하신 말씀을 너도 잘 알고 있잖니?"
하고 막았으나
"언니.."
하며 우울해 했고, 시간이 한참 지나도 뾰로통한 얼굴이 펴지지 않았다.
언니가 보다 못해
"그래.. 나가봐라."
하자 언제 그랬냐는 듯 소별이 활짝 웃으며 본부석으로 달음박질쳤다.
뇌바우가 웃었다.
'하하하하.. 수행하는 신녀(神女)라면서 우리 동네의 처녀들과 똑같네!'
처자들이 순서대로 타고 마침내 소별의 차례가 왔다. 그런데 다른 쪽 그네를 보니 아까 봤던 네 명의 강호인 중 어린 소녀가 그네를 타고 있었다.
소녀가 그네를 타자 군중(群衆)이 갑자기 조용해졌다. 뇌바우가 한 남자에게 물었다.
"저 왼쪽 소녀는 누구예요?"
"번조선 우현왕(王) 도바바의 딸 하나네. 못되기로 왕검성에서 제일이지.
도바바는 귀화한 연나라 사람으로, 대왕 기윤님의 총애를 받고 있는 번조선의 실세이네.
하냐는 못된 것들 셋과 어울려 왕검사요(王儉四妖)라고 불리고 있네.
하냐가 이곳에 나타났으니 다른 것들도 분명 왔을 거네. 오늘 꽤나 시끄럽겠군."

도바바는 연(燕)의 간신으로, 악행이 발각되자 번조선으로 기어 들어왔는데,
기윤이 그의 간교한 언변에 홀려 받아들이자, 기윤의 가려운 곳을 긁어주고 입 안의 혀처럼 처신하며 우현왕(王)의 자리까지 오른 자였다.
어느 날, 도바바는 연(燕)에서 사온 「두미」라는 어린 기녀(妓女)에게
"태아궁(宮)에 들어가 촌닭 같은 조선 계집들을 틀어쥐고 내명부를 장악하라."
이르며 기윤에게 바치고, 제나라 녹림의 여(女)왈패 코로를 불러들였다.
"코로야, 연과 제는 틀렸다. 물 좋은 조선으로 들어와라. 이들은 툭하면 수행 어쩌고 하면서 산(山)이나 찾아다니는 덜 떨어진 것들이며
겉으로는 선인(仙人)입네 하나 속으로는 매관매직과 우리 중원의 매춘, 도박, 협잡, 타락, 사치를 흉내 내느라 정신 줄을 다 놓아버렸느니라."

"아! 덜 떨어진 것들이라는 말씀이.."
"그래, 나의 머리와 네 무공(武功)이면 조선에서 노예를 부리며 떵떵거리고 살 수 있다는 뜻이니라."
는 말에
"그럼, 거기가 바로 천국 아닙니까?"
하며
자기의 5대조(祖) 역시 조선 사람이라고 둘러대고 들어와 도바바의 수족으로 일하기 시작했다.
이것이, 산동 서산(鼠山)에서 악명을 날리던 자서왕(紫鼠王)의 제자 코로가
쥬치, 우찌와 도바바의 딸 하나를 끼워 사요(四妖)로 구성하고, 왕검성을 주름잡으며 갖은 악행(惡行)을 저지르고 다닐 수 있었던 사연이었다.
그 후, 정숙한 비첩들만 겪어본 기윤은 화려한 미모에 가무와 기예 그리고
중원 기녀들의 소양 과목, 소녀경(少女經)에 통달한 「두미」에게 푹 빠지고 말았다. 두미와 놀면 시간이 어찌 가는지 모를 정도로 황홀했다.
'한 번 가면 다시 오지 않는 인생, 재미없는 인의(仁義)의 도(道)보다 색도(色道)를 구하리라!'
남녀가 희롱하고 교합하는 일에 능란한 두미가, 마르고 닳도록 회춘과 성(性)만을 탐닉하는 기윤의 마음을 사로잡는 것은 일도 아니었다.

뇌바우는 고개를 끄덕이며 이곳에 올 때 보았던 세 사람을 떠올렸다.
'역시, 내 느낌이 맞았구나.'
그동안 두 쌍의 그네는 창공을 훨훨 날았다. 소별은 한껏 흥겨웠다. 긴 그네를 박차며 제비처럼 솟구쳤다가 내려와 다시 하늘 높이 올랐다.
그런데 솟구친 그네 위에서 소별이 갑자기 반대로 돌아 발을 구르자
사람들은 모두 그네에서 떨어지는 줄 알고 간이 오그라들다 소별이 묘기를 부린 걸 알고 와! 하고 탄성을 지르며 우레와 같은 박수를 쳤다.
"대단해. 우승은 저 소녀가 틀림없어."
묘기는 계속 되었다.
그네를 구르며 앉았다 서는 건 기본이고 두 발로 발판에 거꾸로 매달리거나,
제비돌기까지 하는 소별의 묘기에 사람들은 입이 짝 찢어지며 정신이 반쯤 나가버렸다.
옆에서 그네를 타고 있던 하냐는 짜증이 났다. 어디서 촌닭 같은 애가 나타나 자기가 어찌해볼 수 없는 기량(技倆)을 보이며 인기를 끌자,
졸지에 비 맞은 장닭처럼 초라해지면서 면(面: 체면)이 서질 않았다.
"우승 상품, 비단 백 필은 내 거야."
하고
집을 나섰던 하냐는 화가 부글부글 끓어오르자, 한 발로 딛고 왼손으로 줄을 잡은 후, 소별 쪽으로 그네를 굴리며 오른발로 소별의 오

금을 향해 난폭하게 걷어찼다.
"떨어져!"
군중은 기겁했고, 언니와 뇌바우는 눈 뜨고 보면서도 어찌해볼 도리가 없었다.
"앗!"
"큰일 났다."
그러나 그네에 올라설 때부터 하냐의 곱지 않은 눈길을 느끼고 있던 신녀국의 「푸른 띠」 고수, 소별은 하냐의 발이 오금을 때리기 직전
왼발을 뻗으며 피했고, 헛발질로 그녀가 옆으로 틀어지며 출렁이자 하냐는 급히 그네 줄을 고쳐 잡고 균형을 잡았다. 사람들이 감탄하며 박수를 쳤다.
"짝짝짝짝짝짝.."
이에
부아가 치민 하냐가 다시 그네를 구르며 집요하게 소별을 공격했고 소별은 그네의 완급을 조절해가며 하냐의 공격을 침착하게 방어했다.
시간이 더 흐르자, 하냐와 소별은 그네 시합은 포기한 채 서로를 떨어뜨리기 위해 권각(拳脚)을 사납게 주고받았다. 싸움은 소별이 조금 유리해 보였다.
그때 사요(四妖)의 나머지 코로, 쥬치, 우찌가 칼을 뽑아들고 소별의 그네로 달려갔다.
대회장은 아수라장이 되었고 군중들은 이들을 피해 뿔뿔이 흩어졌다.
이를 본 신녀 에제니가 몸을 날렸고 한편에서 지켜보던 뇌바우도

에제니의 뒤를 따랐다. 소별의 그네 줄을 노리던 삼요(三妖)는 에제니와 뇌바우가 다가서자 우찌는 에제니를, 코로와 쥬치는 뇌바우를 막아섰다.
코로가 뇌바우를 훑어보며 물었다.
"난 일요(一妖) 코로. 처음 보는데, 너는 누구냐?"
"뇌호산의 뇌바우다."
'뇌호산? 뇌호산은 2백리 밖 깡촌이고, 바우는 한 번도 들어 본 적 없는 이름..'
코로가 타이르듯
"촌놈아, 목숨이 아깝지 않느냐? 남의 일에 함부로 끼어들지 말라!"
고 하자
우찌가 에제니에게 물었다.
"넌 또 누구냐?"
"신녀국 에제니.."
라는 답에
우찌가 크게 웃었다.
"푸훗, 난 또.. 신녀국? 북옥저 산골의 여(女)도사! 난 왕검사요의 셋째 우찌다.
여긴 어쩐 일이냐? 일을 봤으면 구경이나 하고 가지, 뭣 하러 남의 일을 망치냐!"
하며
다짜고짜 검을 휘둘렀다. 우찌의 말투는 어디서도 찾아볼 수 없을 만큼 천박했다. 휙 소리와 함께 푸르스름한 검광이 에제니를 덮어갔으나,
웅녀검(劍)의 고수 에제니는 우찌의 공격을 어렵지 않게 몇 수 받아

넘겼다.
이를 보고 마음이 놓인 뇌바우가 코로에게
"단오제는 누구나 참가할 수 있지 않나요?"
하자
코로는 흥- 하고 콧방귀를 뀌었다.
"다 옛날 얘기다. 법이 바뀌었다. 오늘부턴 우리의 허락을 받아야 한다."
이에, 정말 나쁜 여자라고 생각한 뇌바우가
"억지 부리지 마라!"
고 소리치자, 코로는 기도 안차는 듯
"쥬치, 혼내줘라."
하고 턱짓을 했다.
쥬치가 나서자마자, 뇌바우가 쥬치의 명치 아래를 창(槍)으로 찌르고
쥬치가 피하자 휘끗 왼손으로 옮겨진 창(槍)이 질풍처럼 날았다. 궤적이 바뀌며 급가속하는 창술에 쥬치가 당황하는 순간, 뇌바우의 창이
여기저기 치는 벼락처럼 쥬치의 좌측에서 무릎을 치고 들어갔다. 쌍수(雙手)를 넘나든 창이 순식간에 뇌가창법 속에 쥬치를 가두었다. 「세 개의 산에 속속(續續) 떨어지는 벼락」 같은 창술이 펼쳐지자
"헉!"
하고 자빠진 쥬치가 혼(魂)이 나간 당나귀처럼 바닥을 구르며 창날을 피했다.
이를 본 코로가 달려들어 뇌바우를 막는 사이, 쥬치가 황급히 물러

났다.
하얗게 질린 얼굴에 식은땀을 쏟아내는 모양이 꼭, 뱀에게 감겼다 풀려난 매의 모습과 같았다. 저승을 한 발 넘어갔다 돌아온 쥬치는 심장이 오그라들고 털이 곤두서며 단박에 전의를 상실하고 말았다. 어린 뇌바우가 이토록 기이한 창법을 지녔을 줄은 상상조차 하지 못했다.
놈의 내공이 좀 더 깊었다면 자기는 벌써 자유로운 영혼이 되어 유명계를 날고 있었을 것이다. 코로는, 웅웅 소리를 내는 뇌바우의 창술에 크게 놀랐다.
'창법이 무섭구나.'
위기를 직감한 코로가 달려들며 불가지도(不可止刀: 멈출 수 없는 칼), 도광만허(刀光滿虛: 칼 빛이 허공에 가득함)를 연속으로 펼치자, 몸을 휘감는 살기와 칼 그림자에, 실전 경험이 부족한 뇌바우가 머뭇거렸고
이를 본 코로가 바짝 다가서며 괴도참마(怪刀斬馬): 괴이한 칼이 말을 베어버림)의 수법으로 무자비하게 내리그었다. 피를 갈구하는 하얀 칼날이 구렁이가 몸을 펴듯 뇌바우의 정수리를 향해 훅- 떨어져 내렸다.
순간
뇌바우의 창이 타원을 그리며 옆으로 누운 교각(橋脚)처럼 칼을 막았다.
"꽈릉!"
"창!"
소리와 함께 코로가 휘청거렸고 뇌바우는 얼굴을 일그러뜨리며 움직이지 못했다.

에제니가 검을 휘둘러 우찌를 떼어내며, 숨을 고르고 있는 뇌바우에게 몸을 날렸다. 서릿발 같은 검기(劍氣)를 뿌리며 뇌바우의 호법을 선
에제니가 가득 당겨진 화살 같은 기운을 쏟아내며 사방을 압도했다. 가히 신녀국의 수제자(首弟子)로 부족함이 없는 삼엄한 기도(氣度)였다.

쥬치와 우찌가 피를 머금고 있는 코로를 부축하는 사이, 하냐와 소별은 밤고양이처럼 난폭하게 뒤엉키고 있었다.
잠시 후 뇌바우가 기운을 차리며 움직였다. 조금 전 코로의 칼을 막아낸 수는
뇌가창의 마지막 초식 진경백리(震驚百里: 우레가 백리를 떨게 함)였다.
두 발을 깊이 박으며, 벼락이 거꾸로 치듯 기운을 분출한 것이다.
뇌바우는 위험한 순간 자기도 모르게 펼친 창법이 위력을 발휘하자 팔이 마비되는 고통 속에서도 희열을 느끼며, 자기를 지켜주는 에제니의 단아한 모습에 표현하기 어려운, 알 수 없는 감정에 빠져들었다.
하냐와 소별은 여전히 고양이처럼 줄에 매달린 채 그네를 오가며 싸우고 있었는데, 무예가 좀 더 뛰어난 소별이 쉴 새 없이 하냐를 압박하고 있었다.
이를 본 코로가
'하냐가 행여 다치기라도 하면 우현왕(王) 도바바님이 크게 노하실 터!'

라 생각할 때, 뇌바우가 헝클어진 머리카락을 넘기며 코로를 꾸짖었다.
"왕검성은 조선이 자랑하는 성인데, 당신들처럼 못된 자(者)들이 설치다니. 당장 사라지지 않으면 모두 팔과 다리를 부러뜨릴 것이다!"
하며
창을 훅훅 휘두르자 배달국 최고의 여(女)대장장이 「마마차」가 만든 창(槍)이 주인의 출발을 기다리는 용마(龍馬)처럼 웅웅 소리를 냈다.
이어,
코로의 손짓에 우찌가 그네 위의 하냐를 향해 길게 휘파람을 불었다.
우찌의 휘파람에 뇌바우가 고개를 드는 순간
"악-!"
소리와 함께 소별의 칼에 스친 하냐가 그네 줄을 한 발로 감은 채 떨어지고 있었다.
소별이 낙화(落花)처럼 날아 내리는 사이 쥬치가, 하냐를 받아 들었고 하냐는 그네에서의 결투가 얼마나 힘이 들었는지 땀에 흠뻑 젖어 있었다.
우찌에 기댄 코로가 눈짓을 하며, 뒤도 돌아보지 않고 자리를 떴다.
에제니가
"다친 덴 없니?"
"네, 괜찮아요."
에제니와 소별이 뇌바우에게 다가왔다.
"뇌소협, 고맙습니다. 저희 둘 뿐이었다면 어려움에 처했을 겁니다."
"맞아요, 언니"

"별 말씀을요. 저들의 행실이 도리에 맞지 않아 끼어들 수밖에 없었어요."
뇌바우는 쑥스러웠다. 이런저런 대화를 나누던 소별이 에제니에게 말했다.
"언니, 다른 곳으로 가서 뇌소협에게 차라도 대접해야 하지 않겠어요?"
"그래"

대회장에서 조금 떨어진 숲속 한편에 코로와 쥬치, 우찌가 하냐를 돌보고 있었다.
"피를 많이 흘렸을 뿐 큰 상처는 아니다. 다행히 뺨을 살짝 스쳤어. 약을 바르면
흉터 없이 치료될 거야. 고운 얼굴에 칼자국이 생기면 시집을 어찌 가겠어?"
하냐가 씩씩거리며 뽀드득 이를 갈았다.
"그년을 잡아 가죽을 벗기고 말 테야."
코로가 말했다.
"뇌바우라는 놈의 무공이 보통이 아니다. 하냐... 그만해서 다행이야.
잘못되었으면 내 어찌 우현왕을 뵈올 수 있겠느냐? 그리고 사매 실력으로는 소별을 상대하기 힘들 것 같다. 자, 오늘은 일단 돌아가자."
사요(四妖)가 싸움을 벌인 탓으로 대회는 중단되었고, 본부석은 어느새 모두 철수한 상태였다.

에제니와 소별, 뇌바우는 시장에 있는 갈사객잔으로 가서 떡과 차를 마시며 담소했다.

에제니가 물었다.

"소협의 창법이 대단했어요. 오가(五加)의 창법과는 다르더군요. 사문이 어디셔요?"

뇌바우는

'나는 사부가 없는데, 뭐라고 대답할까?'

하며

"저는 사부가 없습니다. 저희 뇌가 가문에 전해오는 무공을 배웠을 뿐입니다."

고 하자, 에제니가 놀랐다.

"아, 뇌공의 창법?"

"어찌 뇌가창을 아십니까?"

소별이 말했다.

"여인국은 무공 뿐 아니라 역사에 대해서도 배웁니다. 사대신장 중 (中) 한 분이신 뇌공님의 창법이 배달국 이후 전해져 내려오다, 뇌가 일문(一門)이 어디론가 사라지고 그 창법(槍法)도 세상에서 홀연히 사라졌다고 들었습니다. 그러고 보니 뇌소협은 뇌공님의 후예시군요."

아무도 모를 것이라 생각한 자기 가문을 신녀국 신녀들이 알아주자 뇌바우는 자랑스러웠고, 에제니의 칭찬이 이어지자 얼굴이 빨개졌다.

"과찬이십니다."

에제니는 뇌바우의 순박한 모습에 손으로 입을 가리며 웃었다. 이어 소별이

"그런데, 뇌소협은 왕검성에 어쩐 일이세요?"
"오늘, 어머니 심부름으로 물건도 사고 단오제도 구경할 겸 왔습니다."
"네..."
"씨름, 그네, 가면극..."
소별이 반색했다.
"가면극도 하나요?"
"어머니께서 단오 날 저녁에는 가면극을 공연하는데 무척 재미있답니다."
소별이 에제니를 돌아보며 그네 대회장 사건을 잊은 듯
"언니, 가면극 보러가요. 네?"
에제니는 기가 찬 듯
"정말 못 말리겠다. 구경만 하자 해놓고 그네를 타는 바람에 말썽이 생겼잖니?
또 뭔 일이 생기면 어쩌려고. 우린 산현선사님을 뵈러 일토산(山)에 가야해."
소별이 애원했다.
"선사님은 내일 아침에 뵈어도 되지 않나요. 가면극(劇)도 보고 강가에서 열리는 야간 등촉(燈燭) 행사도 보고 싶어요. 언니.. 언제 또 왕검성(城)에 올 수 있겠어요. 평생 다시는 못 올지도 모르잖아요. 네?"
"후.. 널 데리고 오지 않았어야 했는데, 정말 후회되는구나."
에제니가
눈썹을 찡그리자, 화난 것 같은 언니의 표정에 소별은 그만 고개를 푹 숙이고 닭똥 같은 눈물을 뚝뚝 떨구었다.

"……"
뭐라 할 말이 없어 창밖으로 눈을 돌린 뇌바우에게 에제니가 물었다.
"소협, 혹 시간이 되시면 우리와 함께 가면극(劇)을 보실 수 있으십니까?"
속으로, 소별이 안쓰럽다는 생각이 들었던 뇌바우는 특별히 일도 없어
"네, 좋습니다. 저희 어머니도 왕검성(城)에 살 때 보셨던 가면극(劇) 이야기를 가끔 하셨어요. 저도 이참에 한 번 구경하고 싶습니다."
고 하자, 간절한 눈빛으로 뇌바우를 보던 소별이 언제 울었냐는 듯 활짝 웃었다.
"만세! 소협, 감사합니다."
세 사람은 객잔에서 시간을 보내다 유시(酉時: 오후 5시 반)가 다가오자 극(劇)이 열리는 광장으로 갔다.
도성의 큰 행사나 특별한 장(場)이 서는 광장은 시장의 동쪽에 있었다.
사방으로 늘어선, 수백 년(年) 된 수목들이 시장(市場)과의 경계를 긋고 있었고, 많은 사람들이 일찌감치 와서 자리를 차지하고 있었다.
무대 왼편의 장대에는 「환웅천황과 가달마황」이라고 적힌 천이 펄럭이고 있었다.
소별이 얘기한 '팔세아(兒)'는 아니었으나
환웅님이 태백산 신단수 아래 신시(神市)를 세우신 후 악(惡)을 행하던 가달마황을 물리치고 배달국을 건국하신, 조선 사람이면 모두

가 아는 이야기였고 아무리 봐도 싫증나지 않는 흥미진진한 가면극이었다.
무대는 광장 북쪽에 설치되어 있었는데, 사람들은 중원의 어느 나라에도
이렇게 큰 무대는 없으며, 그들은 전국시대를 거치며 죽고 죽이는 것만을 일삼아 왔기에 음악과 예술은 조선을 따라올 수 없다고 했다.
천막 뒤로 부산하게 움직이는 배우들이 비쳤고 무대 한쪽에는 수십여 명의 악사가
징, 장구, 꽹과리, 큰북, 작은 북, 피리, 공후인, 편경, 금 등의 음(音)을 고르고 있었다.
뇌바우가 옆의 노인에게 물었다.
"앞줄에 계신 분들은 누군가요?"
"욕살(- 성주) 강운님과 부인 안혜님이네. 욕살께선, 백성들의 화합을 위해 해마다 공연을 여시는 것 외에도,
백성들 곁에서 많은 시간을 보내는 분으로 깊은 존경을 받고 계시네.
탐관오리가 똥파리처럼 가득한 조정에, 오직 이분만이 사시사철 한결같은 상록수(常綠樹)이시지."

2각(- 30분) 정도가 지나자 드디어 공연(公演)이 시작되었다. 극(劇)은
제1 막.
인간과 짐승, 요괴, 마귀들이 뒤섞여 사는 상고(上古) 시대, 흉악한

가면을 쓴 괴수와 마왕들이 살인과 식인, 방화, 약탈을 자행(恣行)하자

제2 막.
하늘에서 이를 내려다보신 환웅천황님이 풍백, 운사, 우사, 뇌공 그리고
삼천의 무리를 이끌고 하계에 내려와 신단수(樹) 아래 신시(神市)를 세우시며 홍익인간(弘益人間: 널리 인간을 이롭게 함)의 건국이념을 선언하시었고

제3 막.
악마의 기치를 내건 마왕과 괴수들의 수괴(首魁) 가달마황의 저항으로 정마(正魔)전쟁이 일어났고,
전쟁 초반에는 환웅천황 측이 일시(一時: 한동안) 밀리는 듯하였으나

제4 막.
홍익인간의 이념에 감복한 여타 종족들과 천장(天將) 해사자, 원수(元帥) 게세르 그리고
12신장을 따르는 산과 바다의 신수(神獸)들까지 합류하여 가달마황을 없애고 신(神)의 나라, 배달국(- 밝국)을 건국하는 것으로 마치는데

이는, 배달국 이래 전해오던 것을 동예악선 적보월(笛步月)이 더욱 예술적으로 승화시킨 것으로
특히 4막 「매악(昧樂: 동이 음악)과 용사 백인의 집단무(舞)」는 그 모

습이
하늘의 신장(神將)들이 천마(天馬)에 올라 창을 휘두르며 은하(銀河)를 따라 달리는 듯 관람객들의 붉은 피를 용암처럼 끓어오르게 만들었다.

「   매악(昧樂)

하늘의 왕이 은하를 달리자
아사달의 여명이 밝아오고
환웅천황이 눈을 부릅뜨자
악의 무리 뿔뿔이 흩어지네
쿵-쿵
둥-둥
쨍-쨍
삘리리리리리리리

창과 칼과 도끼와 활을 든
용사들
동서남북에 몸을 드러내며
아사달의 환호와 북소리에
맞추어
바람처럼 질주하네

쌍검(雙劍)

예도(銳刀)

장도(長刀)

본국검

쌍도(雙刀)

월도(月刀: 언월도)

장창

등패(-방패)

협도(挾刀)

기창(騎槍)

낭선(狼筅: 낭선창)

도끼

당파(钂鈀: 화살)

곤봉(棍棒)

철궁(鐵弓)

철퇴(鐵槌)

‥‥‥

‥‥‥

도리깨

각궁(角弓: 소, 양뿔 활)

맥궁(貊弓)

단궁(檀弓: 박달나무 활)

을 든

삼천 용사들

지축을 울리며
풍백, 우사, 운사, 뇌공 님의
무예를 펼치네

용(龍)이 날고
백호가 달리니
주작
현무가 칼과 창을 휘두르고
대웅(大熊)이 바위를 부수듯
나아가는
용사들
아, 모두 하늘의 신장이어라

열두 명씩
원앙진(陣)
학의 날개
학익진(陣)
구불구불
장사진(陣)
오리무중
마방진(陣)
풍운조화
변화무궁
천번지복
만악복지(萬惡伏地) 두둥두둥

두두둥둥
둥둥두둥
두둥두리
두리둥둥
두둥두리두둥두둥 두둥둥둥둥

무도한 악의 무리 물리치고
괴수의 목을
한울님 제전에 올려
구이원의 정의(正義)를 펼치리 」

어둠이 짙어지자, 수십 개 석등의 불길과 함께 활활 타오르는 희노애락의 집단무가 관객을 사로잡았고 모두 곡을 외우려 음을 따라 불렀다.
무대는 3막이 진행되고 있었고 환웅천황의 용사들이 가달의 무리에게 죽임을 당하는 내용으로 이어지자, 여기저기 탄식이 끊어지지 않았다.
이때, 뇌바우가 문득 뇌호산의 밤을 생각하며 별들을 보다 우연히 우측 십이 장 떨어진 곳의 나무가 바람도 없는데 흔들리는 걸 보았다.
누군가 숨어있는 듯했다.
'.....?'
일순, 내공을 끌어올린 뇌바우가 무대 바로 옆의 나무에서도 번득이는 살기를 감지했다.
"자객들이오. 무대 가까이 숨은 것으로 보아 욕살님을 노리는 것 같소."
라고 에제니에게 말한 후, 무대 가까이 가려는 사람처럼 다가서다 벼락이 치듯, 나무 위의 그림자를 향해 허리춤의 비수(匕首)를 던졌다.
후욱- 비수가 들이치자 놀란 자객이 밤새처럼 날아올랐고, 마침 욕살을 노리다 틀어진 화살이 욕살 곁에 앉아있는 관리의 가슴에 박혔다.
"윽!"
하고 관리가 고꾸라지자
"앗!"
"악!"
"자객이다!"
"악!"
"욕살님을 지켜라!"
소리와 함께 공연장은 아수라장으로 바뀌었다. 사람들이 밀고 밀리며
우왕좌왕하는 그때, 반대쪽 나무에서 욕살을 노린 화살이 비 오듯 날아왔다.
관리의 죽음에 욕살 강운이 검을 뽑아 화살들을 쳐냈고, 무사 다섯이 달려와 욕살 부부(夫婦)를 호위하며 황급히 자리를 옮기려 했으나, 어느새 나타난 이십여 명의 살수(殺手)들에게 둘러싸이고 말았다.
강운이 좌충우돌 부인을 보호하며 자객(刺客) 하나를 간신히 쓰러뜨

렸으나 호위무사 둘이 부상을 입으며 싸움이 불리하게 돌아가는 찰나,
여(女)검객 둘이 나타나 자객들의 배후를 공격하기 시작했다. 종과 횡으로 교차하며 넷을 쓰러뜨리고,
동북서(東北西)로 나비가 날 듯 움직이자 자객들이 허둥대기 시작했다.
신녀국의 절예 접유화림(蝶遊花林: 나비가 꽃밭을 날아다님)을 밟으며 검(劍)을 휘두르는 에제니와 소별을 일순, 어찌해볼 수 없었던 것이다.

한편, 뇌바우는 비수를 피해 나무에서 내려온 자객(刺客)과 싸우고 있었다.
"이놈, 남의 일에 왜 목숨을 재촉하느냐!"
고 물은 자객은
"누구냐? 감히 욕살님을 해하려 들다니?"
하며
덤비는 뇌바우를 베려 했으나, 몇 초 지나지 않아 좌우를 오가는 창술에
말려들다 이십 초를 넘기지 못하고 자기의 염통을 꿰뚫은 벼락창을 내려다보며 이승을 하직했다. 뇌바우는 즉시 욕살을 도우러 달려갔다.
뇌바우가 가세하자 싸움의 양상이 달라졌다. 뇌바우의 벼락창이 번득일 때마다 가을바람에 뚝뚝 떨어지는 낙엽처럼 살수들이 뒹굴었다.

쥬치와 코로를 물리친 이후 벼락창의 술법을 더욱 깊이 이해하고 실전 감각에 눈을 떴는지, 뇌바우는 잠깐 사이 다른 사람이 된 듯, 강호 초출(初出)이라고 볼 수 없는 위력적인 창법을 구사하고 있었다.

날카로운 창이 열두 명을 속수무책으로 뒹굴게 하자, 이 산 저 산에 치는 벼락같은 창에 혼(魂)이 나간 자객들이 슬금슬금 눈치를 보며 물러서다 어느 순간 나 살려라 하고 들개 떼처럼 흩어지며 도망쳤다.

자객들이 사라지자 에제니와 소별이 욕살 강운과 부인에게 다가갔다.

"욕살님, 많이 다치셨나요?"

"선협들이 아니었으면 큰일 날 뻔했소. 감사합니다. 어디의 뉘신지요?"

"신녀국의 에제니 입니다."

"소별입니다"

이어, 뇌바우가 대답했다.

"뇌가촌의 뇌바우입니다."

성주는 감탄했다.

"뇌소협과 신녀국(國)의 여협들이시군요."

그때, 성주의 부인 안혜가

"세 분, 낮에 사요를 물리친 분들이죠?"

에제니가 멈칫하자

"멀리서 다 봤습니다. 그네 타기는 여자들 경기라 제가 주관하기에, 도망칠 수 없어 숲속에서 지켜보고 있었습니다. 대회는 엉망이 되었지만,

세 분 덕으로 왕검사요가 떠난 뒤 마무리를 잘 할 수 있었습니다. 사람들 모두 숨어서 사요의 참패를 보며 주먹을 쥐고 통쾌해 했습니다."

욕살이 놀라 부인에게 물었다.

"부인, 이분들이 바로 왕검사요를 쫓아버린 선협(仙俠)들이란 말이오?"

"네"

"아, 잘 되었군요. 세 분을 어디서 찾나 했는데, 자, 우리 관저로 가십시다. 집에서 식사라도 모시고 싶습니다."

관저에 온 욕살은 세 사람을 극진히 대접했다. 식사 후, 뇌바우가 물었다.

"자객들을 사주한 자(者)가 누군지, 혹 짐작 가시는 게 있습니까?"

"모르겠습니다. 성에서 대놓고 자객들이 설친 건 처음이오. 무공으로 보아 강호와 연관이 있을 듯한데, 난 강호와 은원을 맺은 적이 없습니다."

부인이 근심스러운 표정을 지었다.

"지금, 조정은 강호보다 더 무섭습니다. 욕살님은 사실 적이 많아요.

번조선의 실권은 우현왕이 갖고 있는데, 그동안 우현왕의 이런 저런 부탁을 욕살님이 번번이 거절해왔으니 눈의 가시 같은 존재를 없애기 위해 자객을 불러왔을 수 있어요. 그리고 세 분, 특히 소별님은 더욱 조심하셔야 합니다. 사갈(蛇蝎: 뱀과 전갈) 같은 우현왕(王)의 외동딸 하나의 얼굴에 칼을 댔으니 뿌드득 이를 갈고 있을 것입니다."

에제니가

"후.. 그네를 타지 말았어야 했는데. 소별아, 얼른 일을 보고 신녀국으로 돌아가자."
고 하자 소별이 눈을 반짝였다.
"언니, 다음에 만나면 하냐를 없애 백성들의 근심을 덜어줄 거예요."
뇌바우는
'뇌호산을 벗어난 첫 날부터, 왕검사요와 정체 모를 자객들과 싸웠다.
세상 참 무섭고 험하구나. 그리고 소별은 호기심도 많지만 두려움이 조금도 없는 소녀로구나'
하며 저도 모르게 소별을 넋이 나간 듯 쳐다보았다. 소별은 문득, 자기를 멍하니 보고 있는 뇌바우를 발견하고 얼굴을 붉히며 고개를 돌렸다.
"칫, 여인의 얼굴을 그리 빤히 보시다니! 무례한 행동 아닌가요?"
정신을 차린 뇌바우가 뭐라고 대답을 못하자, 부인이 웃으며 권했다.
"두 분이 여기서 일을 보시는 동안, 뇌소협이 동행하시는 건 어떨까요?"
뇌바우가 얼른 대답했다.
"네.. 경험도 없고 여러 가지로 부족하나, 두 분이 괜찮다면 저는 좋습니다."
에제니가
"소협이 도와주신다니 감사합니다."
하며 머리를 숙이자
욕살 강운이 말했다.

"신녀님들이 혹 구입하실 게 있을지 모르니, 부인이 좀 도와드리시오."
"네.. 구입할 게 있으면 말씀하세요. 제가 상인들을 많이 알고 있습니다."
당시 왕검성은 장당경과 함께, 구이원 전역과 서역(西域: 중앙아시아, 서아시아, 인도) 및 중원의 상품들을 쉽게 구할 수 있는 조선 최대의 상업도시였다.
에제니는 반색했다. 사실 자기들이 여기 온 것은 여인국의 물건을 팔고, 그 돈으로 여인국이 필요로 하는 것들을 구입하기 위해서였다.
"네, 살 것도 있지만, 팔 물건도 있답니다."
부인이 뜻밖이라는 듯
"팔 물건은 어떤 거죠?"
하고 묻자 에제니와 소별이 웃으며 답했다.
"우리들이 짠 비단과 자수(刺繡)랍니다. 항구의 표국에 보관하고 있어요."
부인이 반색을 하며 에제니에게 다가앉았다.
"어머!
여인국의 비단과 자수는 귀해서, 돈이 있어도 구하기 어려운데, 혹.. 흑잠사도 있나요?"
"네, 조금 있어요."
"와!"
부인이 침을 꿀꺽 삼켰다. 여인국의 길쌈 기술은 제1 대(代) 단군의 부인이며,
잠신(蠶神)으로 알려진 비서갑신모님이 전수(傳授)하신 것으로 흑잠

사는 비단 중에 으뜸이었다.
에제니는 적이 안심이 되었다. 비단을 팔러 다니다 도적의 표적이 되거나 사기꾼을 만날 수도 있어, 여간 신경 쓰이는 일이 아니었는데,
부인이 도와주시겠다니 마음이 크게 놓였다.
다음날,
에제니는 부인에게 비단과 자수의 수주(受注: 주문을 받음)와 필요한 상품 구매를 부탁드린 후 소별, 뇌바우와 함께 일토산 소도로 향했다.

독제비

일토산은 지경이 수 백리에 달했고 신전 소도는 동북 방향에 자리하고 있었다.
에제니와 소별, 뇌바우는 신시(申時: 오후 3시 반)경 신전소도에 들어섰다.
왕검성 소도는 그 어느 소도보다 아름답다고 들었는데 과연 솟대거리부터 수려(秀麗)하기가 그 짝을 찾아보기 어려울 정도였다.
입구에서 한 마장 되는 곳부터 좌우로 길게 늘어선 수백 개의 솟대 위에,
매, 참새, 부엉이, 기러기, 두루미, 오리, 까치, 까마귀, 뻐꾸기, 꾀꼬리, 제비, 물총새, 딱새, 종달새, 박새, 직박구리, 어치, 따오기와 그 밖에도 이름을 알 수 없는 새들까지 살아 움직일 것처럼 앉아 있었는데,
무엇보다 장관인 것은 이들의 선두에서 금방이라도 비상할 듯 거대한 날개를 펴고
푸른 하늘을 응시하고 있는 신조(神鳥) 삼족오의 웅장한 모습이었다.

태초의 하늘을 나는 신(神)의 전령사들과 고대의 전설을 목도한 듯 경건한 마음으로 걸음을 옮겨갈 때, 에제니가 손을 들며 멈추어 섰다.
"잠깐"
에제니가 전방 오른쪽의 솟대 하단을 가리켰다.
"제비.. 누가, 왜?"
그곳엔 화살에 관통당한 제비들이 죽어 있었는데, 흉측하게도 제비들 눈이 전부 새빨갰다.
"언니, 이게 제비가 맞아요? 눈이 너무 빨갛고 무서워.."
"누구 짓일까요?"
뇌바우가 묻자, 에제니가 서둘렀다.
"큰일이 난 것 같으니, 빨리 가요."
세 사람은 즉시 몸을 날렸다. 신전이 가까워질수록 제비들의 사체가 많아졌다.
그들은 소도에 들어선 순간 모두 아연 실색했다. 건물들은 문짝과 창문이 부서져 있었으며 마당엔 도인들의 시체 수십 구가 널브러져 있었다.
그들 대부분 눈에서 싯누런 진물과 피가 흐르고 있었는데, 지독한 냄새가 코를 찔렀고 뭔가 날카로운 것에 두 눈을 파인 것으로 보였다.
"아!"
소별이 몸을 떨었다. 주변에 제비들의 사체가 쌓여있는 것으로 보아,
도인과 제비들 간에 싸움이 일어난 것이 분명했다. 에제니가 말했다.

"이것들은 독을 가진 제비가 분명해. 도인들은 제비들과 싸우다 눈을 파 먹힌 것 같고.."
소별은 깜짝 놀랐다.
"독제비? 도인들 모두!"
뇌바우가 중얼거렸다.
"제비들이 왜... 눈이 빨간 제비들이 인간을 공격한다는 건 듣도 보도 못했습니다. 더구나 여긴 소도 아닙니까? 선사님과 장로님들은 어찌 되셨을까요?"
에제니가 대답했다.
"그러게 말예요. 저 도인들 가운데 계신지 살펴보았는데 선사님과 장로님들은 보이지 않아요. 장로 이상은 도포의 모양과 색깔이 달라요."
"....."
"일반 도인은 흰색, 남색을 입고 장로님들은 자주색 옷을 입습니다."
뇌바우와 소별이 자주색을 찾아보았으나 과연 한 구도 보이지 않았다.
마당을 둘러본 세 사람은 전각들을 하나하나 살펴보기 시작했다. 칠성전을 돌아보고 웅녀전에 왔을 때였다. 좌대 위에 있어야 할 웅녀상(像)이 보이지 않았다.
에제니가 비명을 질렀다.
"악! 웅녀상이 없어졌어!"
소별도 놀라 두 눈을 동그랗게 떴다.
"아, 누가 훔쳐 갔을까요?"
에제니가 말했다.

"웅녀상은 전체가 순황금인데, 기도를 올리면 병도 치유되고 복을 받는다고 해.
우리 여인국은 웅녀님을 비롯해 단군 제1 부인 비서갑신모님과 제2 부인 누미라님을 모시고 있어
왕검성에 오면 반드시 웅녀님을 뵙고 참배(參拜)하도록 가르치신 거야."
뇌바우가
"신녀님, 웅녀상이 황금으로 되어있다면 값이 꽤 많이 나가겠어요."
하고 묻자
에제니가
"치우천황님의 명으로, 명장(名匠) 사히부르달님이 칠십 개 거수국이 바친 황금을 모아 성인의 2.5배 크기로 만든 것이기도 하나, 돈으로는 그 값을 매길 수 없는 구이원(九夷原)의 더 없이 귀중한 보물입니다."
라고 대답하며 태시전(殿)으로 갔는데, 환웅천황상(像)은 아무 이상이 없었다.
"역시, 황금을 노린 거였어. 이 상은 흙을 구워 만든 거라 그대로 있잖아."
"독제비로 도인들을 죽이고 상을 훔쳐간 것이군요. 아, 어떤 놈들이?"
"독(毒)제비를 조종하는 흉한들이라는 것 외에는 아무 것도 짐작할 수.."
에제니와 소별이 얘기하는 동안, 제비 사체가 유난히 많은 좌상의 뒤를 살펴보다,
원래의 자리에서 약간 틀어진 흔적을 발견한 뇌바우가 무심히 좌대

를 밀어 보았는데 좌대가 스르르 움직이며 뜻밖에도 캄캄한 지하로 통하는 계단이 나타났다.
"신녀님, 여기 와보셔요."
에제니가 달려와
"어머.. 비밀 통로예요!"
하며 횃불을 만들어 들고 내려갔다. 계단을 다 내려가자 어깨 넓이의 좁은 통로가 이어졌다. 백장 정도를 가서야 위로 향하는 계단이 나타났고 살금살금 올라가보니 큰 동굴이 나왔다. 동굴은 쥐죽은 듯 조용했다.
세 사람이 동굴 앞으로 막 다가설 때
"누구냐!"
고 외치는 소리와 함께 검을 든 선동 둘이 눈을 또렷하게 뜨고 이들을 응시하고 있었다. 둘 다 열 살 정도로 보였으나 눈빛이 제법 매서웠다.
동굴 입구를 지키는 선동들이 분명하였으나 눈, 코, 입술이 너무 귀여워 다들 멍하니 보고만 있었다. 이어 에제니가 웃으며 포권의 예를 취했다.
"훗! 선동님들, 우리는 적이 아니랍니다. 북옥저의 신녀국에서 왔어요.
나는 에제니라 하고 여긴 소별 그리고 이분은 선협 뇌바우님이셔요. 칠성전에 참배하고 산현선사님을 뵈러 왔는데, 도인들의 시신과 제비들을 보고 범인의 흔적을 쫓다 비밀계단을 발견하고 오게 된 겁니다."
하고
자신들을 최대한 천천히 소상하게 소개했다. 선동들은 세 사람을 한

동안 살펴보다 적이 아닌 듯하자 그제야 검을 거두며 포권을 했다.
"저희가 지금 위난에 빠져 있는지라, 손님들께 큰 결례를 범했습니다.
저는「기제」라 하고 이쪽은「미제」라고 합니다. 선사님 명으로 입구를 지키고 있었습니다. 선사님 이하 모두, 저기 보이는 산 뒤편 숲에 계십니다."
기제는 분명 아이였으나, 당당하면서도 품위를 잃지 않는 선동의 기도(氣度)를 보이고 있었다. 속으로 혀를 내두르며 탄복한 에제니가 물었다.
"부상당한 분들이 많은가요?"
"여든 한 분이나 제비들에게 중독이 되셨고 무사한 분은 스물이 체 안 됩니다."
"선사님은?"
"네, 괜찮으십니다."
세 사람은 도동들을 따라 울창한 숲속으로 들어갔다. 겉으로는 고요해 보였으나 막상 들어와 보니 얼음 같은 날카로운 살기(殺氣)가 느껴졌다.
"기관과 함정이 펼쳐져 있으니, 저희가 밟고 가는 길로만 따라오십시오."
하며 선동들을 따라 2각을 이리 저리 돌며 나아가니 산모퉁이가 나타났다.
기제가 말했다.
"저 모퉁이만 돌면 됩니다."
하는 순간 느닷없이 병장기 부딪히는 소리가 들려왔다. 기제와 미제가 깜짝 놀라는 사이에 세 사람이 선동들을 앞질러 모퉁이를 돌았다.
멀리 십구 명의 선인이 오십 여명의 흉한들과 싸우고 있었고, 십여 장 뒤로 수십 인의 도인들이 바닥에 누운 채 하늘만 바라보고 있었다.
흉한들은 일토산 북쪽, 서북산의 황합파(黃蛤派: 노란 두꺼비 파) 무리로 왕검성 소도와는 견원지간이었는데 그 악연의 전말(顚末)은 이러했다.

황합파(派) 두목 합귀자(蛤鬼子)는 한 때 술에 찌들어 사는 건달이었다.
어느 날, 폭우가 쏟아지는 들에서 다 죽어가던 「야생 병아리」한 마리를 발견하고 안쓰러운 마음에 집으로 데려와 키웠는데, 보통의 건달들이 그렇듯
합귀자도 도박과 술로 세월아 네월아 하고 지내다 문득, 훌쩍 커버린 닭의 외양을 보고 크게 놀랐다.
하루 종일 닭을 따라 다니며 몇 날 며칠 지켜본 끝에 톱날 같은 발톱과 강력한 부리에, 날래고 사납기가 매 이상인 놈을 흑표(黑豹)라 이름 짓고 혹독한 격투 훈련을 시킨 후 「상하운장」으로 데리고 갔다.

상하운장은 또 하나의 중립지대인 동호와 흉노국 사이의 「구탈」과 같이 중원, 구이원 할 것 없이 도망자와 탈영병, 유랑민들이 들어와 사는 무법천지로 술집과 도박장 그리고 각종 노름이 왁자한 곳이었다.

합귀자는 상하운장에서 「닭싸움 내기」를 하고 다녔는데, 그때마다 흑표가 부리로 찍고 발로 몇 번 차면, 상대가 모두 머리가 깨지거나 날개가 찢어졌고 그 주인이 아무리 달래고 다그쳐도 죽기 살기로 도망을 쳤다.

상하운장에서 더 이상 적수(敵手)를 찾아볼 수 없는 흑표(黑豹) 앞에,

문득 조나라의 조간(趙奸)이라는 자가 나타났다. 대전료를 많이 준다는 말에 합귀자는 조간이 가진 닭의 이력과 외양을 자세하게 살펴보지도 않고 성큼 싸움을 수락했다.

그런데 노름판이라고는 하나, 조간과 합귀자의 입씨름을 시작으로 중원과 구이원 노름꾼들의 허언과 기세 싸움이 뒤섞이면서 중원과 구이원을 대표하는 닭들의 「비무(比武) 대회」 같은 결투가 되어버렸고,

상하운장에 사는 사람들의 초미의 관심과 주목을 받으며 연일 시끄러웠다.

조간의 닭, 지옥계(地獄鷄: 지옥에서 온 닭)는 덩치가 수리만 했는데, 회색 깃털에 드문드문 시라소니 털 같은 반점이 있고, 머리에 호미의 날 같은 검붉은 벼슬이 있어 정말 지옥에서 넘어온 것 같았으며 더구나

재미 삼아 가까이 던져진 닭들이 지옥계의 눈을 보는 순간, 매나 독수리를 본 듯 놀라며 등을 보이고 마는 난폭한 기세를 가진 놈이었다.

뒤늦게 그 소문을 듣고 놀란 합귀자가 몰래 조간의 닭을 살펴보았는데

정말 조간의 닭은 이름만 닭이었지 닭으로 보기 어려운 맹금이었다.

'큰일이다. 흑표가 안 되겠는데. 그러나 엎질러진 물, 무슨 수가 없을까?'

결전의 날이 밝자 상운장(上雲障) 공터에 사람들이 구름처럼 모여들고, 상하운장 밖에서도 도박꾼들이 입추(立錐)의 여지없이 밀려들었다.

삼백 평 땅에 2장 높이의 울타리가 세워졌고 조간은 서쪽, 합귀자는 동쪽에 자리했으며 심판은 운장에서 이름이 높은 5인이 선출되었다.

협객 자충, 객주 공승과 구준, 도박장 화개, 운장루(樓) 무채가 북쪽 중앙 연단에 앉았다.

사시(巳時: 아침 9시 반)가 되자, 서쪽 문이 열리며 지옥계(鷄)가 저벅 저벅 들어왔다. 목을 높이 빼고 검붉은 벼슬을 빳빳하게 세운 거만한 걸음이 매우 위압적이었고 두 발에 걸린 쇠 발톱이 으스스했다.

이를 본 합귀자가 눈을 치뜨며
"규칙 위반이다!"
하고 소리쳤으나 사람들은 지옥계의 사나운 모습에 감탄할 뿐 들은 척도 하지 않았다.

그때,

지옥계가 각- 소리와 함께 목을 돌리며 바늘 같은 깃털을 곤두세웠고

이어 누런 눈알을 희번덕거리며 거품을 물다, 미친 듯이 땅을 파헤치면서 동문을 노려보며 날카로운 안광(眼光)을 번득였다. 이를 본 중원(中原)의 관객들이 모두 흥분하여 두 주먹을 휘두르며 환호했다.

"우와!"
"지옥계, 힘내라!"
"만세!"
"조선 닭을 죽여!"
흑표가 강하다 하나, 아무리 생각해도 지옥계의 상대가 될 것 같지는 않았다.
함성이 울렸다.
"와!"
"우!"
"우리의 흑표다!"
이윽고, 동문으로 흑표가 나왔다. 흑표는 평소, 집 마당을 거닐 듯 한가롭게 여기저기 파헤치면서 벌레를 콕콕 찍어먹다 한 차례 슥- 지옥계를 보았으나
이내 소 닭 보듯 고개를 돌리고 흙만 뒤집어 파며 벌레들을 찾아다녔다.
조선 사람들은, 흑표가 겁을 먹었다고 생각하면서, 점점 더 악을 쓰고 침을 튀기며 응원하는 중원의 유민들에게 화가 치밀어 올랐으나 어쩔 도리가 없었다.
"흑표가 피하는데."
"덩치가 다르잖아."
"꼬리 내렸어..."
"에잇! 괜히 돈만 잃었어!"
소리에, 건너편 중원의 유민들이 흑표에게 손가락질하며 야유(揶揄)를 보냈다.
"겁쟁이..!"

"우!"
"조선 것들이 다 그렇지!"
합귀자는 겉으로 여유를 부리며 태연한 척 했으나 속으로는 안절부절 했다.
'아니? 저, 저럴 수가. 흑표가 겁을 먹다니. 왜? 아냐, 아냐. 난 저 놈을 믿어.'
이때 지옥계는, 관심이 없는 듯 본척만척 하는 흑표에게 화가 났는지
"깍!"
소리치며 흑표에게 달려갔다. 그리고 비스듬히 날아오른 지옥계가 쇠 발톱으로 흑표의 머리를 잡아가는 순간, 스슥 옆으로 피한 흑표가 지면을 박차고 수평으로 회전하며, 착지하는 지옥계의 얼굴을 사선으로 찍었다.
흑표의 허허실실에 합귀자와 구이원의 부족들이
"와!"
하고 열광했다.
그러나 지옥계가 희끗 몸을 틀어 반격하면서 본격적인 싸움이 시작되었다.
부리로 찍고 발톱으로 공격하면서 엉켰다 떨어지며 사방으로 치고 박았다.
깃털이 마구 날리는 가운데, 어느 쪽으로도 기울지 않는 박빙(薄氷)의 격투가 이어졌으나,
3각이 지나자 지옥계(鷄)의 쇠 발톱에 찍힌 흑표의 몸이 쩍쩍 갈라지기 시작하면서, 붉은 피가 튀며 뒤로 사정없이 밀리기 시작했다.
이를 본 합귀자가 가슴이 찢어지는 고통을 느끼는 찰나, 지옥계가

끝을 내려는 듯 흑표의 날개를 물고 좌우로 패대기치다 느닷없이 뒤로 넘어지며 눈을 뒤집고 숨이 곧 넘어갈 놈처럼 부르르 몸을 떨었다.

닭싸움에 잔뼈가 굵은 합귀자는 흑표의 실력을 믿어 의심치 않았으나,

혹시나 하는 마음에 흑표의 몸에 겨자를 잔뜩 발라놓았던 것을, 합귀자가 쇠 발톱을 예상하지 못한 것처럼, 지옥계 또한 흑표의 날개에 겨자가 발라져 있을 줄은 꿈에도 몰랐기에, 겨자를 삼키고 만 지옥계는 정신을 차릴 수가 없어 잠깐 사이에 투지(鬪志)를 잃고 말았다.

그때 피범벅으로 변해가던 흑표가 쇄도하며 지옥계의 왼쪽 눈을 찍자 졸지에 눈이 파인 지옥계가 고통 속에 본능적으로 와락 달려들었고 흑표는, 돌아버린 지옥계가 무서운 듯 울타리로 후다닥 도망쳤다.

드디어 싸움이 끝났다고 생각한 중원의 유민들이 악을 쓰며 환호했다.

인간과 똑같이, 동물 또한 등을 보이는 것은 굴복을 의미하기 때문이었다.

"우와!"

소리에 구이원 부족들은 속이 타들어갔다.

"흑표!"

"안 돼, 싸워! 도망치지 마라!"

하며

소리쳤으나 피투성이 흑표는 이미 혼이 나간 듯 보였고, 어느새 몸을 날린 지옥계가 발톱을 치켜들고, 울타리 곡면으로 인해 느려진

흑표의 등에 올라타려는 찰나, 번개처럼 벽을 차며 몸을 튼 흑표가 헛발질로 비틀거리는 지옥계의 목을 콱- 소리가 나도록 찍으며 물었다.
흑표의 타도계(拖刀計: 힘이 부친 듯 도망치다, 불시에 돌아서며 一刀일도에 베는 수법)에 당한 놈이 흑표를 떼어내려 발악했으나, 기회를 잡은
군계일표(群鷄一豹: 닭 무리 가운데 표범)가 그냥 살려줄리 만무했다. 몸을 뒹굴며 부리를 깊이 박아 넣은 흑표가, 놈을 거꾸로 홱 잡아챘고
"끅!"
하는 놈을, 용을 쓰며 바닥에 두 번 내려치자 눈을 까뒤집고 말았다.
이어, 숨을 들이쉰 흑표가 지옥계의 식도를 뚝- 끊고 돌아서서 합귀자를 응시하며, 승리를 보고하듯 목을 길게 빼고 처절하게 울부짖었다.
"꼭꼭꼭꼭 꼬끼요! 꼬끼--요!"
"와!"
"흑표 만세!"
구이원 유민들이 모두 일어서서 주먹을 휘두르며 탄성을 질러댔다.
"흑표 대단해!"
애를 태우며 지켜보던 합귀자는 자기도 모르게 눈물을 흘리며 달려가
흑표를 안고 피를 닦아주며 온 힘을 다한 흑표의 등을 쓸어주었다.
"잘했다, 내 새끼!"
그러나 주인의 품을 파고들던 흑표의 눈이 스르르 풀리며 머리를

떨구었다.

발톱에 베인 상처들로 출혈이 심한 흑표가 기절을 하고 만 것이다. 놀란 합귀자가 급히 주변의 의원들을 싹 다 훑으며 찾아다녔으나 부상이 심해 얼마 못가 죽을 거라는 이구동성의 진단을 들었을 뿐이었다.

그때 패수객잔에 왕검성의 산현선사가 묵고 있다는 소문을 들은 합귀자가 한 걸음에 달려가, 무릎을 꿇고 머리를 조아리며 통사정을 했다.

"선사님, 자식 같은 닭이 시합에 나갔다가 큰 부상을 당했습니다. 소도의 영험한 선단(仙丹) 한 알만 내려주시면 그 은혜 평생 잊지 않겠습니다."

선사가 듣고

"사람이 아닌 닭에게는 효과가 없을 것이외다. 유목 마을에 가면 말과 소를 잘 보는 사람들이 있으니, 그들에게 치료를 부탁하는 게 더 좋을 게요."

라 했으나

"그럼, 침이라도 놓아주시면 고맙겠습니다. 아이가 숨이 넘어갈 것 같아,

더 이상 움직일 수 없습니다. 침을 맞다 죽어도 원망하지 않겠사오니 부디, 아량을 베풀어주소서."

합귀자(蛤鬼子)가 두 손을 모으고 애처롭게 매달리며 물러서지 않자,

이를 본 산현선사가 눈썹을 꿈틀거리며 차디찬 안광(眼光)을 흘렸다.

산현은 본디, 선하지 않은 일을 대하는 데에 대단히 엄격하여, 그

비중에 따라 차등을 두어 벌(罰)을 내리는 사람들과 달랐으며, 따라서
결코 과오를 만회할 기회를 주거나 용서를 하지 않는 인물로 유명했다.
"허, 안 된다는데! 불쌍한 짐승을 이용해 노름을 하고 그만큼 먹고 살았으면 이제 그만 놓아주시오. 내 보기에 흑표의 명은 거기서 끝났소이다. 숨을 거두면 양지 바른 곳에 묻어 주고, 정성껏 명복이나 빌어주시오!"
사실 누가 봐도 흑표를 살릴 방법은 없어 보였으나, 인정이라곤 눈곱만큼도 느껴지지 않는,
야멸차고 독한 말에 합귀자는 가슴 깊이 한(恨)을 새기며 돌아갔다. 열흘 후, 흑표는 주인의 뺨에 얼굴을 기대며 황량했던 삶을 마감했다.
합귀자는 꺼이꺼이 소리 내어 울며 흑표의 무덤 앞에서 열흘을 보낸 후
다른 밥벌이를 찾다 딱히 잘하는 일도 없어 「투계장」으로 돌아왔다. 그러나
흑표의 반의 반도 못 미치는 닭들로, 그동안 흑표가 벌어준 돈을 싹다 잃고 알거지가 되어 떠돌던 합귀자는 우연히, 그의 재능을 높이 본 황합파 방주 황부(黃夫)의 눈에 들어, 사제의 예를 맺고 무예계에 입문했다.
황부는 본래 왕검성의 도인이었으나 간사하고 사특하여 늘, 방문좌도(傍門左道: 사파의, 옳지 않은 도道 / 傍- 옆 방, 左- 그를 좌)에 한눈을 팔았으며
소도에 참배 온 여인을 겁탈하려다 장로에게 두들겨 맞고 쫓겨난

후,
서북산의 어느 동굴 벽에 새겨진 황합공(功)을 익히고 단번에 고수의 반열에 올라 인근 도적들을 꺾고 황합파를 창건한 녹림 두령이었다.
황합공(黃蛤功)은 두꺼비처럼 몸을 부풀려 적의 공격을 무력화함으로써
쇠를 자르는 보검이 아니라면, 상대에게 등을 내주지 않는 한 머리와 팔다리만 방어하면 부상을 당하지 않는 괴이한 술법(術法)이었다.
그 후, 황부가 죽자 방주가 된 합귀자는 그때부터 왕검성 신전소도를 감시하기 시작했다.
"산현... 내 기어이 놈의 머리를 잘라 흑표의 묘에 올리고, 그 영혼을 위로할 것이니라."
고
이빨을 갈며 지내오다 소도를 감시하던 졸개들이, 마침 독제비에 당하고 있는 산현의 위기를 알리자, 하늘이 준 기회라고 판단한 합귀자가 졸개들을 모두 데리고 숨이 넘어갈듯 달려와 기습을 해온 것이다.

도인들의 참상을 목도한 에제니와 소별, 뇌바우가 소리치며 달려갔고
도적들이 막아서자 종과 횡으로 후려친 검이 둘을 베고 좌우를 오가는 철창이, 이 산 저 산을 때리는 벼락처럼 세 명을 뚝딱 해치웠다.

이어, 동서(東西)를 가르고 사우(四隅: 서남 서북 동남 동북)를 타격하며
와륵(- 기와와 자갈)을 밟고 뭉개듯 밀고 들어가자, 크게 사기가 오른 신전소도의 도인들이 이를 악물고 갈팡질팡하는 도적들을 협공했다.
사실, 차분하게 붙었다면 해볼 만한 싸움이었으나 마음 놓고 공격하던 중,
기습을 당한 데다 특히 벼락이 치는 것만 같은, 종잡을 수 없는 뇌바우의 창에 사분오열하며 머리를 싸매고 앞 다투어 도망을 쳤다. 그들은 자기들 칼이 수수깡처럼 꺾이는 가운데, 뼈가 부서지고 크고 작은 육편(肉片)들이 피를 뿌리며 날자, 두려움으로 숨이 턱턱 막혀왔다.
합귀자는 두꺼비 공력으로 득의의 미소를 흘리며 산현선사를 몰아가다
훼방꾼들 때문에 아까운 부하들이 속속 죽어나가자 길게 탄식하며 물러갔다.

천일주(千日酒)

국관과 온평은 사흘 전, 웅가의 명도전 7억만 냥이 상단의 물품으로 위장되어 연나라로 빠져나가는 걸 막기 위해, 철연방의 장물아비 기능을 하는 탄비장을 불태우고 황서와 그의 부하들을 모두 죽여 없앴다.
다음 날, 두 사람은 철연방의 소굴을 찾아 추마산(山)으로 말을 달렸다.
둘은 흑풍곡(谷)의 으슥한 숲에 몸을 숨기고 산채의 움직임을 지켜보았으나
사흘이 넘도록 장물을 실은 걸로 보이는 마차들이 들어가는 것은 보았으나,
산채에서 빠져나가는 마차는 한 대도 볼 수 없었다. 온평이 고개를 갸우뚱 했다.
"사형, 저들이 약탈한 재물을 연(燕)으로 보낸다는 정보가 잘못된 거 아닐까요?
도적들의 수가 너무 많아서 자기들 먹기도 부족할 것 같지 않습니

까?"

"아니, 보낼 거야. 탄비장에서 저들이 하는 말을 듣지 않았느냐. 탄비장이 당한 걸 알고 다른 방법을 궁리하고 있을 게야. 좀 더 지켜보자."

그렇게 나흘이 지난 새벽, 요란한 소리와 함께 하늘을 가득 메운 제비 떼가 동쪽으로 날아가는 것이 보였다. 온평이 놀라며 넋을 잃었다.

"사형, 저건 철연방의 독제비 아닙니까. 저것들이 어디로 날아가는 걸까요?"

"글쎄, 그렇다고 우리가 이곳을 버리고 따라가 볼 수는 없지 않은가?"

1각 후, 산채의 책문(柵門)이 열리며 오십여 명의 기사(騎士)들이 어디론가 달려갔고

다시 한 시진 후 무려 열아홉 대의 마차가 백여 명의 호위를 받으며 굴러 나왔다.

철(鐵)제비 세 마리가 그려진 붉은 전포를 걸친 자(者) 뒤로, 행렬을 이끄는 두 명의 사나이와 창을 비껴들고 좌우를 지키는 무사 둘 그리고

후미를 따르는 곤봉을 든 자 모두 말 위에 높이 앉아 안광(眼光)을 번득이는 모습이 대단히 위풍당당했다. 전포를 걸친 자의 각진 머리가 눈에 익어 자세히 살펴보니 탄비장에서 본 당주 악흔(惡痕)이었다.

국관이 신음했다.

"악흔은 철연방 4대당주 중(中) 하나로 무서운 무공을 지닌 자인데, 나머지 다섯도 상당한 무예가 느껴지는군. 마차에 명도전(錢)이 분

명 있을 것이다."
온평이
"우리 둘이 저들을 감당할 수 있을까요?"
하고 묻자
국관이 눈을 빛내며 주먹을 불끈 쥐었다.
"이 기회를 놓치면 명도전은 찾을 수 없다. 목숨을 걸어야만 할 것이다."
마차는 왕검성의 반대 방향으로 가고 있었다. 국관이 고개를 끄덕였다.
"탄비장이 깨진 걸 알고, 난하(古代 요하)의 이도하(河) 포구에서 배에 실으려 할 것이다."
"아, 이도하(河)! 그렇다면 우리가 먼저 가서 기다려야 하지 않을까요?"
"그곳도 철연방 졸개들이 진을 치고 있을 터, 도중에 기습하는 게 좋을 것 같다. 이도하(河)까지 족히 사흘은 걸릴 테니 따라가면서 기회를 보자."

호위대는 점심을 건량으로 때우며 해가 지기 전, 기량산(山) 주막에 들었다.
산속의 주막이라 넓은 공터가 있어 행렬의 야영(野營)에는 안성맞춤이었다.
그들은 마차들을 빈터에 모으고 사방에 모닥불을 피운 후, 보초를 겹겹이 세웠다.
국관이 말했다.

"오늘 이동 거리를 보니 사십 리다. 저 속도라면 내일도 삼사십 리 이상은 힘들 것이다. 더구나 첫날이라 경계가 삼엄해 허점이 보이지 않는다.
자, 기습이 가능한 곳이나 저들이 내일 쉬어갈 만한 주막을 미리 찾아보자."
온평이
"정말, 우리 둘이 가능할까요? 성공하더라도 저 많은 마차를 어떻게 옮길 겁니까?
지금이라도 왕검성에 달려가 관부의 도움을 청하는 게 낫지 않을까요?"
라고 하자, 국관이 말했다.
"네가 말을 달려 왕검성에 알리고 병사들이 도착했을 때에는, 이미 저들은 이도하(河)에서 7억만 냥을 배에 싣고 떠난 후일 것이다."
"아!"
두 사람이 축시(丑時: 새벽 1시 반)까지 말을 달려 사십여 리를 가자 주막이 나타났다.
부근을 싹 다 뒤졌으나 아무 것도 없어 악흔이 묵을 수밖에 없는 곳이었다.
불이 모두 꺼져 있어 주막에 들면 투숙객들의 이목을 끌 것 같아, 국관과 온평은 맞은편 언덕의 바람 없는 자리를 찾아 눈을 붙였다.
다음날 새벽,
두 사람은 주변을 돌아본 후 2장 높이의 장대에 걸려 펄럭이고 있는 「호랑이 주막」이라 쓰인 깃발을 보며 마당으로 성큼 들어섰다.
국관이
"호랑이주막!"

하고 웃으며
"아침부터 먹고, 계획을 세워보자."
고 말했다.
식사 준비를 하던 사십 대(代) 아주머니가 두 사람을 보고 반갑게 맞이했다.
"어머.. 이렇게 일찍, 어디서 자고 오시오? 설마 건너편 고개에서 자지는 않았겠죠?"
국관이 씩 웃으며
"오다가 노숙을 했어요. 해장국 두 그릇 주셔요."
"다른 건..?"
"말 먹이를 좀 주셔요."
"네.."
주문을 받고 돌아서는 주모에게
"아주머니, 이름이 어찌 호랑이 주막이오? 부근에 호랑이가 나와요?"
하고 온평이 묻자 주모가 웃었다.
"호호호, 내 별명이 호랑이 주모예요. 그래서 호랑이 주막이라 불러요."
말을 듣고 보니, 주모에게서 어딘지 모르게 호랑이 같은 분위기가 느껴졌다.
음식을 기다리던 온평이 벽의 차림표에 적혀있는 「천일주(千日酒)」라는 술 이름을 바라보다
문득,
탁자를 치며 노래했다. 청아(淸雅)한 목소리가 그윽한 선율을 타고 주막 밖으로 퍼져나갔다.

중산가(中山歌)

어- 어- 어-
어- 어- 어-
영산(靈山)의 아름다움 비할
곳 없고
세상에 제일가는 지혜(智慧)
따를 자 없네

오..
두 개의 준령 아래 대평원

인걸은 지령(地靈: 땅의 신령
스러운 기운),
용맹한 장사들 너무도 많아
늠름하고 호쾌한
풍속
나라는 부유하고
백성들 편안하니
천 년 만 년(年) 영원하여라
찬란한 태양 아래

중산의 도성 영수성(靈壽城)」

곡조가 장중하면서도 그리움이 가득한 노래였다. 국관이 감탄하며 물었다.
"사제, 이리도 노래를 잘했는가!"
온평이 대답했다.
"오래 전에 망한 중산국(國) 유민들의 노랩니다. 돌아가신 아버님께 배웠어요.
아버진 중산국 유민으로 술을 드시면 꼭 이 노래를 부르셨고 「죽기 전에 중산국의 천일주(千日酒)를 마셔보면 원이 없겠다」고 하셨어요.
그러나 망국의 천일주를 만드는 곳이 어디 있겠습니까. 아버지가 돌아가신 후 소도에 맡겨져 자란 제가, 저 천일주를 보니 아버님 생각이 사무칩니다. 당장이라도 한 잔 올리고 싶은데 이젠 세상에 안 계시니.."
온평이 눈물을 글썽이자, 국관이 위로(慰勞)하며 주방을 향해 소리쳤다.
"아주머니, 여기 천일주 좀 주시오!"
"네에"
해장국과 천일주를 차려주던 주모가 온평에게 은근하게 말을 건넸다.
그녀의 눈에는 물기가 어려 있었다.
"어릴 적, 오빠가 불러주던 중산가와 너무도 흡사하더군요. 소협, 감동적이었어요. 이젠 천일주조차 아는 사람이 드문데, 중산가를 다

듣다니.
소협의 사연도 들었습니다. 나도, 중산국 유민이오. 조(趙)의 혜문왕에게 망한 후 영수성을 떠나 이 곳 저 곳 유랑하다 여기서 주막을 하게 되었습니다. 아, 그런데 실례지만 아버님의 성씨가 어찌되시나요?"
온평이
"온입니다."
고 답하자
주모가 흠칫 되물었다.
"아버님 존함이?"
"네, 굴통입니다"
온평의 답에 주모가 벼락을 맞은 듯 부르르 몸을 떨며 휘청거렸다.
"자...네 이름은?"
주모가 돌연 자네라고 호칭을 바꿨으나, 온평은 긴장하며 뭔가를 느꼈다.
"온평이라 합니다."
"아버지가 혹, 왼쪽 귀가 없지 않으신가?"
온평은 깜짝 놀랐다.
"어찌 그걸? 아버지는 귀를 가리기 위해 늘, 천으로 머리를 싸매고 다니셨습니다."
주모가 떨리는 손으로, 온평을 붙들고 주방을 향해 목이 터져라 소리쳤다.
"여보! 드디어 오라버니를 찾았어요. 상간하(河)에서 헤어진 나의 오빠를요!"
"뭐라고!"

부엌에서 음식을 만들고 있던 덩치 큰 사내가 주렴을 걷으며 우당탕탕 뛰어나왔다.
"네-에?"
소리가 들리며 밖에서 장작을 패고 말을 돌보던 주모의 아들, 딸이 달려왔다.
온평을 보며 물을 벌컥벌컥 마신 주모가 흥분을 가라앉히고 말했다.
"온평아, 네 아버지는 나의 오라버니가 되느니라. 나는 너의 고모란다!"
"제 아버지가 아주머니 오빠라고요?"
허겁지겁 고개를 끄덕인 주모가 눈물을 쏟으며 철퍼덕 바닥에 주저앉았다.
"그래, 흑흑.. 어엉엉엉, 으흑으흐흐. 아.. 이럴 수가. 오빠의 영혼이 널 내게 보내셨구나. 어엉어엉 어엉어엉. 아..악-! 오라버니, 저예요. 상이.."
시간이 흐르자, 눈물을 비처럼 흘리며 통곡하던 주모가 문득 울음을 그쳤다.
"사연을 들려주마. 나와 오빠는 어릴 적 중산국의 도성 영수성에 살고 있었다.
실제 우리의 성은, 온씨나 내가 지금 사용하고 있는 요씨가 아니고, 사마(司馬)이며, 중산국 사마희 장군의 후손이다. 네 아버지는 사마굴통,
나는 사마상이었는데 연나라 노예상의 추적을 피해 요씨로 바꾸었단다.
당시 중산국의 백성들은 조나라의 노예가 되어 지옥 같은 삶을 살고 있었고

오빠와 난 도망치다, 연(燕)의 계성 서쪽에서 붙잡혀 노예상에게 넘겨졌다.

그때 나는 열두 살이었는데, 날 겁탈하려한 노예상을 죽이다 오빠는 한쪽 귀를 잘렸고, 추격대를 피해 어느 벼랑 끝까지 몰리자 급기야 내 손을 잡고 상간하(河)에 뛰어 들었다.

나는 구사일생으로 살아났으나, 네 아버지와는 그 후 평생을 만나지 못했다. 아, 오빠가 얼마나 보고 싶었는데. 흑흑, 흐흐흑흑 흑흑흑흑..”

온평은 머리 속이 엉망진창으로 엉키며 정신이 멍해졌다. 이를 지켜보던 국관이 위로했다.

“그동안 얼마나 힘드셨습니까?”

“잡초도 뿌리를 내리고 기댈 흙이 있었으나, 중산국(國) 유민들은 그 어디에도 말뚝 하나 박을 땅이 없어, 갖은 멸시를 받으며 살아왔어요.”

온평이 울먹이며 고모를 불렀다.

“고모님!”

“온평아!”

두 사람이 손을 잡자, 고모부와 사촌형 방성, 여동생 방초 모두 울며 온평을 반가워했다. 기나긴 이야기가 대강 끝나자 고모가 물었다.

“그런데, 얘야. 이 외딴 곳까지는 어쩐 일이냐?”

국관은, 온평의 이야기를 듣는 내내 요상이 눈을 깜빡일 때마다 안광(眼光)이 번득이자, 온평의 고모가 평범한 인물이 아니라는 걸 알아챘다.

온평 또한 고모와 방혁이 무예를 감춘 고수라는 사실이 더 없이 반가웠다.
"아하하하! 명도전과 조선의 보물을 훔친 철연방 놈들이 여길 지나 간다고?
중산국이 조와 연의 침략으로 망했고 연은 지금까지도 조선을 괴롭히고 있다.
그것들이 이곳을 지나간다니 좌시할 수 없다. 더구나 여긴 조선 땅이 아니냐?"
하고
거실에 들어갔다 나오며 번개처럼 두 손을 뿌리자, 훅훅훅훅 도는 비도들이 6장 밖 대추나무를 파고들며 호쾌하게 『刀』자를 새겨 넣었다.
심장이 떨리는 놀라운 솜씨였다. 나무에 박힌 여덟 개의 유엽비도(-버들 잎 모양의 비도飛刀)가 조금씩 다른 각도로 빛나며 흔들리고 있었다.
악필(惡筆)은 글자가 커도 눈에 잡히지 않으며, 잘 쓴 글씨는 작은 글자라도 극히 선명하게 보인다는 것을 아는 국관과 온평은 「刀」자가
품고 있는 박력(迫力)과 북풍한설과도 같은 살기(殺氣)에 크게 놀랐다.
능히, 한 지역을 주름잡고도 남을 솜씨였다. 이어 요상이 방성을 시켜 사람들을 모았다.
사냥꾼 배씨, 약초꾼 신씨, 나무꾼 기씨 등이 껄껄 웃으며 즐거워했다.
"언제고 철연방 놈들을 혼내주고 싶었는데, 도적을 잡는 일에 불러줘서 고맙소."

온평은 의외의 조력자를 얻어 기뻤으나, 적의 두령이 「짝손독장」악흔(惡痕)이며 그 수가 아군보다 열배가 넘기에 마음을 놓을 수 없었다.
조카의 불안한 속을 읽은 요상이 온평에게 엉뚱한 질문(質問)을 했다.
"너무 걱정하지 마라. 너 혹시 천일주가 어떤 술인지는 알고 있느냐?"
"중산국의 명주 아녜요?"
"호호호호호호, 이 술은 다섯 가지 맛을 가진 술로 이런 전설이 있다.
어떤 백수가 친구 집에서 술을 마시고 돌아가다 길바닥에 쓰러졌는데
사흘이 지나도록 깨어나지 않아 꼬집고 혀를 당기고 찬물을 부어도 반응이 없자, 모두 죽은 것으로 판단하고 향나무 관에 넣어 묻었단다.
그리고 몇 년이 지나 그를 찾아온 친구가 「술에 취한 채 길에서 자다 한기가 들어 죽은 지 천 일이 되어간다」는 말에 놀라며 급히 땅을 파고 관을 열었는데,
때마침 술에서 깨어난 친구가 기지개를 펴며 일어났다는 이야기란다.
그 후, 천일 동안 잠들게 하는 술이라 하여 천일주라는 이름이 붙었고
비록 과장된 면이 없지 않으나 내공(內功)이 심후한 자(者)라 할지라도, 한 잔이라도 뱃속에 들어가면 몸을 가누기가 그리 쉽진 않을 게다."

온평이

"아...!"

하고 탄성을 지르며 생각했다.

'그래. 천일주(酒)를 놈들에게 먹일 수만 있다면...!'

이어, 호랑이 주모는 철연방(幇)을 대비한 각자의 임무를 정해주었다.

온평은 일꾼으로 변장했고, 기씨와 신씨는 손님으로 방에 들고, 국관은 주막이 잘 보이는 곳에 숨어 언제든 악흔을 상대할 태세를 갖추었으며

사냥꾼 배씨는 주모의 신호가 떨어지는 즉시 화살을 날리기로 했다. 그들은 벽의 차림표를 바꾼 후 몇 가지 작전을 머리에 그리며 바쁘게 움직였다.

산속이라, 해는 일찍 떨어졌다. 유시(酉時: 오후 5시 반)를 조금 지나자,

말을 탄 흑의인 둘이 나타났고 그들 중, 이마에 칼자국이 난 자가 주인을 찾았다. 주모가 부엌에서 한 걸음에 뛰어나오며 반갑게 맞이했다.

"어머.. 어서 오셔요, 나리!"

「칼자국」이 차가운 눈빛을 흘리며 말했다.

"이곳을 통째로 빌려야겠소."

"....."

주모가 뭔 말인지 모르겠다는 듯

"두 분 말고 손님이 또 오시나요?"

"음.. 우리는 중원 표국의 호송 행렬이오. 백여 명의 무사가 곧 도착 할 것이니 저녁을 준비하시오. 그리고 내일 묘시(卯時: 아침 5시

반)에 아침을 먹고 출발할 거요. 점심으로 먹을 건량도 준비해줘야 하오."

주모가 놀라며 두 눈을 크게 떴다.

"네?

이 작은 주막에서 백 명이 드실 음식을 어떻게 갑자기 준비하나요? 더구나 내일 점심까지. 나리, 저희 부엌엔 솥이 두 개 밖에 없답니다. 솥이 있.."

「칼자국」이 손을 들어 주모의 말을 끊었다.

"식구가 몇이오?"

"저희 부부와 아들, 딸 하나씩 그리고 마구간 일꾼까지.. 다섯이에요.

"흐흐흐흐, 모두 달라붙으면 될 거요. 우리들도 일을 거들어 주겠소."

그러나 주모는 잠시 머뭇거리며 말했다.

"방을 통째로 빌린다고 하셨는데, 어제 오신 약초꾼 두 분이 끝 방에 묵고 계시니, 죄송합니다만, 방을 하나만 사용하시면 안 될까요?"

순간, 눈이 뒤집힌 「칼자국」의 말투가 사나워졌다.

"아니,

이 여편네가 귀는 멋으로 달고 다니나? 아까 못 들었어? 비가 오면 빈대떡이고, 똑 하면 딱 이지. 큰 손님이 오면 작은 손님이 양보해야지, 조선 족속들은 어찌 기본 예의(禮義)도 모르나? 지금, 주막에 든 자를 모두 쫓아내라. 그렇지 않으면 너희들의 목을 따버릴 것이니라."

"표사님, 한 번만.."

하며

주모가 통사정을 하자, 어느새 나타난 『붉은 전포』의 눈에 짜증이 스쳤고, 이를 본 「칼자국」이 심장이 내려앉은 주모의 목에 칼을 들이댔다.

"빨리!"

여차하면 목을 그을 것 같은 살기를 느낀 주모가 바로 꼬리를 내렸다.

"네.."

투숙객으로 머물던 약초꾼 신씨와 기씨가 졸지에 주막에서 쫓겨났다.

1각이 지나 행렬이 도착했다. 마차 열아홉 대와 백여 명의 무사가 주막 앞에 이르자, 단번에 마을 하나가 생긴 듯 저자거리처럼 북적거렸다.

마차를 마당에 들여놓고 말들을 풀어 온평과 방성에게 건초를 먹이도록 했다.

불을 피우고 여기저기 보초를 세운 후, 안팎으로 진(陣)을 구축한 상태에서 식사를 시작했다. 「칼자국」이 식사를 하다가 주모를 불렀다.

"어이, 여기 술은 뭔가?"

주모는 아까 일이 떠오른 듯 목을 만지며 『칼자국』의 눈을 피했다. 아무리 봐도 술값을 제대로 주지 않을 것 같은 포악한 얼굴들이었다.

"이 깊은 산 중에 무슨 술이 있겠...어요."

하고
몸을 떠는 주모에게 「칼자국」이 당연한 이야기를 더 없이 너그러운 표정으로 말했다.
"돈은 줄 테니 빨리 가져와라, 잉? 저기 차림표의 「호랑이술」은 뭐냐?"
고 물었다.
"저건 없.."
하는 주모의 말을 끊었다.
"거짓말!"
"아녜요."
"뒤져서 나옴?"
"음..으으 그럼, 돈 안 받..고 드릴게요."
하며
주모가 말을 더듬자, 옆의 「고슴도치 수염」이 눈을 가늘게 뜨며 나섰다.
"흐흐흐흐흐, 그래? 흥, 내 코는 십리 밖에 감춘 술 냄새도 맡는다."
며 일어섰다.
"저도 같이 찾겠습니다."
하고
귀걸이를 한 흑의인이 따라 일어났다. 마차 선두의 창(槍)을 든 2인 중 하나였다.
이들은 주모의 행동이 가소롭기만 했다. 감히 사기와 협잡으로 도(道)가 튼 자기들을 속이려 들다니... 두 사람은 부엌으로 들어가 방혁과 딸 방초를 내보내고 뒤지기 시작했다. 부엌에는 빈 술독만 있었다.
「귀걸이」가
"정말 없네?"
라고 말하다

"크크크크, 그래서 넌 집들을 털어도 늘 빈 지게인 거야. 생각해봐라. 주막에 술이 없으면 그게 무막(無幕)이지, 주막(酒幕)이냐? 말이 되는 소리냐고. 흠.. 술이 다 팔릴 정도면 그 술은 진짜 좋은 술인 거야.
그리고 재물을 터는 데에도 도(道)가 있어! 대상의 부(富)와 시기, 동원할 인원, 개가 있을 경우의 임기응변, 장물아비에게 넘기고 이익을 형제들과 나누는 방법 등, 머리를 써야 할 일이 얼마나 많은 줄 아냐!"
는 고슴도치 말에
"에고, 형님의 높은 지혜를 아둔한 제가 어찌 따를 수 있겠습니까요?"
하며 자기 머리를 쥐어박았다.

그때, 고슴도치가 코를 킁킁 거리며 뒷문으로 나갔다. 이어 뒷마당에 쌓여있는 짚단을 훑어보다 콱 허물자 자물쇠가 채워진 창고가 나타났다.

「귀걸이」가 문을 부수고 들어가니 식자재들이 가득 했고 얼핏 보자마자,
입술과 혀가 저절로 끌려가는 항아리 다섯 개가 눈에 쏙 들어왔다. 후다닥 뚜껑을 여니, 먹다 죽어도 후회 없을 기가 막힌 향기가 훅 올라왔다.
「고슴도치」가 바가지로 떠 입에 털어 넣고 「귀걸이」도 맛을 보았는

데,

술로는 적수(敵手)가 없는 「고슴도치」나 「귀걸이」 모두 난생 처음 접하는 술이었다.

꿈에 그리던 무릉도원의 술맛이 이럴까. 운우(雲雨)의 밤을 떠오르게 하는 기막힌 맛이었다. 두 사람은 카- 하며 못생긴 주둥이를 털었다.

명주(名酒) 중의 명주 아닌가. 「고슴도치」가 얼른 한 바가지 더 마셨다.

이번에는 오감(五感)이 각기 몸 밖으로 튀어나와 춤을 추는 것 같았다.

눈이 풀린 채 침을 흘리던 「귀걸이」가 「고슴도치」의 바가지를 빼앗듯 가로채

연거푸 두 바가지를 퍼 마시자 「고슴도치」가 「귀걸이」의 머리를 콱 쥐어박았다.

"그만 마셔, 얌체 같은 놈아! 애들을 불러와라. 항아리 채 들고 가자."

평소 같으면 어디 세 군데는 부러뜨렸을 「고슴도치」가 애주가의 입장에서,

한 번도 만나보지 못한 황홀한 술 앞에서 그 누가 평소와 같이 예의범절을 지킬 수 있겠는가 생각하며 「귀걸이」의 무례를 널리 이해한 것이다.

잠시 후, 신바람이 난 두령들이 눈을 희번덕거리며 주모를 불렀다.
"이게 술이 아니면 물이냐?"

주모가 울상이 되어 말했다.

"그건 막 담근 거라, 열흘은 더 지나야 제대로 익습니다. 지금은 제

맛이 안 납니다."
"또, 또, 또 거짓말! 우리 술 도사들이 맛을 봤는데 벌써 다 익었다, 이 앙큼한 것아!
자, 네가 말한 대로 이 술은 공짜다. 알겠느냐. 얘들아! 마음껏 마셔라!"
하고 술판이 벌어졌다.
이에 주모가
"저.. 돈은 조금이라도."
하자
"닥쳐라!"
하며 물리쳤고 주모가 이내 항아리를 쓰다듬으며 눈물을 폭폭 쏟았다.
"에고, 망했네... 망했어!"
도적들은
주모를 보고 입이 찢어질 듯 호탕하게 웃어 제쳤다. 참으로 미련한 여편네였다.
「칼자국」 형님과 무적의 개코 「고슴도치」형을 짚단 몇 개로 속이려 들다니.
술값을 준다는데 굳이 없다고 해서 이 사단(事端)이 난 것 아닌가. 덩치에 비해 유달리 머리통이 작은 흑의인이 눈을 치뜨며 호통을 쳤다.
"울지 마!"
밥값은 안 내도 술값은 떼먹지 않는 사나이 「칼자국」 형님을, 눈을 두 개나 달고 몰라본 주모가 한심했다. 이때 뛰어나온 방혁이 주모를 데리고 가자

「칼자국」이 호랑이술 한 병(甁)을 들고, 식사를 하고 있는 악흔의 방으로 가져갔다.

철연방 무사들은 술독을 보자 신이 났다. 더구나 맛을 보니 보통 술이 아니었다.
이틀을 걸어오느라 피곤도 했고 갈증도 많이 났다. 그동안 당주의 명이 추상(秋霜: 가을의 찬 서리)같아 술을 한 모금도 입에 댈 수 없었다.
경계해야 할 험한 고개나 계곡은 다 지나간 듯 했다. 내일 하루만 버티면 모든 임무가 끝날 것이다. 오는 길에 의심 가는 놈들은 하나도 없었다. 감히, 철연방을 건드릴 녹림 방파들이 조선 내(內) 어디에 있겠는가.
이 모든 것이 방주의 노파심에서 비롯된 것이라고 원망을 해왔던 무사들이 10년 한(恨)을 풀듯 허리띠를 풀고 술을 퍼마시기 시작했다.
보초를 서는 소(小)두령 백면귀와 졸개 스물 둘을 제외하고, 모두 신나게 마셨다.
달빛 아래 이따금 부는 시원한 바람이 주막의 취기를 더욱 더 부추겼다.
이들이 잔을 싹싹 핥아가면서 내일이 없는 듯 떠들며 마시고 있는 술은, 그렇잖아도 독한 술에 기운을 갉아먹는 약을 뿌린 천일주였다.
한 시진이 지나자 모두들 취해 각기 편한 자세로 엎어지며 잠들었다.
도적들이 인사불성(人事不省)이 되자, 호랑이 주모가 하늘 한복판의

달을 향해 비수(匕首) 같은 안광을 폭사하며 길고 긴 웃음을 터뜨렸다.
"깔깔깔.. 오호호.. 오호호호호호호호.."
국관과 온평은 요상의 웃음소리를 듣고 소름이 쫙 끼쳐왔다. 밤바람을 타고 울려 퍼지는 소리가 처음에는 시끄러운 소리로만 들렸으나 이내
기이한 마성(魔聲)으로 바뀌며, 시야를 가리는 안개와도 같이 옆으로 기운 비탈길에 선 것 같은 불편한 긴장감을 고조시키며 길게 이어졌다.
웃음이 끝날 때쯤 고모가 이십 년 전 연(燕), 조(趙)의 도적들에게 저승의 꽃으로 불리던 번조선과 패수(浿水: 조선하), 갈석산 일대의 살수 「요이화(妖夷花: 요망한 동이의 꽃)」라는 사실을 깨달은 온평이 건초더미에 숨긴 검으로 말을 지키는 자를 베고, 달려드는 또 다른 놈의 가슴에 석탑을 부수듯 일장(一掌)을 내지르자, 사냥꾼 배씨가 온평을 돌아보는 철연방(幇)의 보초 셋을 화살로 해치우며 달려갔다.
이때
악흔은 객실에서 독장(毒掌)을 연공하며 있었다. 「칼자국」이 올린 술에 잠깐 흔들렸으나, 방주의 지시가 떠올라 한 잔도 입에 대지 않고
대신, 반반한 주모의 딸을 생각하며 군침을 삼키고 있었다. 달이 높은 오늘밤 「독장」의 비술로 그녀의 순음지기를 취하기로 마음먹었다.
품에서 칙칙한 곽을 꺼내 열자, 엄지 굵기의 붉은 거미 세 마리가 꿈틀거렸다.

촉수가 비할 데 없이 새빨간 독거미를 오른손으로 집고 쇠스랑만한 왼손의 가운데 손가락을 입에 갖다 대자,
거미는 반가운 듯 덥석 물었고 악흔은 피를 빠는 놈을 흐뭇하게 내려다보았다. 이윽고 거미의 배가 부풀어 오르자 나머지 둘에게도 손가락을 물려 배를 불려주고 곽에 다시 넣었다. 이어, 연공을 시작한 후 짝손이 핏빛으로 부풀어 오르다 가라앉기를 네 차례, 스산한 미소와 함께 짝손을 들어 토납을 마무리 하는 원을 거미줄처럼 그리는 순간
요사스러운 긴 웃음과 훅훅 귀를 찢는 검풍이 고요한 가슴에 파문을 일으켰다.
단말마의 비명이 연이어 들리는 가운데 서둘러 운기행공을 마친 악흔이 문을 박차고 몸을 날렸다.
칼자국과 졸개들은 술에 떡이 되어 의식이 없었고 몇몇 부하는 괴한들을 보고는 있었으나 어찌된 일인지 몸을 일으키지 못하고 있었다.
번(番: 숙직, 당직)을 서던 백면귀와 부하들만 웬 놈들과 싸우고 있었는데
이리저리 날며 백면귀를 꿩 잡듯 모는 자(者)는 술이 있니 없니 하던 어리숙한 주모였고, 부하들은 방혁, 방성, 방초와 마굿간 일꾼 그리고
자기들이 내쫓은 약초꾼과 또 다른 놈을 상대로 싸우고 있었다. 쓰러진 졸개들 중,
셋은 화살이 박혀 있었고, 거품 물고 대적하고 있는 나머지 부하들도 그다지 유리해 보이지 않았다.
얼핏, 조금 전의 웃음으로 갈석산의 요이화가 떠오른 악흔이 도약했

다.
자기를 속이고 백 명의 졸개를 무용지물로 만들다니, 이 밤이 파국으로 끝나지 않으려면
저 요망한 년의 목부터 부러뜨려야 했다. 악흔이 밤새처럼 날아오르며
요이화의 머리를 향해 짝손을 휘두르자 가공할 붉은 안개가 밀려갔고
순간, 「요이화」가 회전하며 좌수(左手)를 펴자 두 개의 빛이 유성처럼 날았다.
국관과 온평을 놀라게 했던 「버들잎 모양의 비도」를 날린 것이다. 이때,
하얀 빛과 함께 자기의 가슴에 박힌 비도를 본 백면귀가 주저앉았고
또 다른 비도가 츠츠 소리를 내며, 헤엄치듯 짝손의 손바람을 파고 들었다.
출기불의의 비도에 놀란 악흔이 날개를 접은 새처럼 땅으로 떨어져 내렸다.
요이화의 비도는 일반 무림인의 것과 달리 폭이 좁은 유엽비도(柳葉飛刀)였기에 독장(毒掌)의 바람 속을 유영하듯 쇄도할 수 있었던 것이다.
삽시간에 방향을 튼 악흔의 경신술과 요이화의 비도술에, 요이화와 악흔 모두 서로에게 눈을 뗄 수 없는 초(超) 긴장의 상태로 돌입했다.
요이화의 손엔 파랗게 번득이는 연검(軟劍: 허리띠 같은 얇고 긴 검)이 들려있었다. 비록 20년 전 패수(- 조선하) 일대를 제패한 고수라

하나,
상대는 악명을 떨치고 있는 철연방의 악흔과는 승부를 예측할 수 없었다.
두 줄기 섬전 같은 눈빛이 얽혔다 풀어지며 좌우로 멀어지듯 발을 옮기기 시작하자 실타래 같은 흙먼지가 연기처럼 원(圓)을 그려나갔다.
몇 번의 호흡이 지났을까, 누가 먼저랄 것 없이 베고 막고, 때리고 피하고, 차고, 박고, 부딪쳤다 떨어지며 다시 격돌하기를 오십여 합, 혼신의 힘을 다해 공수(攻守)를 주고받았으나, 붉은 안개와 검광만이
땅과 지붕을 날고 기는 두 사람의 그림자를 쫓다 허망하게 사라져 갔다.
경신술과 내공이 단시간에 어찌해 볼 수 없는 상대라는 점에서 요이화는 악흔의 독(毒)을, 악흔은 요이화의 숨겨진 비도(飛刀)를 경계하며,
둘 다 마음 놓고 화끈하게 싸울 수 없는 상황을 답답해할 때 느닷없이
"선배님, 짝손은 인간이 아닙니다. 무림의 예(禮)를 지킬 필요가 없습니다."
소리가 들려왔다.
요이화만을 노리던 악흔은 국관이 갑자기 나타나자 소스라치게 놀랐다.
조금 전, 이 정도의 경신술(術)을 지닌 자는 시야에 포착되지 않았었다.
국관은 상대가 악한이기에 기습을 하더라도 누가 뭐랄 사람이 없었

으나, 선랑(仙郞)으로서 마음이 약해져 자신의 존재를 알려준 것이다.
악흔이 몸을 틀어 삼각형의 구도(構圖)로 대치하는 찰나 희끗 날아든 국관이
분영(分影: 출몰하는 그림자를 벰)의 쾌검을 긋고 악흔이 비켜서자 쇄혼(鎖魂)의 술법으로 먹구름 같은 검광 속에 악흔을 잡아가두려 했다.
악흔은 비룡검이 번득이자 검이 예사롭지 않음을 느끼고 두 번 더 물러서다,
스치기만 해도 옷이 잘라지는 예리함에 놀라며 몸놀림이 절로 둔해졌다.
이에 승리를 확신한 듯, 국관이 무모할 정도로 수비를 염두에 두지 않고
참마(斬魔: 악마의 목을 벰)의 초식을 펼치자, 요이화가 비도를 던지려 할 때 참마의 세 번째 검을 피한 짝손이 국관의 옆구리로 날아들었다.
「분영, 쇄혼, 참마」의 칠변(七變)이 한 호흡에 이어졌기에, 달리는 말 위의 풍광처럼 두 사람의 허와 실을 포착하기 어려웠던 요이화는 국관이 악흔의 역습(逆襲)에 걸려든 것 같아 심장이 오그라들었다.
'아!'
요이화가 멈칫하고 악흔이 광기(狂氣)어린 미소를 입가에 떠올릴 때,
홀연 환영처럼 떠오른 국관의 좌수(左手)가 악흔의 목을 향해 날았다.

악흔의 사각을 파고든 수도(手刀)가 파도를 탄 부표처럼 나타난 것이다.
어린 놈을 타격하기 전, 놈의 철수(鐵手)에 목뼈가 부러질 판이었다.
상상할 수 없었던 국관의 기습에, 악흔이 벽에 부딪친 듯 목을 뒤로 빼자
요이화의 연검(軟劍)이 들이닥쳤고 머리 가죽이 벗겨질 듯 놀란 악흔이 뒹굴며
검(劍)을 막고 나동그라지는 찰나, 여섯 개의 유엽비도(柳葉飛刀)가 그물이 여섯 가닥으로 갈라지듯 쫓아갔다. 네 바퀴를 더 구른 악흔이
큭!
하고
내뺀 자리에 피범벅이 된 쇠스랑 같은 손가락 세 개가 투둑 떨어졌다.
비룡검만 믿고 수비가 없는 미련한 놈으로 오인(誤認)하게 만든 후, 마음 놓고 역습하는 악흔을 허허실실의 치우장(掌)으로 기습함으로써,
「요이화」가 마지막을 정리토록 한 국관의 전술이 맞아떨어진 것이다.
악흔의 상대로, 스스로 부족함을 알고 있던 국관은 악흔의 방심을 유도했다.
호월선자를 만난 후 독문의 탁곱을 상대하고 구탈을 지나온 여정이 국관에게 검산도림(劍山刀林: 험난한 무림)을 뚫고 나아가는 지혜와 힘을 준 듯
악흔의 경신술로, 내공(內功)의 격차를 감지한 국관이 치우장(掌)의

기이한 변화(變化)로 한순간 악흔의 균형을 깨는 데에 성공한 것이다.
나머지 도적들을 제압하고 국관, 온평, 이소화, 방혁, 방성, 방초, 사냥꾼 배씨, 약초꾼 신씨, 나무꾼 기씨가 모였다. 국관이 요이화에게 물었다.
"놈들을 어떻게 하죠? 깨어날 텐데요."
"호호호,
전설의 천일주에 비하면, 「호랑이 술」은 취기가 사흘 밖에 안가지만 미혼 약(藥)을 있는 대로 털어 넣었으니 최소 5일은 지나야 깰 겁니다.
일어난다 해도 두통에 며칠 시달릴 것이니 발뒤꿈치 힘줄만 자르고 저대로 두죠."
하며
마차를 살펴보았다. 명도전 7억만 냥은 일곱 대에 실려 있었고, 나머지 열두 대에는 금은보화와 그동안 조선에서 약탈한 희귀한 재물들이 가득 실려 있었다. 모두, 15억만 냥은 족히 될 엄청난 재물이었다.
주막에 불을 지른 후, 도적들의 힘줄을 자르고 백여 개의 무기를 불 속에 던진 요이화가 나무에 글을 남겼다.

「머리 대신 뒤꿈치를 잘랐느니라. 연(燕)으로 돌아가라. 끝까지 지켜볼 것이다   ..요이화」

간신 필구

동이 트자 국관과 온평, 요이화, 방혁, 방성, 방초, 사냥꾼 신씨 약초꾼 배씨, 나무꾼 기씨는 이도하(河)를 향해 쉬지 않고 마차를 몰았다.

국관은 해지기 전 이도하에 도착하기 위해 부지런히 이동했다. 험한 산길이 거의 없어 신시(申時: 오후 3시 반)쯤 도착할 것 같았고 철연방의 추적은 보이지 않았다.

짝손의 중지(中指), 약지, 새끼를 잘린 악흔이 이틀거리에 있는 흑풍곡에 가서 부하들을 끌고 되돌아온다는 것은 애초에 불가능한 일이었다.

그들은 오시(午時: 오전 11시 반)쯤 견마령(嶺)을 넘은 후, 휴식에 들어갔다.

어제의 격투 이후 쉬지 않고 달려온 탓으로, 되는대로 등을 붙이자마자 모두 잠에 떨어졌고, 딱 한 시진(- 2시간)이 지나 다시 출발했다.

얼마 후 어느 계곡 앞에 당도하자 뒤를 따르던 방초가 선두의 국관

곁으로 달려왔다.
"소협, 저 계곡이 궁협(弓峽)이예요. 활처럼 휘어져 궁협이라고 합니다. 궁협을 지나면 길이 좋아 한 시진 반만 가면 이도하가 나옵니다."
국관이 반색했다.
"그럼 다 왔군요!"
"네"
두 사람이 나란히 궁협의 중간쯤 지나갈 때였다. 방성이 급히 국관에게 달려왔다.
"선협님! 2리 뒤에서 사십여 명의 마적(馬賊)들이 쫓아오고 있습니다."
"네?"
"철연방 무리 아닐까요? 전력으로 따라붙고 있습니다."
국관은 견마령 아래에서 잠깐 쉬었던 걸 후회하였으나, 이미 지난 일이었다.
배씨와 기씨, 신씨를 불렀다.
"세 분이 마차들을 끌고 최대한 빨리 협곡(峽谷)을 빠져 나가주십시오."
"알았네, 죽어라 달리겠네."
배씨가 마차의 고삐를 넘겨받아 박차를 가했고, 기씨와 신씨는 열(列)의 좌우에서 앞뒤를 오가며 말들을 향해 긴 채찍을 연신 휘둘렀다.

먼지를 일으키며 맹렬하게 쫓아오는 모습이 철연방의 추적대가 틀림없어 보였으나 국관의 마차 행렬이 계곡을 통과하려면 한참을 더 가야했다.
붉은 제비가 나는 깃발의 사십 여(餘) 마적들이 어느새 가까이 따라 붙고 있었다.
얼마나 거칠게 달렸는지 말들이 하얀 거품을 잔뜩 물고 있었고 비 오듯 흐르는 땀으로 온몸이 번들거렸다.
말머리 얼굴의 붉은 전포를 입은 자가 선두에 섰고, 좌우의 반 보 뒤로 요이화에게 손가락을 잘린 악흔과 창(槍)을 든 자가 따르고 있었다.
악흔이 분노를 터뜨렸다.
"어린 놈아, 거기 서라!"
붉은 전포를 입은 자가 일행을 쓸어보자 푸르스름한 살기가 쏟아졌다.
"철연방의 물건을 털어가다니! 네 놈들이 과연 오래 살 놈들이겠느냐!"
국관과 온평, 방혁, 요이화가 말머리를 돌리며 계곡을 막고 돌아섰다.
방혁이 천천히 앞으로 나서서 말했다.
"나는 호랑이주막 방혁이다. 너희는?"
붉은 전포가 오른 손을 들자 도적들이 고삐를 당기며 말을 멈추었다.
"흐흐흐, 곧 죽을 놈들이니 말해주마. 나는 철연방의 홍연동주이니라."
철연방의 동주(洞主) 둘 가운데 홍연(紅燕)이 나타난 것이다. 동주 남연(南燕)과 홍연은 방(幫)의 서열 2위로, 4대당주 위에 있었다.

방혁이 말했다.
"네가 달라는 건 웅가와 조선 백성들의 물건이 아니냐? 그냥 돌아가라."
악흔이 서둘렀다.
"동주님, 긴 얘기 할 것 없습니다!"
사실,
마차(馬車)는 연왕에게 갈 것들이었다. 이번 일은 방주의 사백 전삭이 조정 안팎에 돈을 뿌리고 공을 들인 결과로, 방주 이하 모두 과거의 죄를 사면 받고 벼슬을 받을 수 있는 마지막 결정타가 될 뇌물이었기에 악흔에게 맡긴 것인데 같잖은 것들의 암수에 빠져 빼앗긴 것이다.
아마도, 악흔은 방주의 철권을 맞고 머리통이 깨져 죽을 것이 분명했다.
어제, 황망히 도망치던 악흔은 성(城) 인근에 도적질을 왔다 돌아가는 홍연동주를 만났다. 악흔은 천신(天神)을 만난 것만 같아 눈물이 났다.
악흔이 사정을 이야기하고 애걸하자, 홍연이 심복 조신을 돌아보았다.
"음.. 조신, 악흔의 일을 도와야하지 않겠느냐? 어찌하면 좋겠느냐?"
조신이 뱀 눈을 감았다 뜨며 대답했다.
"요이화(妖夷花)는 이십 년 전 우리 연(燕)과 조(趙)의 녹림으로부터 저승의 꽃으로 불리던 살수입니다. 보아하니 보통이 넘는 것들입니다.
놈들은 마차를 몰고 있으니, 내일 안에는 따라 잡을 수 있을 겁니다.
먼저 이도하(河)의 「만사기」에게 전서구로 영을 내리십시오. 협공을 하거나 이도하의 욕살 필구를 움직여서라도 도움을 주려 할 겁니다."
악흔이 반색했다.
"네!
맞습니다. 필구는 연(燕) 출신 아버지와 조선 어머니 사이에 태어나 연(燕)에서 자란 자인데 번조선 우현왕(王) 도바바의 심복이기도 합니다."
홍연은 즉시 만사기에게 전서구를 날리는 동시에, 방주가 하사한 흑심단(丹)을 악흔에게 주었다.
흑심단이 얼마나 귀한 영단인지 잘 아는 악흔은 홍연동주의 큰 도량에 감격한 얼굴로 감사와 경의를 표한 후, 물도 없이 꿀꺽 삼켰다.

방혁의 말에 울화가 치민 홍연동주가 허리의 칼을 뽑으며 악을 썼다.
"악흔, 십 기(騎)를 끌고 마차들을 잡아라. 나는 이놈들을 해치우겠다."
"넵!"
악흔이 내달리자, 홍연이 저승의 꽃으로 보이는 「요이화」를 향해 쇄도했고
조신을 필두로 삼십여 기(騎)가 국관과 온평, 방혁, 방성, 방초를 공격했다.

국관은 도적들의 수가 많아 움푹 파인 절벽을 향해 후퇴하다 자리를 잡자
'사즉생'의 각오로 번개처럼 천웅쇄혼(天熊鎖魂)을 펼쳤다. 속전속결이 필요했다. 자칫하면 그동안의 노력이 수포(水泡)로 돌아갈 것이다.
먹구름 같은 그림자가 조신의 눈을 가리는 순간 육박하며 무릎을 찼고,
다급하게 피하는 조신의 턱을 안개처럼 떠오른 좌장(左掌)이 후려쳤다.
요이화 외에는 강자가 없어 보이는 자들을, 쥐 잡듯 없애려했던 조신이
국관의 기이한 일격에 창(槍) 한 번 휘두르지 못하고 나동그라졌다. 악흔(惡痕)조차 기겁을 한 치우장(掌)을 조신 따위가 당해낼 리 없었다.
조신이 패하자 도적들이 놀라며 허둥대는 사이, 국관은 홍연을 찾아 몸을 날렸다.
"창창창창창!"
요이화의 연검과 홍연의 사도(邪刀: 사악한 칼)가 부딪치는 소리였다.
철연방(幇) 서열 2위의 자리에 오를 수 있는 기회라고 생각한 홍연이
죽음의 꽃 요이화를 잡고 명도전을 뺏기 위해 모든 공력을 끌어올렸다.
악흔을 이긴 것으로 보아 쉽게 볼 자가 아니기에 질풍처럼 움직이며

사악(邪惡)하기 이를 데 없는 괴이한 도법 속에 요이화를 가두려했다.
홍연의 사도(邪刀)는 방주가 하사한 칼로, 뜨거운 쇳물에 규율을 어긴 부하들의 피를 뿌려 만든 비정(非情)한 혈도(血刀)였다. 구름처럼 밀려드는 칼 그림자와 이무기가 유영하듯 파고드는 요이화의 연검이
다음을 기약할 수 없는 원수를 만난 것처럼 난폭한 살초를 주고받았다.
홍연은 연(燕)의 마지막 보루였고, 요이화는 조선을 지탱하는 교각이었기에, 티끌만큼도 생(生)과 사(死)에 미련을 두지 않아야만 했다.
"얏!"
기합을 지른 홍연동주가 망나니 칼을 휘두르자, 요이화가 검산수궁(劍山守躬: 검산으로 몸을 지킴)을 펼치며 들판의 고양이처럼 날아올랐고
이어 검풍소운(劍風掃雲: 검의 바람으로 구름을 쓸어버림)으로 혈도(血刀)의 잔영을 날리는 순간, 한 줄기 섬광(閃光)이 홍연의 목을 향해 날았다.
요이화의 유엽비도가 날자 비도(飛刀)의 허리를 후려친 홍연이 흠칫, 등 뒤의 검기를 느끼고 회전하며 혈하도류(血河倒流: 피의 강이 거꾸로 흐름)의 칼로 정면 돌파를 시도했다. 죽음의 꽃 요이화를 뒤에 두고,
암수를 피한 다음 반격하는 굼뜬 수순을 밟을 수는 없었다. 요이화 외에
긴장할 만한 고수를 보지 못한 홍연으로서는 꽤 그럴듯한 선택이었

으나
쇄도하는 검을 막은 칼이, 땅이 꺼지듯 움푹 파이자 홍연은 크게 놀랐다.
숨을 들이킨 홍연이 암습자의 제2 검(劍)을 피하고 칼을 던지며 좌우 철권을 내질렀으나, 강에는 암초가 있고 산에는 구덩이가 있는 법,
문득 그늘이 지듯 나타난 손바닥이 강풍에 휩쓸린 낙엽처럼 날아들었다.
악흔을 물리칠 때보다 훨씬 빠르고 변화무쌍해진 국관의 치우장이었다.
국관의 역습(逆襲)에 놀란 홍연이 헉- 하고 곤두박질치는 순간, 훅훅훅훅 도는 여덟 개의 하얀 빛줄기가 들이닥쳤다. 유엽비도(柳葉飛刀)
의 절초 팔비도망(八匕悼亡: 여덟 개의 비도가 죽음을 애도하다)이 홍연의 다섯 요혈과 도주 공간을 차단하며, 소나기처럼 떨어진 것이다.
숨이 넘어가는 악인들의 눈이 슬퍼, 팔비에 도망(悼亡)이라 이름 붙인 요이화의 절기에, 홍연이 발악하듯 몸을 뒤틀며 쌍장(雙掌)을 쳐냈으나
바람을 비틀고 날아든 마지막 비도에 목이 뚫리며 숨을 거두었다.
속도와 박자가 맞아떨어진, 치우장과 팔비도망(八匕悼亡)의 연수합격에
홍연의 머리가 꺾이자 국관이 곰이 포효하듯 일갈(一喝)을 내질렀다.
"홍연이 죽었다!"

는
외침이 울려 퍼지자 온평과 방혁, 방성, 방초를 공격하던 도적들이 경악(驚愕)하며, 손과 발이 엉키고 우왕좌왕하다 일시에 힘을 잃어갔다.

그때, 배씨와 기씨, 신씨를 없애고 호탕하게 웃으며 몸을 돌리던 악흔은
「홍연이 죽었다」는 외침에 가슴이 철렁했다. 마차를 도로 빼앗기면 길은 오직 하나, 죽음으로 이어질 뿐이었다.
"모두 나를 따르라!"
소리치며 내달렸다. 나머지 것들은 조금도 두렵지 않았으나, 어린놈의 보검과 요이화의 유엽비도(柳葉飛刀)가 마음에 걸린 것이다. 흔들리던 도적들이 악흔의 명에 빈 칼질을 하며 말머리를 돌리는 순간
"부웅!"
고동소리를 필두로 먼지 속에 백 오십여 기병들이 궁협(弓峽)으로 들어섰다.
국관은 긴장했으나 얼핏, 펄럭거리는 번조선의 치우둑기(旗)를 보고 안도했다.
번조선의 국기를 본 악흔이 길게 탄식하며 마차를 버리고 퇴각하자, 도망치는 악도들을 악을 쓰며 쫓다 돌아온 푸른 옷의 장수가 물었다.
"나는 이도하성(城)의 욕살 필구다. 마차들은 다 무어며 너희는 또 누구냐?"

국관이 먼저 방혁, 방성, 방초 등을 「호랑이 주막」의 식구들이라 소개하며
'웅가의 선랑(仙郞) 국관, 온평입니다. 일월산(山)에서 강탈당한 명도전 7억 만 냥을 되찾고자 철연방(幇)의 마적들과 싸우던 중이었습니다.
다행히도 욕살께서 적기에 와주셔서 쉽게 물리칠 수 있었습니다."
라며
대웅성 신전소도의 선인패(牌)를 보여주자 욕살 필구가 고개를 끄덕였다.
"오, 그런 일이? 큰일 날 뻔했구려. 철연방은 아주 잔인한 무리들이오.
변조선 서북의 우환거리외다. 옛날 연(燕)의 진개군(軍) 패잔병들이 섞여 있어, 도적이라 하나 규율이 엄해 그 세(勢)가 막강하오. 얼른 성(城)으로 가십시다. 우리가 호위하며 안내할 테니 천천히 따라오시오."
국관은 배씨와 기씨, 신씨를 햇볕이 잘 드는 자리에 모시고 출발했다.
해가 떨어질 때가 다 되어 이도하(河)에 도착한 국관 일행은 필구가 안내하는 객사에 들었다.
말들도 멍에와 고삐를 풀고 쉬게 하며 건초와 물을 넉넉하게 주었다.
마차들을 밧줄로 묶고 객사에서 필구가 특별히 마련해준 성찬(盛饌)으로 식사를 한 후 마음을 턱 놓고 잠에 떨어졌다. 얼마나 지났을까.
하나 둘 잠에서 깨어보니 모두 손에는 쇠사슬이, 발에는 차꼬가 묶

인 채 감옥(監獄)에 처박혀 있었고 머리는 쪼개질 것처럼 아팠다.
"이게 어떻게 된 일이야?"
방혁이 소리쳤으나 아무 대답이 없었다. 제일 먼저 깨어난 방초가 말했다.
"일어나 보니 다 묶여 있었어요. 미혼약이 들어간 음식을 먹은 겁니다."
얼마 후 병사들이 모두를 마당으로 끌고 갔다. 관청의 대청마루에 필구가 높이 앉아 있었다.
국관이 두 눈을 부릅뜨며 물었다.
"욕살어른, 어찌 이러는 것이오?"
"너희들의 죄를 모른다는 게냐? 어제 밤, 관청에 고발장이 접수되었다.
연(燕)으로 호송하는 구상단(狗商團) 물품을 호랑이주막 도적들에게 빼앗겼다고 말이다. 네놈이 스스로 호랑이 주막이라고 하지 않았더냐?"
며, 필구가 고발장을 보여주며 마구 흔들었다. 어제의 친절한 필구가 아니었다.
이에 국관이
"욕살님, 어제 대웅성의 옥패(玉牌)를 보여드리며 전후 사정도 설명드렸습니다.
그리고 웅가의 명도전 7억만 냥 외에는 관아에 돌려드리려던 참이었습니다."
고 대답하자, 필구가 승냥이 같은 목소리로 호통을 쳤다.
"하!
이놈 봐라. 까짓 옥패 하나가 마차 열아홉을 강탈한 변명이 된다고 생각하느냐? 그딴 옥(玉)은 시장에 가면 여기저기 가마니로 쌓여있느니라.
그리고 뒈질 것 같으니까, 7억만 냥을 제하고 나머진 관아에 돌려줘? 이런 간특한 놈 같으니, 흐흐흐흐흐"
그때,
침묵하던 요이화가 욕을 퍼부었다.
"나쁜 놈. 천벌을 받을 것이다. 네놈이 철연방과 한 통속이라니!"
필구가
"칵!"
하고 옥장(獄將)을 불러 영을 내렸다.
"이것들을 삼십대씩 때린 후 진술서에 손도장을 찍고 옥에 처박아라."
"예!"
백성들이 의지할 조정 관리가 이 모양이니 어디 하소연 할 데도 없었다.
국관은 가슴이 답답했다.
'아..! 아는 사람 하나 없는 번조선 변방에서 함정에 빠져버렸으니 어쩐다?'
그러나 달리 방도가 없었다. 온평이 요이화 등을 보며 장탄식을 했다.
"죄송합니다. 저 때문에.."
라 하자
"괜찮다.
나는 널 만나서 너무도 기쁘다. 그리고 네가 의로운 일을 하는데 고모인 내가 어찌 보고만 있겠느냐? 우리 가족들은 조금도 후회하지 않는다."
"아....."
그 날 이후 국관 일행은 3일 동안 곤장을 맞으며 핏덩어리가 되어갔다.
모두들 저승으로 갈 날만을 기다리며 죽지도 살지도 못하는 고통 속에 이를 갈았다.

명도전을 되찾다

제12 대 아한 단군의 순수관경비(碑)는 난하(古代의 요하)가 보이는 절벽 위에 세워져 있었다.
비(碑)가 향하고 있는 곳으로 아득히 발해가 보였다. 비문(碑文)은 가림토로 새겨져 있었고
토대(土臺)는 오랜 세월 돌보지 않아 이끼가 끼고 내려 앉아 있었다.
검을 멘, 범상치 않은 기도(氣度)의 남녀가 순수관경비 옆에 서서, 천야만야한 절벽과
붉은 노을 아래 굼실굼실 흐르는 강(江)을 오래도록 바라보고 있었다.
얼마 전 호우로 불어난 강물이 굉음을 일으키며 단애(斷崖)를 때리고 있었다.
절경(絶景) 속에 그림처럼 서있는 두 사람은 여홍과 두약이었다.
몇 달 전,
여홍은 아바간을 떠나 장당경의 청하사패를 방문한 후 방향을 틀어

난하로 향했다.

대형(大兄) 흡혈마선이 흑림의 일로 부를 때까지, 번조선의 서변과 남변을 돌아볼 계획이었다. 조선 북쪽 가라무렌강과 북옥저의 비리성(城) 그리고 흑림을 돌아본 여홍은 하루 빨리 이 땅에서 가달의 무리가 사라지고 환웅천황과 단군의 태평성대가 도래하기를 기원했다.

두 사람은 번조선 요하의 국경 관문 격인 이도하성 내(內) 래이객잔에 묵고 있었다.

래이객잔은 중원과 구이원 열국을 오가는 여행객과 상인들이 많이 찾는 곳이었다.

두약이 내내 강(江)만 바라보는 여홍에게 애교어린 목소리로 물었다.

"오라버니, 무얼 그리 생각하셔요?"

그녀는 언제 봐도 아름다웠다. 여홍이 멀리 강심(江心)으로 눈을 돌렸다.

"사매, 난하를 건너면 연과 번조선의 중립지대「상하운장」이고, 그 너머는 고죽국, 영지국(國)의 땅이었으나 오래 전, 제나라 환공에게 멸망했소.

이 순수관경비를 보니 만감이 교차하오. 사매, 피리를 불어주시겠소?"

두약이 눈을 동그랗게 뜨며 손뼉을 쳤다.

"어머!

시(詩), 좋지요. 한 번 읊어보셔요. 제가 피리를 멋지게 불어 드릴

게요."
여홍이 빙긋 웃으며, 옥피리를 건네주고 풀밭에 앉아 시를 읊기 시작했다.

「 철쭉꽃 붉게 타오르는
　그 옛날
　청구국(國)의 터

　아득한 아한의 시절
　파란의
　구이원을 추억하며
　홀로
　서있는가

　멀리
　푸른 바다를 보고
　있는
　비(碑)

　이끼 가득한
　용비봉무(龍飛鳳舞)의
　글자들

　저 광야(廣野)를 향해

목을 놓아
　불러도
　대답할 이 없으나

　아, 그리워라. 단군왕검　」

노래를 마친 여홍이 다정한 눈빛으로 두약을 돌아보며 감탄(感歎)했다.
"사매의 피리 솜씨가 매우 훌륭하오. 마치 어머니가 불어주시는 것 같았소."
두약은 여홍의 모친이 동예악선 적보월의 수제자라는 걸 알고 있었기에 기뻤다.
"어머, 정말요?"
"그렇소"
"호호, 다음에도 또 불어 드릴게요."
두 사람이 객잔으로 돌아와 식사를 하고 있을 때였다. 객잔 밖 마당 한 켠 식탁에서 개미가 기어가듯 속삭이는 소리가 여홍의 귀에 들려왔다.
"도치, 호랑이주막 놈들에게 빼앗긴 재물을 되찾게 되었다고 하던데, 정말인가?"
"되찾다 뿐인가. 놈들은 모두 관청의 감옥에 갇혔네. 감히, 우리 철연방(幇)의 재물을 넘보다니. 흐흐흐, 간이 배 밖으로 나온 놈들이었지."
"홍연동주가 죽고 악흔도 부상을 입었으며, 백 명이 모두 다리 불구가 되었다고 하던데, 욕살 필구가 무슨 재주로 놈들을 잡았는지 아는가?"
"동구, 자네 아직도 필구님이 육도삼략이 뛰어난 분이라는 걸 모르나? 관청 객사로 데려와 저녁을 대접하면서 음식에 미혼 약을 썼다네.
오백 근이 넘는 곰을 잡을 정도로 음식에 넣었다니 제 아무리 고수라도 꼼짝 못하지."
"호.. 욕살님, 정말 대단해."
"그리고 놈들을 구상단(狗商團) 강도죄와 살인죄로 곧 처형한다는군."
"구상단이라니? 처음 듣는데?"
"에이, 이 사람. 우리 철연방이 조선에서 강탈한 걸 무역 상품으로 가장해 호송하는 게 「구상단」이야!"
그제야 깨달은 듯 동구라는 자(者)가 자기도 모르게 목소리가 커졌다.
"아하! 절묘하군!"
"쉬잇."
도치가 손가락을 입에 갖다 대며 소리를 극도로 줄였으나, 여홍에겐 물방울이 똑똑 떨어지듯 대화가 선명하게 들려왔다. 유와 무의 경계를 허물고 심검(心劍)을 이룬 이후 팔십 년의 화후를 넘어선 여홍이었다.
여홍은 열네 살 때 자기를 괴롭혔던 철연방 비마오연(飛魔五燕)이 떠올랐다.
'음..
이도하성(城)에서 못된 일이 벌어지고 있는 게 틀림없다. 욕살 필구가 철연방과 내통하고 있군. 조선의 관리가 연의 도적과 내통하다니.
옥(獄)에 갇힌 호랑이 패들은 누굴까. 의로운 사람들이 틀림없는데 필구의 함정에 빠져 곧 죽게 될 모양이라니. 내 이 간악(奸惡)한 놈을…'
이때 두 사내가 일어서는 소리가 들리자, 여홍이 두약에게 눈짓을 했다.

이도하성(城) 옥사는 관부 뒤편에 있었다. 옥사는 두 길이 넘는 담으로 둘러싸여 밖에선 들여다 볼 수 없었다. 대문에 보초 두 명이 서있었다.
사시(巳時: 오전 9시 반)가 되었을 때 열네 다섯의 꾀죄죄한 여아와 열두 살 정도의 소년이 12장도 더 떨어진 곳에서 공기놀이를 하고 있었다.
아이들은 한참 오누이처럼 잘 놀다 갑자기 핏대를 올리며 싸우기 시작했다.
"야호! 내가 이겼다."
"아냐, 내가 이겼어"
"망치!"
"흥, 누나가 또 속였잖아!"
"맞을래?"
"치! 때려봐!"
하고 망치라는 아이가 머리통을 소녀의 턱 밑으로 쭉쭉 들이밀었다.
"요게"

소녀는 화가 머리꼭지까지 난 듯 주먹으로 소년의 머리를 콱 때렸다.
"으앙!"
하고 소년이 눈물을 쏟으며 울기 시작했다.
그때
"시끄럽다, 거지들아. 딴 데 가서 놀아라!"
하고
위병들이 짜증을 내며 소리를 질렀으나, 소녀는 들은 척도 않고 아이를 계속 차고 쥐어박았다. 소녀의 난폭하고 막돼 먹은 모습이 위병들의 눈살을 찌푸리게 했다.
"으앙!"
소년이 점점 더 크게 울었다.
"정말 시끄럽네. 거지들이 재수 없게. 빨리 꺼지라니까! 요것들이 정말 죽고 싶냐!"
위병이 다가와
"애를 왜 때려!"
하며 소녀의 목덜미를 움켜쥐자
"왜요!"
하고 소녀가 돌아서며 위병의 오른쪽 옆구리에 비수를 콱 찔러 넣었다.
"헉! 이..이년이."
하며 위병이 고꾸라지자 지켜보던 또 다른 위병(衛兵)이 크게 놀라
"뭐야!"
하고 달려왔다.
이때, 소녀가 내던진 공기 돌 세 개가 위병의 두 눈과 울대뼈를 강

타했다.
위병이
"어쿠!"
하고 창(槍)을 떨어뜨리며 얼굴을 감싸자 다람쥐처럼 달려든 소녀가 위병의 가슴에 비수를 푹 쑤셔 박았다. 놀랍도록 빠르고 독한 솜씨였다.
소녀가 쓰러진 위병의 창(槍)을 들고 옥사 정문으로 앞장서 들어갔다.
"망치! 가자!"
소년은 앞서 죽은 위병의 칼을 들고 뒤를 따랐다. 옥사는 붉은 건물에 있었다.
무법의 「구탈」에서도 살아남은 영악한 아이들에게 비상종을 울릴 틈도 없이 위병들이 저승으로 넘어갔으나, 다른 옥졸들은 건물 구석의 골방에서 아무 것도 모르고 희희낙락 노름을 하며 시간을 죽이고 있었다.
소녀는 구탈의 안교였다.
창으로 살금살금 다가가 옥졸 여섯이 쌍륙(雙陸: 노름)을 하느라 정신이 없는 걸 본 안교가 옥(獄)으로 이동해 잠시 숨을 멈춘 후 문을 열자
번(番)을 서던 옥졸 둘이 갑자기 나타난 아이들을 보고 깜짝 놀랐다.
옥졸 하나가
"얘들아, 어떻게 들어왔느냐? 여긴 너희들이 올 곳이 아니다. 빨리 나가라!"
며 손을 내젓는 순간 빗방울이 튀어 오르듯 안교의 공깃돌이 날앉

고
"악!"
하고 옥졸이 눈을 감싸자 들개처럼 달려든 망치가 복부에 칼을 박았다.
이를 본 다른 옥졸이
"엇!"
하며 큰 칼을 빼들자
5개의 공깃돌이 눈, 코, 입, 목을 향해 빛살처럼 쇄도했고, 어느새 바닥을 구른 망치의 비수(匕首)가 주춤거리는 옥졸의 발목을 베어갔다.
강한 내력이 실려 있지는 않았으나 뜻밖의 소나기 같은 기습이었기에
옥졸이 머리를 숙이고 새우처럼 튀어 오르며 망치의 목을 베려는 찰나, 하얀 비수(匕首)가 훅 소리를 내며 구미혈(穴: 명치)을 파고들었다.
귀신이 곡(哭)을 하고도 남을 연수합격에 옥졸(獄卒)이 고꾸라지자, 열쇠뭉치를 찾은 안교가 고양이처럼 감방(監房)을 살펴보기 시작했다.
방을 차례로 훑고 지나가다 아홉 번째 방 앞에 선 안교가 눈을 빛내며
"오라버니!"
하고 외치자
벽을 기대고 앉아있던 두 남자가 눈을 번쩍 떴다. 국관과 온평이었다.
온평이 소녀(少女)와 국관을 번갈아 쳐다보자, 안교가 입술을 깨물

며 소리쳤다.
"안교예요!"
국관이
"네가 어찌?"
하고 놀라는 사이 안교가 문을 열고 국관과 온평의 족쇄를 풀어주었다.
"저쪽도 좀."
안교가 요이화, 방혁, 방초, 방성을 풀어주자, 다른 죄수들이 발을 굴렀다.
"우리도 구해주시오!"
"받아요!"
하고 열쇠꾸러미를 다른 죄수들에게 던져주고 안교가 국관 일행과 함께 옥사를 빠져나왔다.
그들이 정문으로 달려 나오자 「쌍륙」을 하던 옥리들이 달려 나왔으나, 고삐 풀린 황소와도 같은 국관 일행의 손에 모두 목숨을 잃었다.
"따라 오셔요"
안교는 이도하성 밖 동쪽에 있는 선황당(仙皇堂: 서낭당)으로 안내했다.
선황당은 봄, 가을 삼신과 토지신, 산신에게 제(祭)를 올리는 곳이었으나,
중원(中原)의 풍조에 휩쓸린 탓으로 제를 올리지 않은지 오래되어 거미줄과 먼지가 가득했다. 자리를 잡은 국관이 감격한 얼굴로 물었다.
"안교야, 진정 고맙구나. 네가 어떻게?"

안교도 이제야 마음이 놓인 듯 한숨을 내쉰 후, 그간의 일을 말했다.
"오라버니가 구탈의 칼도마 원숭과 애꾸를 해치우고 떠난 다음 날부터,
그 졸개들이 저를 오라버니와 한편으로 알고 허구한 날 죽이려 들기에,
번조선으로 가신다던 말이 생각나 왕검소도에 가서 물었더니 왕검성으로 가셨다고 하더군요.
이어 왕검성에 갔는데 철연방의 탄비장을 쓸어버린 고수들 얘기를 들었고
그들 가운데 오라버니가 있을 것만 같은 느낌에 철연방의 흑풍곡(谷) 가까이 숨었다가, 도적들이 이도하(河)로 대거(大擧) 이동하는 걸 보고 혹시나 하는 마음으로 따라왔어요. 그리고 오라버니가 필구의 함정에 빠진 걸 알았고, 오늘 드디어 오라버니를 구하게 된 거예요."
국관이 고개를 끄덕였다.
"고맙다. 필구 손에 꼭 죽는 줄로만 알았다. 그런데 이 소년 용사는 누구지?"
국관이 돌아보자, 소년이 가슴을 펴고 씨익 웃으며 인사를 했다.
"저는 망치라고 합니다. 누나가 구탈에서 저를 돌봐주었는데, 누나가 구탈을 떠난다고 해서 누나 없이는 살수 없을 것 같아 따라 나섰어요."

사연은 이랬다.

정령국 도인으로부터 무예를 몇 수 배운 안교가 거지 무리에 들어간 적이 있었는데

여기저기서 얻어온 음식을, 너무 어려 밥을 구하지 못하는 망치와 나누어 먹었고, 망치는 그때부터 안교를 친누나처럼 따랐다. 그 후 안교가 거지 패를 떠나 헤어졌으나, 장사꾼들을 따라 구탈에 온 망치가 누나를 다시 만나게 된 것이다. 온평은 망치가 가깝게 느껴졌다.

"고향이 어디야?"

"엄마와 태원에 살았었는데 엄마는 「우린 누번국(國) 사람」이라고 했어요. 더 이상은 아는 게 없어요. 망국의 후손들이 어디 사람인가요."

"오! 누번"

모두 신기해 할 때

안교가

"오라버니, 필구와 철연방(幇)이 눈에 불을 켜고 있을 테니 경계가 느슨해졌을 때 탈출해요."

라 하자, 국관이 말했다.

"나는 아무데도 안가. 찾아야 할 게 있거든. 철연방(幇)이 훔쳐간 웅가의 7억만 냥을 천신만고 끝에 찾았다가 간신 필구에게 도로 빼앗겼어.

필구는 우리에게 도적이라는 누명을 씌워 참수하려 했지. 7억만 냥과 비룡검을 찾고 필구를 제거하기 전엔 결코 돌아가지 않을 것이다."

안교가

"그래도.. 저희까지 합해도 겨우 여덟뿐인데 그것이 가능하겠어요?

하자 요이화가 이를 뿌드득 갈았다.
"개만도 못한 놈, 용서할 수 없다."
방혁과 방성, 방초가 두 주먹을 불끈 쥐자, 국관이 안교에게 부탁했다.
"우린 활동이 어려우니, 당분간 너와 망치가 밖의 사정을 알려주었으면 해."
안교는, 국관이 자기에게 도움을 요청하자 더 없이 기쁜 듯 환하게 웃었다.
"네, 오라버니"
하며
망치를 데리고 나갔다가 먹을거리를 잔뜩 이고 어두워져서야 돌아왔다.
국관이 물었다.
"어떻더냐?"
안교가 고개를 저으며 대답했다.
"성(城)이 발칵 뒤집혔어요. 기찰이 심하고 철연방(幇)의 왈패로 보이는 것들이 여기 계신 분들을 사방으로 찾아다니고 있어요. 그리고 관청에서 보관하던 마차들은 모두 천구장(天狗莊)으로 가져갔답니다."
온평이 물었다.
"천구장이요?"
방혁이 답했다.
"천구장은 구상단의 거점이며, 철연방의 이도하(河) 지부일 것이네."
온평이 말했다.
"사형, 왕검성의 탄비장(莊)과 이도하성(城)의 천구장이 연계하여 장물을 처리하고 주도면밀하게 조선의 재물을 자기 나라로 빼돌리는군요."
"음.."
국관이 신음했다.
"안교, 천구장을 혹 아나?"
"네,
포구(浦口)에서 북으로 십 리쯤에 있고 철연방(幇) 이도하(河) 지부의 두목은 만사기(萬詐欺)라는 자인데, 유성추(鎚)를 잘 쓴다고 합니다."
"만사기, 유성추?"
"네, 만사기는「사기 치는 술수(術數)가 만 가지」라는 뜻입니다. 그리고 이도하(河) 일대에선 그의 유성추(鎚)를 상대할 자가 없다고 합니다."
국관이 요이화에게 말했다.
"고모님,
필구와 천구장 가운데 어디를 먼저 쳐야할지 판단이 서질 않습니다."
요이화가 말했다.
"필구나 천구장, 둘 다 경계가 심할 것이오. 더구나 우리 모두 몸이 성치 않아 큰일이오.
음, 죽을 각오로 임하는 수밖에 없소. 우선 천구장(天狗莊)을 쳐서 명도전(錢)을 되찾기로 하되, 좀 더 상황을 지켜보는 게 좋을 것 같소."
"그 사이, 저들이 심야(深夜)를 이용해 연(燕)으로 넘어가면 어떡하죠?"

"후.."
온평이 길게 한숨을 내쉬며 일단 다친 몸부터 빨리 추스르자고 말했다.

다음날 천구장(莊)을 살피러 갔던 안교가 돌아와 국관에게 보고했다.
"천구장(莊)을 감시하던 중, 이도하성(城)으로 가는 졸개를 잡아 문초했더니, 모레 새벽 난하를 건널 호송 패를 오늘 저녁에 편성한답니다. 난하(- 古代의 요하)를 건너면 바로 연(燕)의 땅이니 서둘러야 할 것 같습니다."
국관이 물었다.
"호송 병력이?"
"백 명이랍니다."
"음..
우리는 망치까지 여덟, 그리고 이번에는 저들도 만전을 기할 터. 이대로 있다가는 15억만 냥이 고스란히 연(燕)의 아가리에 들어갈 것이다."
미간을 잔뜩 찌푸리고 있는 국관에게, 문득 요이화(妖夷花)가 물었다.
"이건 어떻겠소?"
국관이 돌아보자
"여기에선 필구와 철연방 모두를 상대해야 하니, 우리가 먼저 난하를 건너가서,
난하를 무사히 건넌 후 방심하는 놈들을 기습하면 어떨까 싶소만?"

국관이 고개를 갸웃하며 물었다.
"난하 저편은 연(燕)의 땅으로 우리는 그곳의 지리도 모르지 않습니까?"
요이화가 웃으며 말했다.
"국선협 그건 걱정 마시오. 어릴 적 오라버니와 헤어진 후, 온 세상을 떠돌아다녀 그 일대를 너무도 잘 아오.
난하를 건넌 다음 패수(浿水: 조선하)를 건너야만, 그들이 경유해야 할 옛 비자국(- 고죽국 멸망 후 건국)의 탕지보(堡)에 도착할 수 있으니,
우리는 패수에서 만사기를 기다리면 될 것이오."
국관이 쾌재를 부르며 눈을 반짝이다 반문했다.
"여협님, 성공하면 연의 국경수비대(隊)를 뚫고 다시 난하를 건너올 수 있겠습니까?"
요이화가 대답했다.
"걱정 마오. 거기서 동북으로 상하운장이라는, 연과 번조선의 중립지대가 있는데
누구도 간섭하지 않는 무정부 지역으로, 중원과 조선에서 죄를 짓고 온 악인들의 낙원(樂園)이자 무법(無法)의 땅이요. 간악하고 힘 있는 자만이 살아남을 수 있는 곳이지만, 살인을 저질러도 죄(罪)를 묻는 자가 없으니 어찌 보면 무한히 자유로운 곳이라고 할 수도 있소이다.
그 상하운장의 상(上)운장에는 「다물여관」이라는 유명한 곳이 있는데
주인은 높새라는 이름을 가진 조선 사람으로 불의를 보면 참지 못하는 의혈(義血)의 남아요. 내 한 때 「다물여관」에 머물며 어떤 일

로 그를 도운 적이 있으니, 그에게 부탁하면 흔쾌히 도와줄 것이외다."
온평은 궁금했다.
"고모님, 높새라는 분에 대해 좀 더 알고 싶습니다."
"높새 대인은 「다물의 난」 당시, 「소년다물군」으로 얼륵 대원수를 모신 분이다.
당시, 가달성 살수들에게 중상을 입고 사경(死境)을 헤매다 어느 도인의 활법으로 살아난 후 그의 제자가 되어 천하를 주유했다고 한다.
그 후, 스승이 돌아가시자 상운장에서 다물여관을 운영해온 분이다."
국관은 요이화의 설명에 머리가 탁 트이며 시원해졌다. 그도 다물의 난에 대해 잘 알고 있었다. 다물의 난이 실패한 것에 대하여 많은 백성들이 안타까워 하듯 그도 진정으로 애석하게 생각하고 있었다.
국관은 높새 대인이라면 이 중차대(重且大)한 일에 도움을 줄 것만 같았다.
"동호와 흉노 중간의 「구탈」같은 곳이군요. 구탈에서 안교를 알게 되었습니다."

국관 일행은 밤을 이용해, 난하 하류 십리쯤 되는 곳에서 배를 타고 강을 건넜고
이틀 후, 천구장에서 이도하(河)로 온 구상단의 마차 열아홉 대가 난하를 건넜다.
호송은 무사 백여 명을 거느린 철연방의 천구장주(天狗莊主) 만사기

가 직접 나섰다.

난하를 건너자 만사기는 어느 정도 마음이 놓였다. 연나라 땅에 들어왔으니 임무를 절반은 마친 셈이었다.

며칠 전, 호랑이 패가 탈옥했다는 보고에 만사기는 필구에게 달려갔다.

"욕살님, 쇠사슬로 묶고 차꼬를 채운 도적을 놓치다니요. 그들이 천구장을 다시는 공격하지 못하도록 욕살님이 지켜주셔야만 합니다. 지금 이 일은 저희 방주님이 우현왕 도바바님께도 말씀을 드렸습니다."

철연방 졸개가 감히 우현왕 도바바를 들먹이며 압박하자, 필구는 기분이 상했으나 달리 할 말이 없었다. 입맛을 쩝 하고 다시며 대답했다.

"실수였소. 바로 죽여 버렸어야 했는데. 그러나 만장주, 걱정 마시오. 읍차 장초가 병사 1천으로 패수를 무사히 건너도록 도와주리다."

만사기가 고개를 끄덕였다.

"그리해주신다니 방주님도 감사해 하실 것입니다."

다음날 새벽 만사기가 난하를 건너니, 연(燕)의 수비대장 기시(騎市)가 미리 연락을 받은 듯 유사시를 대비해 3천 병마를 이끌고 기다리고 있었다.

그는 탈 없이 난하를 건넌 천구장의 만사기를 보고 반갑게 말을 건넸다.

"장주, 아무 일도 없지 않소이까?"

만사기가 껄껄껄 웃음을 터뜨렸다.

"아니오, 이번 조선 놈들은 대단했소. 우리 방주님께서 하도 엄하게 지시를 하시기에 혹 실수가 있을까, 특별히 부탁을 드렸던 것이외다."
하며 궤짝을 내어줬다.
기시가 열어보니 금은 패물이 가득했다. 기시의 입이 함빡 벌어졌다.
"호, 우리는 모두 대왕께 충성하는 사람들 아니오. 굳이 이러지 않아도.."
"흐흐흐흐. 서로 도우며 다 같이 잘 살자는 것 아니겠소. 장군, 고맙소."
기시가 호탕하게 웃으며 인심을 썼다.
"우리가 탕지보까지 호송해 드릴까요?"
만사기가 손을 저으며 겸양을 보였다.
"장군, 감사하오만, 우리 표사만으로 충분합니다. 군(軍)을 사사로이 움직일 수야 있습니까?"
기시가 수염을 훑으면서 고개를 끄덕였다.
"그럼, 다음에 또 봅시다."
하고
돌아가자, 만사기는 행렬을 이끌고 쉬지 않고 달렸다. 점심도 건량으로 해결한 만사기는 밤늦게라도 탕지보(堡: 작은 성)에 들어가고, 내일 아침 일찍 계성으로 출발할 생각이었다. 진작 희왕에게 도착했어야할 공물이 호랑이 패들 때문에 시일이 너무 지체되었기 때문이다.
신시(申時: 오후 3시 반) 경, 행렬은 패수 나루터를 이십 리 남긴 숲을 지나고 있었다.

마차가 겨우 지나갈 정도의 길에 칙칙한 적막(寂寞)이 흐르고 있었다.
만사기는 왠지 을씨년스러운 느낌이 들었다.
"얘들아, 빨리 가자! 조금만 더 가면 패수(- 조선하)다. 패수에서 쉬도록 하자!"
고 부하들을 보챌 때, 앞서 가던 소두령이 헐레벌떡 달려와서 보고했다.
"장주님, 길이 막혔습니다."
만사기는 짜증이 치밀었다.
"막혔으면 치우면 되지, 그런 걸 일일이 보고하고 치워야 하나, 엉?"
"그게 좀."
순간 앞에서 불길이 치솟았고 만사기가 내달렸다. 길을 막고 있는 나무들이 활활 타오르고 있었다. 다 타기 전까지는 지나갈 수 없어 보였다.
뭔가 불길한 만사기가 유성추를 들고 좌우의 숲을 노려보며 소리쳤다.
"누구냐!"
그러나 툭둑툭뚝 나무가 타며 부러지는 소리만 들렸지 아무 기척이 없었다.
그때였다.
"장주님, 뒤에도 불이 났습니다!"
소리에
뒤를 돌아보니 십장 뒤의 나무들이 바닥에 자빠지며 타오르고 있었다.

"매복이다!"
만사기가 외치는 순간 슈슈슈슈숙 날아든 화살에 다섯 명이 자빠졌다.
"맥궁(貊弓)이다! 숲을 쳐라!"
부하들이
숲으로 뛰어들자 만사기의 뒤로 두 사람이 나타났다. 만사기가 물었다.
"네놈들은 누구냐?"
"후후."
만사기는 영리했다.
"국관?"
국관이 픽 웃었다.
"네가 날 아느냐?"
"흐흐흐, 탈옥범을 어찌 모르겠나. 너의 목에 현상금이 붙어있느니라."
"흉악한 놈이군. 어째 연(燕)놈들은 너 같이 개만도 못한 놈들뿐이.."
국관의 말이 끝나기 전
"놈들을 죽여라!"
고 외친 만사기가 느닷없이 들리는 신음소리에 몸을 돌리자, 두 남녀가 눈을 번득이며 허수아비를 자빠뜨리듯 부하들을 베어 넘기고 있었다.
요이화와 그 남편 방혁이었다.
지금이 아니면 기회가 없을 것이기에, 방혁은 배고픈 백정이 돼지를 잡듯 칼을 휘둘렀고, 요이화는 이십 년 전 「죽음의 꽃」으로 돌아간

듯
베고, 찌르고, 막고, 차고, 날며 양 떼를 모는 이리처럼 도적들을 유린했다.
이때, 부하의 비명에 분노한 만사기가 국관에게 유성추(鎚)를 휘두르자
추(鎚: 4~ 5kg의 쇠뭉치)가 위잉, 훅- 소리를 내며 머리를 향해 날았고
국관이 몸을 틀자 빙글 돈 철추가 하강하는 제비처럼 허벅지로 날아들었다.
추의 궤적이 혼란스러운 국관이 다시 몸을 피하자 만사기는 의기양양했다.
"흐흐흐흐흐, 어린 놈이 겁이 많아 미꾸라지처럼 잘도 도망만 치는구나!"
만사기의 추(鎚)가 점점 더 빨라졌다. 바람처럼 원을 그리며 국관을 추의 회전 반경 안에 가두고 좌우로 치고 빠지며 집중 타격(打擊)을 퍼부었다.
그러나 국관은 소도 시절의 국관이 아니었다. 상대의 강약과 허실을 가늠하기 위해 추의 속도와 만사기의 공력을 가늠하고 있었을 뿐이었다.
이십여 합을 피하던 국관이 문득, 지면을 스치듯 움직이기 시작했다.
치우장을 얻은 이후 일취월장 해온 국관이 추의 수법을 파악해가는 순간 추가 얼굴로 날아왔다.
이때,
고개를 틀고 탑을 밀듯 철추를 때린 국관이 곰처럼 달려들며 쇄혼

(鎖魂: 혼을 가두다)의 검술을 펼치자, 먹구름 같은 검영(劍影)이 추를 수습하고 다음 공격을 준비하는 만사기의 눈과 발을 묶었다. 이어

동북과 육허(六虛: 천지사방)를 베고, 좌우 무릎을 차며 육박해 들어갔으나, 만사기는 뜻밖에도 악흔에 버금가는 무예(武藝)를 지닌 자였다.

이도하의 두령에 불과하나, 그 능력을 높이 본 방주가 특별히 천구장을 맡긴 것이었다.

미끄러지듯 물러선 만사기가 쩔그렁 소리를 내며 추(鎚)와 주먹을 휘두르자, 일순(一瞬) 국관의 표정이 묘하게 바뀌며 밀리기 시작했다.

사정이 급해 마차를 쫓아오긴 했으나, 국관은 성치 않은 몸으로 오늘의 결전(決戰)을 이어가고 있었다. 그 어떤 선택의 여지도 없었기에

오직 정신력으로 기습을 단행한 국관은, 싸움이 장기전의 양상을 보이자

아물었던 상처가 다시 터지고 갈라지며 기운의 유통이 자유롭지 않다는 걸 느꼈다.

이는

요이화, 온평 등도 마찬가지로, 회복이 안 된 상태로 다수의 적과 길게 싸우는 건 무리였다. 길길이 뛰며 힘을 다하는 안교와 망치가 고마웠으나

절정의 고수가 아닌 한, 그들 역시 얼마 지나지 않아 중과부적에 맞닥뜨릴 터였다.

그때 차르르륵 날아든 추를 막자, 조금 전까지 아련하던 통증이 강

하게 밀려왔다.

한편, 국관과 떨어져 싸우던 온평 또한 몸이 여의치 않음을 느꼈다. 만사기의 어깨 너머로 연검을 휘두르고 유엽비도(柳葉飛刀)를 던지는
요이화와 방혁, 방성 남매의 처절한 혈투를 보며 쓰라린 감정이 일었다.

'나 하나만 죽으면 될 일을, 소위 선랑(仙郞)이라는 자가 아버지가 목숨 걸고 살린 고모와 그 가족을 이토록 위험한 일에 끌어들이다니."

그들의 힘으로 아직도 숨 쉬고 있는 자신을 한탄하며 검(劍)을 휘둘렀다.

국관은 이 싸움에 「선랑」으로서 부끄럽지 않은 모습을 보이리라 결심했고
만사기는
'놈에게 홍연동주가 죽고 악흔이 부상을 당했다던데, 지금 보니 처음 몇 번만 그럴 듯 했지, 별거 없군. 훗, 괜히 겁먹고 허겁지겁 달려왔어!'
하며 더욱 사납게 공격했다. 훅훅 도는 추를 피하며 사기충천한 만사기와 겨룬 지 백 이십여 합, 국관의 움직임이 눈에 띄게 느려졌다.
온평과 요이화, 안교, 망치 등의 주위로 철연방의 시체들이 쌓여갔으나,
여전히 압도적으로 많은 적(敵)을 어쩌지 못하고 점점 늘어가는 상

처에 피를 낭자하게 흘리며 생사결(生死決)의 박투(搏鬪)를 이어갔다.
국관 일행은 시간이 흐를수록 조였다 풀고 다시 조이는 포위망(網)에 힘을 잃어가며 곧 덮치게 될 난폭(亂暴)한 위기를 느끼고 있었다.
적들의 지능적인 차륜(車輪) 전술이 그러하나, 필구에게 맞은 곤장 독이
뼈 속 깊이 스며든 탓이라는 걸 느끼며, 좀 더 좋은 전략은 없었을까 하는 막연한 후회 속에 서서히 장렬한 죽음을 떠올리기 시작했다.
'아, 사부님....!'
국관은 이 자리에 뼈를 묻는 것은 두렵지 않았으나, 스승의 명을 완수 못할 국면에, 소도의 맏도비로서 죄송한 마음이 불길처럼 일었다.
자기를 아들처럼 키워주신 스승의 주름진 얼굴을 떠올린 국관이 홀연,
칼을 맞은 범처럼 달려들었다. 차르륵, 웅웅 도는 추가 국관을 위협했으나 오불관언(吾不關焉: 상관치 않음)의 기세가 예사롭지 않았다. 팔을 주고 목을 치겠다는 각오가 아니면 느낄 수 없는 살기가 뿜어져 나왔다.
마혜선사와 선랑(仙郞)의 명예 그리고 자신을 믿고 따라준 일행을 보며,
만사기와의 승부에 오늘의 변수가 있다고 판단한 국관은 산화(散花)를 결심했다.
만사기 만큼은 황천으로 끌고 가겠다는 일념(一念)이 검을 관통한

듯, 구궁(九宮)을 후려친 장검이 아홉 개의 검화(劍花)를 일으켰고 바람을 쫓는 검이 추가 지나간 찰나의 공백을 파고들었다. 만사기는 조금 전까지와 다른 검술(劍術)이 펼쳐지자 화들짝 놀라며 물러섰다.
부지불식간에 상대의 검력(劍力)이 급상승한 것을 감지한 것이다. 한 수 아래로 본 국관이 자신과 비등한 힘을 발휘하자 혼란스러웠다.
'기습적인 역공을 위해 일부러 약세를? 아니, 내가 몰랐을 리 없어.'
만사기의 생각은 틀리지 않았다.

크고 작은 실전 속에 치우장(蚩尤掌)의 연구를 거듭하던 국관이 어느 날
지형을 따르는 물과 같은, 「면면부절(綿綿不絶)」의 토납을 체득한 후
기경팔맥(奇經八脈)에 쌓여가던 기운이, 만사기와 양패구상을 각오하는 순간 봇물이 터지듯 노궁혈(穴)을 통해 검으로 밀려든 것이다.
국관이 생사를 잊자, 몸속의 기운이 곰이 고개를 틀며 포효하듯 검을 관통했고
혈투의 끝에서 궁즉변(窮則變)의 담백한 섬광이 국관의 눈을 스쳤다.
뜻하지 않은 때에 웅가 심법의 정수를 깨달은, 법열(法悅)의 빛이었다.
그때, 멀리서 아스라이 긴 휘파람 소리가 들려왔다. 처음에는 새 울

음 같던 소리가 꿈결과도 같이, 절벽을 오르며 무변의 하늘을 나는 용(龍)의 포효로 바뀌어갔다.
"휘---우우우---우-------"
순간,
전장의 모두는 가공할 음파(音波)와 우수수 떨어지는 나뭇잎들을 보면서,
온 산을 들썩이며 고막을 치는 신룡후(神龍吼)가 점점 가까이 다가오자 불현듯 간(肝)이 조이고 심장이 내려앉는 긴장과 함께 동작을 멈추었다.
요이화 조차, 피아를 구분할 수 없는 초(超)고수의 등장에 신음을 삼켰고
만사기는 철연방주(鐵燕幇主) 몇이 합쳐도 당해낼 수 없는 인물이 나타났음을 알고 떨리는 몸을 가누며 적(敵)이 아니기 만을 고대했다.
국관은 휘파람의 주인공으로 인해 명도전을 영영 되찾지 못할까 두려웠고
만사기는 이 일을 실패할 경우 목을 유지할 수 없었기에 숨이 가빠왔다.

극도의 정적(靜寂) 속에 한 사나이가 돌풍처럼 들이닥쳤고, 그 뒤로 수려(秀麗)한 여인이 나비가 날아 앉듯 그림처럼 나타났다. 여홍과 두약이었다.
만사기는 번개 같은 사나이의 경신술(術)에 몸이 굳어 왔으나, 의외의

젊은 외모가 조금 전의 불가사의한 내공(內功)과 연결되지 않아 혹시 착각을 했나 하는 희망과 함께 정중하게 포권의 예(禮)를 갖추었다.

"노형이 휘파람을?"

하고 눈치를 보며

"혹, 지나가는 길에 방해가 되었다면 비켜드릴 터이니, 살펴 가십시오."

하며 몸을 틀었다.

세상을 막 살아온 만사기가 이처럼 남에게 예를 다한 일은 평생에 걸쳐 몇 번 없었으나 때가 때인 만큼 상대를 건드려 불필요한 시비를 만들고 싶지 않았다.

나름, 예(禮)를 아는 사람인 척 자존심을 지킨 만사기의 화술(話術)에

요이화와 국관 일행 모두 쳐다보았으나 상대는 아무 말이 없었다.

만사기는 답도 없고, 가지도 않는 자(者)에게 은근히 화가 끓어올랐으나

순간, 여홍이 불길 같은 안광(眼光)을 폭사하자 입을 오므리며 숨을 죽였다.

바람 한 점 없었으나 여홍의 옷이 파공음을 일으키며 찢어질 듯 부풀어 올랐다.

요이화는 저와 같은 공력(功力)을 지닌 인물이 떠오르지 않아 놀랐고

온평 또한 폭발 직전의 화산(火山) 같은 기도에 혀가 굳었으나, 그 앞에 선 자가 만사기라는 사실에 명도전 탈환의 꿈이 다시 살아났다.

저 자 또한 명도전을 노리고 있다면 만사휴의(萬事休矣: 헛수고)였으나,
만사기에게 호의(好意)가 없는 것이 분명해 보였고, 그 뒤의 여인에게서
악과 어울리지 않는 「이정」과 같은 탈속한 미(美)를 느낀 때문이었다.
그때 사내가 말했다.
"마차를 두고 떠나면 네놈을 죽이지 않겠다."
고
하자 만사기는 가슴이 떨렸으나, 이대로 물러설 수 없어 이를 악물었다.
한 발 내딛는 여홍의 기세에 밀린 만사기가 철추를 돌리며 물러섰고
곁의 여인이
"이번에는.."
하는 순간 공간을 접은 여홍이 비스듬히 후려치자 언월도(偃月刀)와 같은 다섯 줄기의 칼바람이 만사기를 치고 지나갔다. 만사기가
"컥!"
하고 주저앉자
요이화가
"탈명장!"
하고 소리쳤고, 무림(武林)의 신룡(神龍)을 떠올린 국관이 부르짖었다.
"창해신검!"
비명 같은

외마디가 울려 퍼지자, 철연방의 무리들이 사시나무처럼 몸을 떨었다.

탈명장은 가달성(城)의 유일무이한 적수 창해신검의 절학이 아니던가!

그들 또한 중원 제일의 고수 참수도를 꺾고 흑림(黑林)의 등에와 마각을 어린 아이 잡듯 해치운 구이원의 창해신검을 모를 리 없었으며

천 년 사룡의 목을 친 불세출의 역사(力士)를 두려워하면서도 공경하고 있었다.

그렇다면, 신검 옆의 여인은 얼마 전 부여의 해모수를 구하며 용가의

사백여 전갈기(騎)을 뭉개고, 은랑창(槍) 쌍영자의 목을 날린 목련검(劍)!

"…"
"윽!"
"음"
"아!"
"…"
"앗!"
"헉!"
"오!"

여기저기에서 신음과 탄성이 터지는 사이 발검(拔劍)과 함께 검광(劍光) 속에 사라진 여홍이 푸른 구름을 일으키며 야수처럼 도약했다.

"얏!"

백수(百獸)의 왕(王)은 그림자만으로도 광야(廣野)를 지배한다 했던가.

만사기가 일합에 죽고, 창해신검의 웅혼한 기합이 천지사방을 때리자 죽음의 꽃, 요이화(妖夷花)를 제외한 모두는 여홍을 보고 있으면서도

바위가 머리를 치는 느낌에 자기도 모르게 목을 움츠렸고, 심검(心劍)의 경지에서 일으킨 적멸의 검운(劍雲: 구름처럼 일어난 검기)을 짐작할 리 없었으나

도적들은 육합전성(六合傳聲: 천지사방에서 동시에 울려, 방향을 알 수 없는 소리/ 六合육합 - 천지 사방)에 실린 사자후(獅子吼)와 푸른 구름에

폭풍전야를 느끼며 열아홉 대의 마차를 팽개치고 엎어질 듯 도망쳤다.

이를 본 국관, 온평 등이 쫓아가다, 검(劍)을 거둔 창해신검과 목련검 두약에게 달려와 포권(抱拳)의 예(禮)를 취하며 깊은 감사를 표했다.

"신협(神俠)께서 저희를 구해주시다니, 꿈을 꾼 듯 믿어지지 않습니다."

"감사합니다."

"이럴 수가!"

"……"

"감사합니다!"

"동예의 여홍입니다. 의협들을 만나 반갑습니다. 이쪽은 제 사매입니다."

"두약이라 합니다."

"여협, 감사합니다"
이어 국관이 여홍와 두약에게 한 사람, 한 사람 전부 소개한 후 물었다.
"대협과 여협께서 어떻게 연에 있는 우리를 도와주실 수 있으셨습니까?"
여홍이 대답했다.
"며칠 전, 이도하성 래이객잔에서 철연방 도적들의 얘기를 듣고 영웅들이 필구의 함정에 빠져 옥(獄)에 갇혀있다는 사실을 알게 되었습니다.
그리고
천구장에서 기회를 엿보다 안여협(女俠)과 망치 소협(小俠)의 기지와 담대한 활약에 감탄하며, 그동안 난하를 넘는 영웅들을 따라왔습니다."
요이화 이하 모두 뜨겁게 감동하며 다시 한 번 여홍에게 감사를 표했고
「여협(女俠)」이라는 호칭에 얼음을 뒤집어 쓴 듯 감동한 안교와 망치는
천하가 추앙하는 창해신검의 격찬에 몸 둘 바를 몰라 하며, 다시는 구탈로 돌아가지 않을 것과 죽는 날까지 의협의 길을 걷겠다는 각오를 했다.
이어 여홍이
"국선협, 마차는 찾았는데 이 많은 마차를 이도하로 가져가기는 좀?"
이라 하자
요이화가

"「상하운장」으로 가 다물여관의 높새대인에게 도움을 청할 것입니다."
라며
높새대인에 관한 이야기를 하자 여홍이 모두를 돌아보며 물었다.
"상하운장을 한 번 가보고 싶군요. 제가 동행해도 괜찮으시겠습니까?"
국관, 온평은 벽을 잡고 뛸 만큼 반가운 심정으로 포권(抱拳)을 취했다.
"오..!
신협(神俠)께서 함께 해주신다니 천군만마를 얻은 것만 같습니다. 감히 청(請)할 수는 없었으나, 마음 속으로 깊이 원하던 일이었습니다."

참고

1 명도전(明刀錢)은 고조선의 화폐이다

명도전 앞면에
상형문자로 명(明)자가 새겨져 있는데
밝을 명(明)을 이두식 훈으로 읽으면
'밝'이 된다.

또 배달국의
배달(倍達)을
반절법(- 표음문자를 한자로 표기하는 방법)
으로 보면
倍(배)에서 ㅂ과
達(달)에서 날을 취해
->
ㅂ+ 날 = 밝이 된다

고대에
'밝'은 밝다의 '밝'
을 표기한 것으로

밝국 = '밝국'으로 배달국이 된다

따라서
명도전이 밝국(- 배달국)의 화폐라는
결론을 도출할 수 있다

그리고,
명도전
뒷면의
명도전 주조 지역을 나타낸 문자는
갑골문자나 상형의 한자가 아니고

한글 기원이 된 고대의 가림토이니
중국의 학자들은 해석하지 못하는
문자다

만일 연의 화폐라면, 연나라 사람이
읽을 수 없는 문자를 화폐에 새기지
않았을 것이다.

2 주(周)나라 건국 후, 공신들이 무왕으로부터 분봉 받을 당시, 연과 제의 영토는 사방 백리를 넘지 않았다

그 후 연과 제는 춘추전국시대에 걸쳐 고조선 제후국들을 정복해 갔다.

주(周)의 제후국, 연과 제가 고조선의 열국을 멸망시켰으나 그 지역은
발해와 황해를 통해 고조선과 수천 년 이어진 통상무역 권역이었기에
경제적으로 고조선과 교류해야만 했던 연과 제는 명도전을 계속 사용할 수밖에 없었을 것이다

따라서
고조선 열국이 수백 년 간 사용하던 명도전이 연, 제의 영토에서 발견되었다고 해서, 연과 제의 화폐라고 할 수는 없다

3 출토 위치와 수량(數量)으로 봐도 명도전이 고조선의 화폐라는 사실은 더욱 분명해진다

명도전은 지금의 내몽고 자치주, 하북성 북부, 산동성, 동북 3성, 대동강 지역에 고르게 출토되는데, 모두 고조선의 열국이 존재했던 지역이다
그리고 고조선 영역에서 발굴된 명도전의 수량은 연, 제 지역의 수(數)와 비교가 안 될 정도로 많다

4   명도전이 고조선의 화폐라는 또 다른 증거

1)
백적(白狄)이라 불린 중산국이 주조하여 사용한 성백(成白)이라는 도폐(刀幣)와 거푸집이
중산국의 도성 영수성(- 현 하북성 석가장 서북 30km, 평산현 부근) 일대에서 발굴되었다

2)
춘추시대, 산동성 거현(莒縣)에 존재했던 동이계 거국(莒國)이 명도전과 흡사한 '거도(莒刀)'라는 도폐를 주조하여 사용했다

3)
명도전과 디자인이 비슷하나
더 오래된 '첨수도(尖首刀)'는 고조선 제후국 고죽국의 화폐였다.

중립지대 상하운장(上下雲障)

상하운장은 요하 서쪽, 사방 백리(百里)의 험준한 지역으로 연과 번조선 간 중립지대였다.
당시 상하운장은 연나라와 조선의 중립지대로 훗날 진(秦)나라가 망한 후, 번조선의 차지가 되었고 서번(西藩: 서쪽 울타리)라 이름 하였다.
한나라 초(初) 연나라에서 망명 온 도적 위만이 번조선으로부터 봉작(封爵)을 받은 곳이기도 하다.
이곳은
연과 조의 완충지대로 공지(空地)였으나 세월이 흐르면서 애초의 의도와 달리 각 국의 유민들과 죄를 짓고 도망친 악인들이 들어와 살았다.
전국시대의 중원은 전쟁과 학정(虐政)에 집을 잃고 유랑하다 더 없이 평화로운 조선으로 넘어가는 사람들이 그 수를 헤아릴 수 없을 정도였는데, 그들 가운데 상당수가 도중에 상하운장에 정착한 것이다.
거기에 조선도 재해가 계속되어 굶어 죽게 되자 농토를 버린 유랑민이 급증하며 그들 중 일부가 「운장」으로 흘러들어 이들과 섞여 살아갔다.
중원, 구이원의 막장 인생들이 모인 운장은 두 고을에 나뉘어 살고 있었다.
윗 고을 상(上)운장은 먼저 중립지대에 먼저 들어온 사람들이, 아랫 고을
하(下)운장은 그 뒤에 들어온 사람들이 살고 있었다. 외지(外地)에서는
두 곳을 통칭하여 「상하운장」이라고 불렀다.
두 지역의 중간에는 시장(市場)과 상가, 유흥가 등이 형성되어 있었으며
싸움, 환락, 도박, 사기, 협잡 등으로 유명한 상하운장은 가히, 무법(無法)을 법이라 부르는 악(惡)의 국제도시였다.

연나라 출신 악오귀(岳五鬼)는 상하운장에 패수객잔을 열고 도박장을 운영하고 있었다.
악오귀의 본명은 양설(羊舌)이며 연(燕) 도성의 이부(吏部) 말단 관리였던 자로 연(燕)에서 둘째가라면 서러워 할 사기꾼에 노름꾼이었다.
쉴 새 없이 날름거리며 거짓말을 하는 그의 혀를 보노라면, 혀에 기름이 쳐져 있는 것 아닌가 해서 누구나 한 번쯤 들여다 볼 정도였다.
연(燕)에 있던 어느 날, 이부상서가 말단 부서의 징수(徵收) 부진을 문책하면서 모두 멀리 유배를 보내겠다고 하자 악오귀가 펄쩍 뛰었

다.
"이부상서님, 사태를 바로 보셔야 합니다. 저희 관리들이 일을 잘못한 게 아니고
징수한 곡식을 못된 들쥐들이 먹어치웠기 때문입니다. 곡식을 가져오면 뭐합니까, 보관을 잘해야죠. 근래, 나라에 쥐가 대폭 늘었습니다.
쥐를 잡으면 곡식을 지킬 수 있고, 질병을 막게 되오니 일석이조가 될 것입니다."
듣고 보니 그럴듯했다. 사실, 자기 집도 쥐 때문에 골머리를 앓고 있었다.
상서가 끄덕이며
"네가 전국의 쥐를 박멸하라"
고 하자
악오귀가 곤란한 표정을 지었다.
"쥐는 간지(干支)의 첫 번째를 차지할 만큼 영리합니다. 전국에서 총력전을 펼치기 위해서는 최소 3천 냥이 필요합니다.
백성들은 이익이 없으면 잠이나 자고, 움직이지 않는 습성이 있습니다.
예산을 확보해 쥐를 백 마리 잡아오는 자에게 일전을 주도록 하십시오.
그럼 밥도 안 먹고 잠도 안자며 쥐를 잡을 것이니 질병(疾病)도 예방하고 곡식도 잘 보존되어 세금 징수액(額)이 예년처럼 회복될 것입니다"
상서는 이 또한 그럴듯했다.
악오귀에게 쥐를 소탕하라 명을 내리며 3천 냥을 보냈다. 악오귀는

3천 냥을 받자 밤이 새도록 세고 또 세어보다
'아니,
가뭄과 탐관오리들의 가렴주구로 백성들이 도망쳐 세금이 안 걷히는 걸, 우리 같은 말단에게 책임을 씌우고 유배를 보내겠다니. 이런 개 같은 경우가? 3천 냥이면 평생 뼈 빠지게 일해도 만질 수 없는 돈.
차라리 이 돈을 갖고 다른 나라로 도망가 숨어 사는 게 좋을 것 같다.'
고 생각을 정리한 후, 그날 밤 3천 냥을 들고 상하운장으로 도망을 쳤다.
그리고 객잔을 사 패수객잔을 열고 이름을 악오귀(惡五鬼)로 바꾸었다.

오늘 패수(浿水)객잔에 든 번조선의 장삼돌은 왕검성(城)의 기름장수로,
느닷없이, 기름이 동이 나서 난리난 연(燕)나라에 기름을 가져가 비싼 값으로 팔고, 이익이 남을 상품들을 구입해서 돌아가는 중이었다.
처음 하는 무역이었지만 운이 좋았고 이제 상하운장만 지나면 바로 번조선이었다. 도적들도 없었고 날씨도 좋아 순조로운 귀향길이었다.
긴장이 어느 정도 풀리자 마음이 가벼웠다. 행상(行商) 열 명과 함께 술을 마시며 한담(閑談)을 나누고 있었다. 그때, 종업원이 와서 말을 건넸다.

"행수(行首)님, 혹 심심하시면 가볍게 손이나 한번 맞춰 보시지요."
"손?"
종업원이 패를 돌리는 시늉을 했다.
"그거 있지 않습니까."
"흠.."
행수(行首)라고 높여 부르는 종업원의 말에 장삼돌은 기분이 좋았고 도박장이 객잔 안에 있어, 하다 싫증나면 바로 방(房)으로 돌아올 수 있어 적이 안심이 되었다. 노름이라면 장삼돌도 왕검성에서 꽤나 수준급이었다.
노름판에서 이렇다 할 적수를 만나지 못한 장삼돌은 마음이 움직였다.
집사 손달에게 말했다.
"자네, 사람들을 데리고 쉬도록 하게. 나는 시간 좀 보내다 오겠네."
손달은 행수(行首)가 도박을 하러 간다고 하자 은근히 걱정이 되었다.
"조금만 하시고 돌아와 쉬십시오."
"알았네"
장삼돌이
종업원을 따라 들어선 객실은 생각보다 넓었고 세 사람이 쌍륙(雙六: 주사위 노름)을 하고 있었다.
셋 다 상투를 틀고 조선 옷을 입었으나 어딘지 어색하게 느껴졌는데
대화를 나누다 보니
물주(- 패잡이)는 연나라 사람이었고 아기패(牌) 둘은 조나라, 한나

라 사람이었다.
'음….'
돈들은 있어 보이는데 판돈이 적게 깔린 것으로 보아 심심풀이 같아 마음이 놓였다.
쌍륙은 장삼돌도 잘 하는 노름이었다. 처음 내리 여섯 판은 장삼돌이 땄으나 이후로는 한 판도 이기지 못했다. 푼돈이었으나 판판이 내주다 보니 은근히 기분이 나빠지려할 때, 종업원이 차를 갖고 들어와
"차 한 잔, 드시고들 하셔요."
하며 장삼돌을 보며 웃었다.
"행수님, 잃으셨어요? 좀 빌려 드릴까요? 긴 밤입니다 천천히 즐기시죠."
삼돌이 호기롭게 말했다.
"뭐, 잃긴 얼마나 잃어. 좀 나갔지만 곧 집에 돌아올 거야. 하하하하."
장삼돌이 차를 마시며
'오늘은 노름신이 강림을 안 하시네. 본전이나 찾으면 일어나야겠다.'
고 차분하게 생각했는데,
그때부터 질 때마다 흥분이 가열되고 울화가 치밀며 이어지는 모든 판을 싹 다 잃고 말았다.
더구나 장삼돌은 되놈(- 중원인을 낮춰 부른 말)들에게 잃는 것이 화가 나서
판이 거듭될수록 주체할 수 없을 정도로 피가 끓어오르고 심사가 뒤틀렸다.

이윽고, 얼굴이 벌겋게 달아오른 장삼돌이 씩씩거리며 소리쳤다.
"판돈을 올립시다!"
"얼마?"
"한 판에 백 냥!"
"그럽시다"
아기패(牌) 두 사람도 순순히 받아들였다.
"좋-시다"
그러나 판돈을 올리고도 계속 잃기만 하자 장삼돌이 식식 숨을 몰아쉬며 또 소리쳤다.
"판돈을 더 올립시다!"
"정말이오?"
"왜 싫소?"
"흠, 얼마나?"
"천 냥"
물주가 웃었다.
"흐흐흐, 그만 하시지. 돈도 많이 잃었고, 실력이 좀 모자라시는데?"
장삼돌이 벌컥 화를 냈다.
"뭔 소릴!"
"정말 괜찮겠소?"
장삼돌은 연나라에 가서 번 돈을 하룻밤 사이에 모두 잃고 나니 마음이 급해지고 화도 많이 났다. 안절부절, 정신을 차릴 수가 없었다.
술에 취한 사람처럼 눈에 초점이 없어진 장삼돌이 꽥꽥 소리를 질러댔다.

"빨리 돌리라는데 무슨 말이 그리 많은가!"
이 말에 노름꾼 둘이 질린 듯
"허어, 우리는 그만 하겠소."
하며 빠지자 물주가 씨익 웃으며 주사위를 덮은 사발을 잡을 때였다.
누군가 문을 슥 밀고 들어왔다. 키는 작았으나 두 귀가 토끼처럼 큰 사나이였다. 노름꾼들은 들어온 자의 귀를 보고 서로 쳐다보며 웃었다.
'재미있게 생긴 사람이군.'
물주가 눈을 날카롭게 번득이며 물었다. 지금까지의 온화한 얼굴이 아니었다.
"귀하도 하시려고?"
사나이가 물끄러미 내려다보다 고개를 저었다.
"어휴, 판이 상당히 크니 구경이나 좀 하겠소."
그 말에 경계를 푼 물주가 주사위 두 개를 담고 사발을 요란하게 흔들기 시작했다.
"짤랑, 짤랑, 짤랑, 짤랑…."
큰돈이 걸려선지,
좌우로 아래위로 흔들다 구불구불 마구 그리는 동작을 보던 장삼돌이 짜증을 내기 직전 손을 딱 멈추자, 장삼돌이 냅다 돈을 걸었고 물주가 교활하게 웃으며 사발을 뒤집으려 할 때 토끼 귀 사나이가 끼어들었다.
"잠깐, 손을 떼시오."
장삼돌이 「토끼 귀」를 돌아보자, 사나이의 두 귀가 앞뒤로 쫑긋 움직였다.

물주가
"왜?"
하며 사발에서 손을 떼자, 사나이가 번개처럼 사발을 내려쳤고 쩍 소리와 함께 쪼개진 사발의 내부가 드러났다.
드러난 사발 내부는 이중 구조였고 주사위가 한 개 더 숨겨져 있었다.
"사기 치면 안 되지."
그동안 사발 안의 다른 주사위를 움직여 승부를 조작해 왔던 것이다.
이어 장삼돌이 안개 속을 벗어난 듯 눈을 깜빡이다
"이놈들이 사기를!"
하고
판을 뒤집자 물주가 시퍼런 비수를 꺼내들며 노름꾼 둘에게 소리쳤다.
"쳐라!"
두 놈이 동시에 비수를 휘두르며 「토끼귀」와 장삼돌을 향해 달려들었다.
이들은 원래 바람잡이였다. 도박장은 순식간에 싸움판으로 변했다. 뜻밖에도
토끼 귀는 몸이 빨랐다. 장삼돌은 자리를 박차고 일어났으나 똑바로 설 수 없었고, 그제야 자기 몸이 정상이 아님을 깨달았다. 동시에 극심한 두통이 몰려오자 머리를 감싸고 바닥을 구르다 누워버렸다.
「토끼귀」는 몸이 작았으나 고양이처럼 빨랐다. 그의 손이 누군가를 잡았다.
"이얏!"

소리와 함께 바람잡이 중, 하나가 몸이 뒤집히며 바닥에 내리 꽂혔다.
그는 씨름과 수박(手搏)의 고수였다. 발도 얼마나 빠른지 그들의 비수는 소용이 없었고 주먹으로 가격해도 쇳덩이 같은 몸에 손만 아팠다.
이때 「토끼귀」의 발길에 차인 물주와 나머지의 비수(匕首)가 벽과 천장에 꽂히자 도박장 문을 열어젖히며 사람들이 밀려들었다. 장삼돌의 집사 손달과 부하들이었다. 이를 본 세 놈이 밖으로 도망을 쳤다.
토끼귀가
"장행수(行首)는 놈들의 약물에 중독되어 있소. 철연방(幇) 놈들이 몰려오기 전에 빨리 나가 상(上)운장에 있는 「다물여관」으로 가시오."
하자
손달이 행수를 들쳐 업고 짐을 챙긴 후 토끼귀를 따라 상운장 다물여관으로 몰려갔다.
여관은 상운장 동북으로 계곡 끝에 있었고 옆으로 계곡물이 콸콸 흐르고 있었다.
주인은 키가 큰, 높새라는 사람이었다. 토끼 귀를 발견한 높새가 반가워했다.
"오! 토선협이었군요. 깊은 밤에 소식도 없이 웬일이시오?"
토끼귀의 이름은 토왕귀였다.
"네,
철연방의 정보를 얻으려 패수객잔에 들었다가, 장삼돌이라는 행수(行首)가 사기당하는 걸 모른 척 할 수 없어 여기로 데려 왔습니다."
"음, 조선의 상인(商人)이 또 악오귀에게 당할 뻔 했군! 잘 왔소이다."
다음날 오후, 정신을 차린 장삼돌이 토왕귀를 찾았다. 토왕귀는 차를 마시고 있었다.
장삼돌이 토왕귀에게 정중하게 인사했다.
"대협, 감사합니다."
"위험했소이다. 패수객잔의 악오귀는 천하에 둘도 없는 악인으로 철연방 도적들과 결탁해 멀리 연나라 흑도의 무리와도 선이 닿아있는 자요.
그들은 장행수의 돈을 털기 위해 차(茶)에 이성을 잃게 되는 약을 넣었소."
장삼돌이 돌이켜보니 차를 마신 후부터 몹시 흥분했다는 사실이 떠올랐다.
"대협은 어찌 그걸 아시고."
"행수가 보다시피 내 귀는 토끼처럼 커서 십장 밖의 소근 대는 소리도 듣소.
잠을 청하다 복도에서 놈들 패거리의 소리를 듣고, 귀를 벽에 대니 누군가 돈을 한참 잃고 있었소. 그래 지켜보다 문을 열고 들어간 것이오."
장행수가 안도의 한숨을 내쉬었다.
"혹, 철연방 놈들이 오지 않을까요?"
"오지 못할 거요. 높새 대인은 조선 사람으로 무공이 매우 뛰어난 의로운 선협입니다. 그리고 여긴 대인을 따르는 고수들이 많이 있습니다."

장행수가

"일개 여관에 고수들이 그리도 많습니까?"

"대인은 소년시절, 다물군의 언륵 대원수님을 모시고 불의와 싸웠던 다물군이었습니다.

언륵 원수님을 수행하다 가달성(城)의 무리로부터 중상을 입으셨으나,

다행히 어느 도인의 활법으로 살아나 도인을 스승으로 모시고 천하를 떠돌며 돈을 모아 이곳 상(上)운장에 다물여관을 지으신 분이오.

그리고

다물군이었던 사람들을 모아 힘없고 어려운 사람들, 특히 조선 사람들을 적극적으로 도와주시는 분으로, 사람들은 모두 높새 대인으로 부르오이다."

장삼돌은 궁금한 게 많았으나 토왕귀는 빙그레 웃었다.

"행수는 장사하는 분이니, 더 이상 묻지 말고 몸이 회복되면 바로 떠나시오."

며칠 뒤

장삼돌은 몸이 회복되자 상단을 이끌고 왕검성(城)으로 떠났다. 장행수는 의로운 일을 하는데 쓰라며 다물여관에 많은 돈을 내놓았다.

상하운장에는 연일 보슬비가 내리고 있었다. 토왕귀는 며칠 더 여관에 머물고 있었다.

그는 내심 패수객잔이나 철연방의 보복이 있지 않을까 머물고 있었다.

만일 저들의 사기도박을 방해한 일로 다물여관에 곤란한 일이 생기

게 되면 도울 생각이었다.

새벽부터 내리는 비속에 토왕귀의 귀로 아스라이 펄럭이는 소리가 들어왔다. 3리 밖의 움직임도 잡아내는 토왕귀의 귀가 앞뒤로 움직였다.

보통 사람은 빗소리로 듣고 지나쳤을 것이나, 토왕귀는 두 귀를 나팔꽃처럼 활짝 펴고 비와는 어딘가 다른 파장(波長)을 감지하려 했다.

'음?'

벌떡 일어난 토왕귀가 벽(壁)에 걸린 우장(雨裝)을 걸치고 몸을 날렸다.

빗방울이 점점 굵어졌다. 잠시 후 거대한 낙엽송 위로 솟구친 토왕귀가 나뭇가지를 잡고 거꾸로 오르며, 다시 도약해 더 높이 올라선 후 보니 멀리 3백여 흑의인(黑衣人)이 귀신 떼처럼 달려오고 있었다.

'저들은?'

토왕귀는 철연방(幇)을 떠올리며 여관으로 돌아와 대인 높새를 찾았다.

마침 높새는 총관 심백과 차를 나누고 있었다.

"대인, 철연방의 살수 3백이 오고 있습니다."

높새는 3백의 무사를 거느린 방파는 상하(上下)운장에서 본 적이 없었다.

중원이나 구이원의 여러 방파가 있었으나 대부분 이십사오 명이거나 많아야 백 명 정도였다.

더욱이 상하운장은 연이나 번조선 누구도 들어오지 않는 중립지대 아닌가.

높새가 두 눈을 치켜뜨자 토왕귀가 긴장한 듯 두 귀를 쫑긋 세웠다.
"대인"
조선의 서변에 세력을 뻗고 있는 철연방의 동정은 높새도 알고 있었으나, 3백이라면 얘기가 달라진다. 높새가 총관 심백에게 지시했다.
"다물천고(多勿天鼓)를 울려라!"

다물여관 뒤 망루의 현판 밑에 걸린 큰 북이 '다물천고(多勿天鼓)였다.
'다물천고'라는 글자는 녹도문으로 쓰여 있었고 이 북은 비상사태 때 치는 북으로 높새가 여관을 지은 후, 호명산(狐鳴山: 옛날 동호의 모백 가한이 진개를 죽인 산)에 들어가 잡은 여우들의 가죽으로 만든 것이었다.

「   북

    북이 춤추고 소리가 북을
    따르면
    가락과 감정이 척척 맞아
    그 울림이 맑고 시원하다

    둥글고 속이 텅- 빈 북은

순박한 사나이 같이
빛깔도 교태도 없어
작게 치면 작게
크게 치면 크게
마음의 소리 다양무궁 하나니

삼군(三軍)은
큰 북을
병사들 군화는 작은 북을
따른다

고대(古代)
부족을 이끄는 족장 곁에는
늘 북이 있다
북채가
하늘에 큰 호를 그리면
태백선인(太白仙人)의 발자국
궁궁 울리고

가볍게 두들기면
와-
하고 달리는
사내아이들의 소리 들려온다

천둥벼락이 자연을 다스리듯
북은
세상을 도와
사람의 의지와 기운을 하나로

묶고
법과 규율에 따르도록 조화를
이끈다

전진하고 후퇴하고
모이고 흩어지고
시작하고 끝내는 것이 북이다

북은
흥이 나면 춤을 추고 슬프면
통곡하니

약한 자에게
힘을 주고
신문고 되어
난륜(亂倫), 패덕(悖德)을
막는
저 높은 태화궁에서 굴러내린
맑은 북소리

오!
지상 최고의 북... 다물 천고여 」

* 태화궁(宮) : 인간을 비롯해 만물을 만들고 화육하는 자리
                        - 우주의 축
* 태화(太和) : 만물을 낳고 기르는 덕 - 음양의 기운

북루(樓: 망루)에서 다물천고를 치자 이십여 마리의 여우가 떼로 울부짖는 듯 했다.
"둥둥둥 두둥 둥두둥둥둥…"
적(敵)의 습격을 알리는 여우 떼 북소리가 계곡을 흔들자, 반(半) 각이 지나 여기저기의 일꾼들이 무기를 들고 마당으로 집결했다. 검은 끈으로 이마를 질끈 묶은 칠십여 명의 장정들과 여인 아홉이 보였다.
어느새 화극(畵戟)을 비껴 든 대인 높새가 엄숙(嚴肅)한 얼굴로 말했다.
"다물여관이 위기에 직면했다. 조선의 부패세력과 결탁한 철연방 도적들이 이리로 오고 있다. 적들은 3백이다. 그러나 두려워하지 말라.
다물여관은 다물군(軍) 최후의 보루이며 다물의 꿈을 간직한 곳이다.
우리가 무너지면 순국하신 언륵 원수님과 수만 다물군의 뜻을 이어갈 수 없다.
「다물정신」은 배달의 영원한 꿈이다! 다물의 꿈은 목숨 걸고 지켜가야만 한다."
장정들은 누구도 두려워하는 기색을 보이지 않았다. 조금 전까지 손님들을 안내하고 청소하고 밥을 하던 노복들이 전사들로 돌변(突變)해 있었다.
높새가 좌우를 돌아보며 눈을 번득였다.
"돌쇠!"
"네! 돌쇠 대령이오."
사십 대의 노복이 청룡도를 들고 앞으로 나섰다. 그는 과거 다물군

궤멸 후 녹림에 피신해 있다가 높새를 만난 후, 마장(馬場)과 마굿간에서 노복들을 이끌고 투숙객(客)의 말과 낙타를 관리하고 있었다.

"돌쇠는 20명을 이끌고 방책을 여관 이십 장 앞에 설치하고 매복하라"

"네!"

돌쇠가 물러갔다.

"흑달!"

"예!"

보통 키의 사십대 사내가 앞으로 나섰다. 허리에 장검을 차고 있었다.

흑달은 과거 탁시 휘하의 궁수대에 있던 자로, 변성명하고 왕검성에서 지게꾼으로 일하는 걸 보고 다물여관의 영선(營繕: 건축, 수리) 일을 맡겼다.

"궁수 이십과 몸을 숨기고 적들이 사정거리에 들어오면 활을 쏴라."

"넵!"

흑달이 물러났다.

"총관!"

"예!"

"남은 병력과 언덕 뒤에 매복해 있다가, 적이 오면 「방패마차」로 밀어라."

"넵!"

"묘화!"

"네!"

이십 대의 여(女)무사가 앞으로 나섰다. 허리에 붉은 띠를 하고 검을 멘 자태가 몹시 날렵하고 고왔다. 묘화는 높새의 수양딸이었다.
"여관 내(內) 여자, 아이들과 동굴로 피신하고 최후 결전에 대비하라!"
"네!"
묘화의 낭랑한 목소리가 쩌르릉 울려 퍼지고, 토왕귀가 여관 권속(眷屬: 식구)들의 일사불란한 움직임과 묘화의 기백에 크게 놀랄 때 높새의
"제욱, 제화, 제호는 나를 따르라!"
는 지시에
"네!"
하고 높새의 이삼십 대 제자 셋이 민첩하게 그 뒤를 따랐다. 제욱, 제화, 제호는 모두 검(劍)을 메고 있었으며 더 없이 건장하고 늠름했다.

토왕귀는 과거 다물군의 군기가 이렇지 않았을까 상상하며 총관을 돌아보자
"다물여관의 구성원은 대부분 다물군 소속이었거나 그 가족들입니다.
대인께서는 여관을 세운 후 그들을 불러들였고, 비상시를 대비해 모두에게 무공을 가르쳐 왔습니다. 상하운장은 여러 종족과 무도한 자들이 모인 무법지대(無法地帶)라, 힘이 없으면 살아갈 수 없기 때문입니다.
대인께선 결혼도 하지 않으시고 평생, 다물군의 부활을 꿈꿔 오셨습니다."

토왕귀의 마음을 읽은 듯 답하는 총관의 말에 토왕귀는 크게 감동했다.

'나라를 지켜야 할 오가(五加)와 관료들은 부패했는데, 정처 없이 떠도는 높새 대인과 종복들이 오히려 나라를 걱정하니 기막힌 일이로다.'

여관 앞 이십 장에 방책이 설치된 후, 좌우로 철심과 마름쇠들이 뿌려진 중앙으로

삿갓을 쓰고 화극(畫戟)을 든 높새와 제자들 그리고 토왕귀가 적을 기다렸다.

빗줄기는 강해지고 있었다. 일각이 지나자, 열 개의 깃발을 든 십기(十騎)와

장대비를 뚫고 바람처럼 접근해오는 흑의인들이 보였다. 깃발마다 시뻘건 눈의 흑, 청색 제비들이 그려져 있었다.

철연방도 3백 명 가까운 수가 움직이는 것은 매우 드문 일이었으나,

악오귀의 보고를 받은 방주 전비는 이번 기회에 중원(中原)과 구이원(九夷原)의 중립지대 상하운장을 기어이 장악(掌握)하기로 마음먹었다.

토왕귀는

'저 기병들을 먼저 해치워야 하는데. 우리는 기병이 한 기도 없으니'

하고 걱정하다 비가 내려 질척거리는 땅을 보고 조금은 마음이 놓였다.

'진흙 때문에 미끄러울 테니. 비가 우리에게 조금은 도움을 줄 것 같군.'

그러나 적들의 수가 너무 많았다. 이윽고 방책(防柵) 앞에 도착한 적들이 진을 펼쳤다.

제욱, 제화, 제호는 3백이라는 숫자가 좀 과하지 않나 생각했었는데 막상 늘어선 적들을 보자 입이 딱 벌어질 지경이었다. 제욱이 돌아보았으나 사부는 소떼를 노리는 범의 눈으로 적들을 훑어보고 있었다.
대형을 갖추고 나자, 무리 가운데 칙칙한 분위기의 애꾸가 나섰다.
"낄낄낄낄,
난 철연방을 방해하는 자에게 「화(禍)」를 내리는 마화(魔禍)다. 높새가 누구냐?"
높새가 앞으로 성큼 나서자
"키가 크군. 그래서 높새? 패수객잔의 일로 벌을 주기 위해 친히 왔다.
이제라도 용서를 구하면 살려주겠으나, 저항하면 다리를 잘라 키를 줄여주겠다."
고 큰소리를 쳤다.
"이놈, 남의 나라에 화(禍)를 뿌리고 다니는 놈이 제 발로 찾아오다니.
오늘 네 목을 잘라, 억울하게 죽은 사람들의 위령제(祭)를 올릴 것이니라."
마화가
"후훗!"
웃으며 옆의 졸개에게 지시했다.

"안악(眼惡) 향주, 네가 높새를 잡아라."
"넵!"
안악이 말을 타고 달려 나오며 칼을 휘두르자, 칼이 빗물을 튕겨내며 윙-윙 소리를 냈다.
그때, 토왕귀가 막아섰다.
"너는 내가 상대해주마. 너 같은 놈은 우리 대인과 겨룰 자격이 없다!"
토왕귀는 철연방이 2동주, 4당주, 6악인, 49향주로 운영된다고 들었다. 이 기회에 향주의 무예 수준을 알아보고 싶었다. 안악의 눈이 핵 돌아갔다.
"제 무덤을 파는군!"
하고
달려들며 토왕귀의 머리를 내려쳤다. 베고 찌르고 막고 후려치는 안악의 칼이 금방이라도 피를 뿜을 듯 훅훅 소리를 내었으나, 토왕귀가 막고 물러서며, 찌르고 틀고 가르자 모두 무위(無爲)로 돌아갔다.
이에,
안악이 왁! 하고 악을 쓰며 종횡(縱橫)으로 칼을 휘두르자 거목이라도 쪼개고 가를 칼 그림자가 토왕귀의 머리 가죽을 그물처럼 덮어갔다.
공(功)을 세워 방주의 신임을 얻고 싶은 안악이, 이 한 수에 온 힘을 쏟아 부었다. 난적을 만났을 때마다 펼쳐온 광도난무(狂刀亂舞)였다.
거품을 문 안악이 눈을 까뒤집고 달려들자, 토왕귀가 허둥지둥 우측으로 달아났다.
안악은 속으로

'그럼 그렇지'

하고 악다구니 쓰며 따라붙자 당장이라도 목이 날아갈 것 같았으나, 그때마다 토왕귀가 후다닥 토끼처럼 방향을 틀어 위기를 모면하자, 약이 오른 안악이 자기도 모르게 말머리를 과(過)하게 당기다 말이 픽 미끄러져, 빨래가 뒤집어지듯 거꾸로 한 바퀴 돌며 땅에 떨어졌다.

"악!"

비명과 함께 돌아선 토왕귀가 몸을 기울이며 순식간에 안악의 목을 쳤다.

"컥!"

하며 수급이 구르고 허연 목을 드러낸 몸뚱이가 일어설 듯 쓰러졌다.

이를 본 다물 패가 환호했다.

"와! 만세!"

토왕귀가

"이번엔 네가 나와라!"

하고

검(劍) 끝으로 마화를 가리키자, 마화(魔禍)의 또 다른 부하가 부아가 치민 듯

"요동의 비악이다!"

하고 말을 몰아 달려 나왔다. 비악의 검은 더 없이 난폭하고 거칠었다.

철연방의 상당수가 조선에서 돌아가지 못한 연(燕)의 패잔병이라는 소문대로

비악은 연의 마상(馬上) 검술을 펼치고 있었다. 육십 합이 지나도록

우열을 가릴 수 없었으나,
얼마 지나지 않아 비악의 검이 횡(橫)으로 흐르다 종(縱)으로 꺾이며 사납게 압박해 들어갔다. 제비가 방향을 바꾸어 날듯 변화하는 검술에
토왕귀가 꽁무니를 빼기 시작했다. 이어, 비악이 다섯 번을 베었으나 말 옆으로 사라진 토왕귀가 비악 쪽으로 솟아오르며 좌장을 후려치자,
푸른 기운의 바람이 검의 잔영을 가르며 비악의 옆구리로 쇄도했다. 토왕귀의 돌연한 기습에 까무라친 비악이 말에서 떨어지며 몸을 굴리자,
늑대처럼 다가선 토왕귀가 검을 빙그르르 돌리며 비악의 가슴을 찔렀다.
"악!"
비악이 비명을 지르자 심총관이 토왕귀의 무공에 감탄하며 높새에게 물었다.
"대인, 토왕귀 선협의 무술이 언뜩 대원수(大元帥)님의 벽옥장(碧玉掌)과 쾌검추영(快劍追影: 쾌검이 그림자를 쫓음)을 닮지 않았습니까?"
"음,
나도 말로만 들었지 직접 본 적은 없다. 나중에 물어보기로 하지."
안악과 비악이 졸지에 죽어버리자, 마화가 삿갓을 내던지며 분노했다.
"토끼 같은 놈과 한가하게 노닥거릴 시간이 없다. 잔꾀가 지독한 놈이다. 놈들을 쳐라!
마화의 명령이 떨어지자 철연방(幇)의 졸개들이 떼 지어 몰려들었

다.
"와!"
높새가 소리쳤다.
"물러가라!"
흑의인들이 방책(防柵)과 장애물 뒤로 철심과 마름쇠가 깔린 걸 보고
방책을 치우려 들자, 지붕에 숨은 흑달과 궁수들이 화살을 쏘아댔다.
"악!"
"칵!"
"으!"
"큭!"
"…."
삽시간에 이십여 명이 쓰러졌다. 마화가 부하들을 뒤로 물리며 소리치자,
수십 명의 궁수가 지붕의 사수들과 여관 곳곳으로 불화살을 쏘았다. 비가 내리고 있었으나 목조 건물이라 쉽게 옮겨 붙으며 타오르기 시작했다.
높새의 사수들은 얼마 못가 지붕에서 물러났고, 이를 본 마화가 악을 썼다.
"방책을 치우고, 시체를 던져 길을 내라! 지부별(別)로 누가 더 많은 시체를 까는지 지켜보겠다! 빨리 공격하라!"
도적들은 조직적으로 움직였다.
백 명씩 나뉘어 방책을 치우고 죽은 동료를 마름쇠 위로 던지며 시

체를 밟고 공격했다.
조금씩 밀리던 높새가 대문 안으로 후퇴하였으나, 불이 붙은 여관이 무너지는 건 시간문제였다. 도적들이 담을 넘기 시작했다. 청룡도(靑龍刀)를 든 돌쇠가 담장 위를 달리며 적들을 해치웠으나 담을 넘는 자들이 많아 결국 문이 열렸고 도적(盜敵)들이 우르르 몰려들었다.
높새와 토왕귀, 총관이 이끄는 사십여 명의 궁수들 그리고 흑달 조(組)는 죽을 힘을 다해 싸웠다. 비가 점점 더 거세지며 시야를 가리자, 높새가 창을 던져 마화의 길을 막았다. 마화가 뛰어내리며 외쳤다.
"높새야! 다물여관은 이제 끝났다. 살고 싶으면 지금이라도 투항해라."
높새가
"후후!"
하고 화극을 휘두르자 마화가 지팡이로 막았다. 높새는 강한 반동을 느꼈다.
'지팡이가 쇠몽둥이 이상이군. 뼈만 남은 늙은이라고 쉽게 볼 수 없다!'
며 놀라자 마화가 웃었다.
"낄낄낄낄, 네 놈이 그럴 듯 하다만, 오늘이 너의 제삿날이 될 것이다!"
높새는 화극을 늘어뜨리고 기다렸다. 뜻밖에도 마화는 절름발이였다.
마화가 절룩이는 순간 몸뚱이가 훌쩍 떠오르며 지팡이가 들이닥쳤다.

기이한 신법이었다.
"깡깡깡깡깡깡깡깡!
빠르게 공수를 주고받았으나 높새는 지팡이의 불규칙한 반동으로 내장이 흔들렸다.
'놈의 지팡이가 괴이하다!'
높새는
다물군 궤멸 이후, 최대의 위기가 닥쳤음을 직감하고 힘을 다했다.

한편, 토왕귀는 백발 노괴와 싸우고 있었는데 십리쯤 들어 간 눈을 가진 자로, 두 개의 쇠갈퀴 수법이 뛰어났으며 무리 속에 섞여 있던 자였다.
'이 노괴는 누굴까.'
"노괴, 넌 누구냐?"
"왜, 궁금하냐? 나는 연산곡주(谷主)다. 아까 죽은 안악이 내 제자다."
노괴가 갈고리를 휘두르며 난폭하게 공격했다. 토왕귀는 연신 뒤로 밀렸다.
"창창창창창…"
노괴와 함께 공격하는 졸개 네 명도 가벼이 볼 상대가 아니었다.
잠시 후,
토왕귀는 둘을 해치우다 노괴의 갈고리에 상처를 입고 악전고투를 이어갔다.
돌쇠와 흑달, 총관, 제욱 등도 향주들과 혈전을 벌였으나 그들은 너무 강했다.

여관의 무사들은 모두 적들의 차륜전(車輪戰)에 힘을 잃어가고 있었다.
높새 역시 뒤의 적을 피하다, 지팡이에 어깨를 맞고 기력이 다해갔다.
불길은 더욱 거세졌고 다물여관 측의 용사들이 하나 둘씩 쓰러져 갔다.
여자와 노인, 아이들을 대피시켰던 묘화도 전장을 내려다보다 아군의 열세를 보고 싸움에 가담하였으나 전황은 특별히 나아지지 않았다.
두 시진이 지나 철연방(幇)의 향주들과 졸개 백 수십여 명이 쓰러졌으나
제욱, 제화와 사십여 명이 죽고 십여 명이 부상을 당했으며 돌쇠, 흑달은 상처가 심했다.
높새는 그 사이 또 한 번 지팡이에 맞으며 더욱 위태로워졌다. 마화의 지팡이는 표면이 울퉁불퉁해 화극(畫戟)이 반동으로 튕겨졌는데, 세게 충돌할수록 상처가 크게 찢어지며 참기 어려운 통증이 밀려왔다.
줄기차게 내리던 빗줄기도 처연히 쓰러지는 노복처럼 약해지고 있었다.
높새가 마지막 힘을 모아 화극을 휘둘렀고, 마화가 귀찮은 듯 지팡이를 휘두르자, 붉은 피를 분수처럼 쏟아내며 높새가 무릎을 꿇었다.
마화의 득의(得意)에 찬 목소리가 다물여관이 타고 남은 재를 날렸다.
"높새, 죽여 달라 했더냐? 내 지금 죽여주마!"

마화가 지팡이를 번쩍 들자, 방어할 힘이 없는 높새가 두 눈을 감았다.
순간 높새의 눈에 이십여 년 전 언뜩 원수님과 형, 아저씨 같았던 다물군의 얼굴들이 주마등처럼 스쳐 지나갔다. 삼총사, 다치와 탁이도 보였다.
'다 죽었겠지, 허허허허.. 셋이 겁 없이 뛰어다니던 그때가 행복했지.'

마화가 높새의 두개골(骨)을 보며 지팡이를 들어 올리는 찰나, 벼락 같은
일갈(一喝)과 함께 희미한 그림자가 유령처럼 떨어져 내렸다. 마화는
일순, 온몸의 기운이 흩어짐과 동시에 쓰러질 듯 두 다리가 휘청거렸다.
'헉!'
경천동지의 공력에 놀란 사람들 앞에 연이어 세 개의 그림자가 나타났다. 순간, 마화의 육감이 꿈틀거리며 온 몸에 전율(戰慄)이 일었다.
'무서운 사자후와 환술 같은 신법! 나를 방해한 자들이니 아군은 아닐 터.'
"어느 방면의 고인이신지? 나는 철연방 제4 당주, 마화(魔禍)라 하오."
평생, 안하무인으로 살아온 마화가 「철연방의 일이니 서로 괜한 분란(紛亂)은 일으키지 말자」는 은근한 저의를 담아 예(禮)를 갖추었

다.
그러나 사자후(獅子吼)를 터뜨린 사나이가 마화를 응시하며 중얼거렸다.
"어딜 가나 철연방(幇)이군. 조용히 물러가면 목숨만은 살려 주겠다."
마화는 간담이 서늘했으나
"강물은 우물을 침범하지 않는 법, 가시던 길을 가시면 안 되겠습니까?"
하고 애써 부드러운 표정을 지으며, 쓴 물을 마시듯 부탁하였으나
"쓰레기 같은 철연방이 강호 도의(道義)를 이야기 할 자격이 있느냐."
고 돌아온 말에 마화는 더 이상 말을 이어갈 수 없었다. 이 정도의 모욕을 당하고도 참는다면 무인이라 할 수 없으리라. 마화가 살기가 흘리며 지팡이를 들자, 사나이가 미간을 찌푸리며 성큼성큼 다가섰다.
마화를 안중에 두지 않는 패기(覇氣)가 놀라웠으나, 높새는 탄식했다.
'의기남아(義氣男兒)이나 조급한 것이 흠이구나. 아, 강호(江湖) 경험이...'
순간 마화의 지팡이가 사나이의 가슴 한 치 앞에 이르며 입이 귀에 걸렸으나
높새가 아! 하는 찰나, 사나이의 손이 괴조(怪鳥)처럼 움직이며 낚아챘다.
이어, 지팡이가 숯불처럼 타오르며 마화의 얼굴이 고통으로 일그러졌고,

화룡(火龍)이 불을 토하듯 붉은 기운이 마화의 장심(掌心)을 뚫고 들어가자 손이 터지고 부풀어 오르며 형체를 알아볼 수 없게 되었으나,
마화는 정작 지팡이를 놓고 싶어도 놓지 못하는 진퇴양난에 빠져 버렸다.
눈 깜빡할 사이에 치고 박은, 가슴이 내려앉는 공수(攻守)였다. 한번 휘말리면 벗어날 수 없는 와류(渦流)와도 같은 사나이의 신공(神功)에
마화는 저승사자에게 잡힌 가여운 영혼(靈魂)처럼 발버둥 쳤으나, 사나이가 쏟아낸 기운이
지팡이와 팔을 거쳐 기경팔맥을 태우고, 마침내 오장육부마저 녹여 버린 듯
처절하게 몸을 꼬며 비명을 지르던 마화의 얼굴이 하얗게 일그러졌다.
처절한 고통 속에서도 무림에 들어선 이후 한 번도 만나지 못한 상상불허의 고수(高手)라는 사실에 생각이 미친 듯, 마화가 돌연 눈을 부릅뜨며
"창해..신.."
하고
뒤늦게 떠오른 사실을 중얼거리다 힘을 다한 머리를 툭 떨구었다.
이를 본 높새가 눈을 부릅떴고, 토왕귀는 두 귀를 쫑긋하며 소리쳤다.
"창해신검!"
전장은 경악의 또 다른 정적에 빠져 들었다.
천하제일검(天下第一劍)으로 알려진 협객 창해신검이 구름을 벗어난

신룡(神龍)처럼 나타난 것이다.
높새와 토왕귀, 다물여관의 모두는 절체절명의 위기에 나타난 창해신검과 그의 불가사의한 신공(神功)에 가슴이 뛰며 자기도 모르게 눈물을 글썽였다.
다시는 겪지 못할 꿈같은 일이 벌어진 것이다. 그동안 들어온 창해신검의 소문은, 지금 목도(目睹)한 무위를 표현하기에 턱없이 부족했다.
천장(天將)의 느닷없는 강림(降臨)에, 피 끓는 감동이 높새의 심장을 쳤다.
황사산과 파곡산을 무너뜨리고 가달성의 준동(蠢動)에 제동을 건 신검은
분명 노화순청(爐火純靑)을 넘어, 무문(無門)의 경지에 들어선 절대고수였다.

거칠게 저항하며 살아왔으나, 세상은 언제나 악이 이끄는 것 같았고,
선은 악으로부터 겨우 자신을 방어할 뿐, 보신(保身)이라도 하면 다행이었다.
철연방이 아니더라도 언젠가는 같은 류(類)의 누군가에게 당하게 될 걸 알면서도, 배짱만으로 경계하며 살아온 수십 년(年)의 상처와 한이 창해역사(滄海力士)가 마화를 응징함으로써 단박에 치유(治癒)된 것이다.
난생 처음, 악은 선을 이길 수 없다는 진리를 눈으로 확인한 것이다.

무림은 언제든 목을 내놓을 수 있는 곳. 상대가 무신(武神) 창해신검이었기에 마화도 기꺼이 패배를 인정하며 죽음을 맞이했을 것이다.
마화가 죽자, 제일 먼저 연산곡주가 혼이 나간 사람처럼 도망을 쳤고,
향주들이 마화를 들고 내빼자, 살아남은 백육십 여 졸개 역시 나 살려라 하고 사라졌다.
적들이 물러나고 다물여관은 사십여 명이 남았으나 남은 자들도 온전한 자가 없었다.
여홍이 몸을 돌려 높새에게 예를 취했다.
"동예의 여홍입니다. 상처는 어떻습니까?"
"대협! 감사합니다."
하고 거의 전소(全燒)된 여관을 보는 높새에게 사매 두약을 소개했다.
"오, 은랑창(槍) 쌍영자를 벤 목련검(劍) 아니십니까. 반갑고 고맙습니다."
토왕귀도 여홍과 두약 그리고 두 소년 선객에게 깊은 감사를 표했다.
"저는 구리국의 토왕귀라 합니다. 도와주신 은혜 백골난망(白骨難忘)입니다."
"저희는 웅가의 국관, 온평입니다."
모두들
높새 주변으로 다가왔고 높새와 여관의 무사들은 창해신검 여홍과 목련검 두약 그리고 웅가의 국관, 온평에게 진심으로 감사를 표했다.

높새는 동굴로 피한 사람들을 내려오게 하고, 천막으로 임시 거처를 만들었다.

잠시 후 여섯 채의 대형 천막이 세워졌다. 중앙의 천막에 높새, 총관, 흑달, 돌쇠, 묘화와 여홍 일행이 들었고 부상자들과 아이들, 여관의 손님들도 각기 별도의 천막에 배정되었다. 이어, 높새가 지시했다.

"돌아가신 분들의 장례 준비를 하고 적들의 시체는 계곡에 묻고 태우게.

그리고 여관을 지을 준비를 하되, 돈은 천권동(天權洞)의 항아리를 모두 꺼내 사용하고, 지난 번 건물보다 더 크고 웅장하게 짓도록 하세."

"네, 대인"

심총관이 명을 받고 나가자, 높새가 선협(仙俠)들을 돌아보며 말했다.

"저를 따라오십시오."

높새는 여홍과 토왕귀, 두약, 국관, 온평을 칠성각(七星閣)으로 안내했다.

칠성각 다회(茶會)

엄청난 불길 속에서도 후원의 칠성각(七星閣)은 타지 않고 온전했다.
칠성각은 삼십 명이 기도할 수 있을 정도로 넓었으며, 팔두마차(八頭馬車)를 타고 천검(天劍)을 든 칠성대군이 마왕들을 정벌하며 우주를 수호하는 항마도(降魔圖)가 사방 벽에 웅장하게 그려져 있었다.
천정에는 은하수(銀河水)가 그려져 있었고 견우와 직녀성(星)도 보였다.
묘화가 훈화차를 내오자, 높새가 여홍과 두약, 국관, 온평에게 권했다.
"대협, 사정을 어찌 아시고 저희를 구하셨습니까?"
여홍이 웃으며 반문했다.
"대인, 요이화님을 기억하십니까?"
높새는
여홍이 느닷없이 죽음의 꽃, 요이화를 이야기하자 잔을 내려놓으며 물었다.
"여협(女俠)을 잘 압니다만, 오랫동안 보지 못했습니다. 그런데 무슨 일로?"
여홍이 말했다.
"사실, 저희는 대인의 도움을 청할 일이 있어, 여협과 함께 왔습니다만
여협은 상(上)운장 서쪽 상난곡(谷)에서 부상을 치료하고 계시기에, 저와 국관, 온평님이 먼저 대인(大人)을 뵙기 위해 오게 된 것입니다."
높새가 크게 놀라자, 여홍이 돌아보며
"지금부터는 국관님이 대인께 직접 말씀드리는 게 좋을 것 같습니다."
국관이 대답했다.
"저와 온평은 웅가 신전소도의 사형제이며, 마혜 사부님의 명(命)으로 철연방에 강탈당한 구휼자금 7억 만 냥을 찾기 위해 나왔습니다.
천우신조로 호랑이 주막을 운영하는 온평의 고모, 요이화님을 만나 철연방이 연나라 희왕에게 가져가고 있는 마차를 습격해 7억만 냥과
철연방이 그간 조선에서 강탈한 8억만 냥까지 도합 15억만 냥을 되찾을 수 있었으나,
철연방과 내통한, 이도하성의 개만도 못한 필구의 간계에 빠져 빼앗기고 옥에 갇히게 되었습니다."
이 대목에서 차를 마신 국관이,
"그러나 안교 소저의 도움으로 탈옥한 후, 15억만 냥을 운송하는

만사기를 습격하다 위기를 맞은 순간 여대협께서 도와주시어 마차를 모두 되찾았는데
난하를 건널 일이 쉽지 않아, 대인께 청(請)을 드리기 위해 오게 되었습니다."
높새는 사정을 듣고 더욱 놀랐다.
"그럼, 요이화 여협의 가족이 상난곡(谷)에 머물고 있다는 말이오?"
온평이 대답했다.
"네, 고모와 고모부는 부상으로 안교, 망치와 함께 마차를 지키고 있습니다."
높새가 심각하게 말했다.
"상난곡은 운장에서 가장 위험한 곳이오. 연의 기병들이 순찰하며 상하운장으로 오가는 사람들을 심문하는 곳이오. 여기에서 우리와 지내는 게 좋소."
하며 흑달과 돌쇠를 돌아보았다.
"두 사람은 빨리 상난곡으로 가서 요이화님과 일행을 모시고 오너라."
"네, 대인"
흑달과 돌쇠가 높새의 명을 받고 나가자, 온평이 자리에서 일어났다.
"저도 가겠습니다."
국관이 끄덕였다.
"그리하게."
세 사람이 나가자, 높새가 국관에게 말했다.
"난하를 건너는 건 염려 마시오. 나는 다물여관을 크게 지을 것이오.

자재가 많이 필요할 것이니 조선에서 자재를 실어 올 마차처럼 위장해 건너면 될 것이오.
그러나 문제는 다음이오.
강을 건넌 후, 번조선의 관문들을 뚫고 아무 사단 없이 가져갈 수 있겠소?
마차의 엄청난 재물을 보면 관병이나 관리들 모두 환장을 할 터인데,
또 웅가국은, 수유후(侯) 기비가 해모수를 돕고 있어 번조선과 사이가 좋지 않소이다. 번조선이 통행세를 내놓으라 하면 곤란하지 않겠소?"
맞는 말이었다. 곳곳에 위험이 도사리고 있었다. 이미 필구에게 당해본 국관이 아닌가.
'관리와 도적이 무슨 차이가 있나. 하나는 강도 복장으로, 하나는 관복을 입고 도둑질을 하니 순박한 백성들이 어떻게 살아가겠는가.'
그때, 이도하 감옥에서 맞은 부위에 통증이 되살아나며 심하게 아파왔다.
"끙-"
토왕귀는 지금까지 고개를 숙인 채 듣고만 있었다. 자기가 패수객잔에서 일으킨 소동으로 여관이 전소되었기에 일체 입을 다물고 있었으나
명도전(明刀錢) 운송을 두고 고민하는 높새를 보며 자리에서 일어났다.
"제가 대인께 큰 죄를 지었습니다. 죄송스러운 마음을 금할 길 없습니다.
토왕귀의 하찮은 목숨을 바쳐 명도전의 안전한 운송을 돕고 싶습니

다."
늪새가 황급히 자리에서 일어나 토왕귀의 두 손을 잡으며 말했다.
"토선협, 그리 말씀 마오. 다물여관과 철연방은 언제고 한 번 부딪치게 되어 있었소.
패수객잔은 철연방 소굴이고, 악오귀는 반드시 제거해야 할 악인이오. 마화가 여대협 손에 죽었으니 두려움으로 당분간 나타나지 않을 것이고
오늘 조선의 영웅들을 새로 알게 되었으니, 한편으로 얼마나 경사스럽소.
패수객잔의 일은 용자(勇者) 만이 할 수 있는 일이었으니, 내 어찌 의인을 돕지 않을 수 있겠소?
불의(不義)한 자들을 좌시하지 않은 토선협의 정신이 바로 언륵 대원수님의 다물정신이외다. 그러니 다시는 내게 미안해하지 마시오."
더 없이 엄숙한 늪새의 말에, 토왕귀가 깊이 포권의 예(禮)를 취하였다.
"태산 같은 도량에 감읍할 뿐입니다."
늪새가 웃으며
"자, 이제 선협의 묘책을 듣고 싶소."
라고 하자
토왕귀가 의견을 내놓았다.
"난하를 따라 상류로 올라가면 수유성이 있습니다. 수유후(侯) 기비는
번조선 기윤 가한의 아들로 의로운 분입니다. 도움을 청해보지 않으시겠습니까?"
늪새는 기비라는 말에 반색했다.

"기비가 아사달 싸움에서, 이도여치(以道興治)를 따르며 해모수 가한을 도왔다는 걸 아오.
한 번 뵙고는 싶었으나 인연이 없었소. 상하운장에 머무르는 무사가 일면식 없이 부탁하긴 어려운 분이외다. 토선협, 혹 그분을 아십니까?"
토왕귀가 가슴을 펴며 말했다.
"솔직하게 말씀드리겠습니다. 사실 저는 해모수 가한님의 휘하에 있습니다.
제가 여기 온 것은 가한의 명으로 조선의 국경을 살피기위해서 입니다.
해모수 가한님이야 말로 장차 구이원을 이끌 분이며, 많은 제후들 가운데 기비님 만이 유일(唯一)하게 해모수 가한님을 돕고 계십니다. 대인(大人), 괜찮으시다면 제가 기비님께 도움을 청해 보겠습니다."
여홍은 해모수 가한을 구해 준 일이 있어, 기비에 대해 알고 있었으나 내색하지 않고 거들었다.
"해모수 가한이 든 이도여치(以道興治)의 깃발은 칼과 창보다 강력합니다. 많은 백성들이 따르고 있습니다."
창해신검 여홍이 해모수 가한을 추천하자, 높새가 국관을 보며 말했다.
"탁견(卓見: 뛰어난 견해)으로 생각하오만. 국선협의 뜻은 어떠실지?"
지금까지 듣고만 있던 국관이 난처한 표정을 지으며 토왕귀를 보았다.
"아사벌 전투에서 웅가는 오가와 함께 해모수 가한과 싸웠습니다. 해모수 가한을 돕는 기비에게 부탁할 수는 없으며 또 7억만 냥을 본 그의 마음이 어찌 변할지는 알 수 없지 않습니까. 선협님들의 의견은 따르기 어렵습니다. 대인, 난하만 건너게 해주시면 그 뒤의 일은 어떻게든 저희가 알아서 하겠습니다."
국관이 웅가국의 입장을 밝히며 거절하자, 토왕귀가 정중하게 말했다.
"한 말씀 올리겠습니다. 오가와 해모수 가한이 지난 날 아사달에서 싸웠으나
그땐 고열가 단제님이 제위에 계셨고 지금은 단제의 자리가 비어있습니다.
조선은 계속되는 흉년으로 도탄(塗炭)에 빠져있고 관료들은 부패하였으나 오가와 번조선, 마한은 단제가 되기 위해 싸우고만 있습니다.
나라 밖을 보시면 중원은 천 년 이상 구이원을 잠식하며 조선의 거수국들을 정복해 왔습니다. 누가 구이원의 주인이 되어야 하겠습니까?
용가의 잔인한 사오, 동호의 탐욕스러운 모정, 번조선의 주색만 밝히는 기윤, 마한의 간악한 마비(馬妃)는 모두 선(仙)과 거리가 먼 자들이나
기비는 선교를 따르는 의로운 분입니다. 기윤은 여색에 빠져있고 간신들에 의해 눈, 귀가 가려져 백성의 원성을 사고 있으며, 번조선을 장악한 친연파(親燕派) 도바바는 사오와 배가 맞아 오가를 분열시키고 있습니다.
우현왕 도바바는, 기윤에게 기비가 해모수를 돕는 역적이라 모함하고
태자를 기비 대신, 후궁 소희의 아들 기우로 세웠고, 틈만 나면 기

비를 제거하려 합니다.
모든 원인은 기비가 선도와 대의를 따르는 인물이기 때문에 벌어진 일이며 기비는 사리(事理)가 분명하여 남의 재물을 탐하지 않는 사람입니다"
이에, 국관이
"토선협님, 수유후 기비가 연루되면, 저와 온평이 돌아가 우리 웅가국(國) 조정의 오해를 받을 수 있다는 점을 고려해주십시오."
라고 하자
토왕귀는 더 할 말이 없었고 그럴 수도 있겠기에 입을 다물었다. 한동안 어색한 분위기가 이어지던 중, 여홍이 생각난 듯 높새에게 물었다.
"이십여 년 전, 다물의 난 때 대인께서는 「소년다물군」이셨다고 들었습니다."
소년 다물군 이야기에, 높새는 눈을 감았다. 과거를 회상하는 듯했다.
"네, 저와 친구들 모두 어린 십대 소년들이었어요. 우리는 푸른 꿈이 있었소이다. 태평성대를 구가하던 조선으로 돌아가는 다물의 꿈 말입니다.
우린 그때 어려서 「다물」의 의미를 정확하게 알지는 못했으나, 더 이상 굶주리지도 부모형제와 헤어지지도 않는 세상을 꿈꾸며 한마음으로 주먹을 불끈 쥐고 백성을 괴롭히는 용가의 조정과 목숨 걸고 싸웠소이다. 결국은 낙화유수(落花流水)처럼 모두 사라지고 말았지만..."
그때 돌연 여홍이
"대인, 혹 다치님을 아십니까?"

하고 묻자

"....!"

높새의 입술이 떨렸다. 옛일을 회상하다 잊을 수 없는 이름이 들리자

'신검이 왜, 그리고 어떻게?'

순간 다치의 죽음과 허무한 세월이 교차하며 높새의 정신이 마구 헝클어졌다.

"다치.. 다치라 했습니까?"

이어

"다치? 죽었..? 다치는 내 둘도 없는 친굽니다. 아, 탁이도.. 그들은 다..!"

하고 바보처럼 더듬던 높새가 이윽고 정신을 차린 듯, 눈빛을 바로 하며 반문했다.

"다치를 어떻게? 다치는 이십여 년 전, 다물의 난(亂) 때 죽었습니다."

"아닙니다. 대협은 살아계십니다."

뜻밖의 말에

놀란 높새가 자리에서 튕겨져 일어났다. 믿을 수 없었으나 천하의 창해신검이 잘못 보았을 리 없으며 농(弄)을 던질 리 만무(萬無)했다.

"다치가 살아있다니! 이럴 수가. 대협, 다치는 지금 어디 있습니까?"

"대형(大兄)은 아바간성에 계십니다."

"아바간성은 저, 부여의 북쪽 끝 변방 아닙니까?"

"네."

하며 다치가 은랑수(銀狼首: 은랑들의 수괴) 백원랑을 황야의 고혼으로 만든 일과 언륵 원수의 유명에 따라 이십여 년 간 가달마황의 부활을 막아온 이야기를 해 주자, 높새가 무릎을 꿇으며 주르륵 눈물을 쏟았다.
"오... 다치!"
그때, 토왕귀가 귀를 쫑긋하며 끼어들었다.
"대협은 저도 압니다."
높새가 주먹으로 눈물을 훔치며 돌아봤다.
"어떻게?"
"예, 저의 고향이 아바간성입니다. 저는 아바간 소도의 선랑(仙郞)출신 입니다.
아바간 소도에서 수행하고 있을 때, 다치 대협이 자주 오셨는데 무예를 연마하는 저를 기특하게 보시고 무공(武功)을 가르쳐 주셨습니다."
높새가 고개를 끄덕였다.
"오, 철연방과 싸울 때 펼친 서언문의 벽옥장(碧玉掌)과 쾌검추영이 바로!"
"네, 대협께 배웠습니다."
"다치! 다치는 무예가 출중했고 비할 수 없이 담대한「소년 다물군」이었소."
높새는 아이처럼 손을 만지작거리며 또 다시 눈물을 글썽였다. 여홍이 말했다.
"국선협님,
명도전 이송은 쉬운 일이 아니니, 기비의 도움을 받아야 할 것 같소이다.

내가 다치 대협을 만나기 전, 해모수 가한님을 도운 적이 있었는데 기비님께 연락해 놓을 테니, 나더러 꼭 한번 만나보라 말씀하셨소이다.
가한께 들은 바로는, 기비님은 재물 때문에 의를 외면할 분이 아닙니다.
해모수 가한과 수유후(侯)는 천하 창생을 걱정하는 분들입니다. 더구나 7억만 냥은 백성들을 구휼할 돈 아닙니까.
웅가니 번조선이니 하지 않고, 두 분의 의로운 일을 쾌히 도울 것입니다.
나와 토선협님이 먼저 기비님을 만나 말씀드려 보면 안 되겠소이까?"
국관은 잠시 말이 없었으나, 창해신검 여홍의 말에 크게 흔들렸다.
'여홍 대협은 청천백일(靑天白日: 푸른 하늘의 빛나는 해)과 같은 의인이다.
해모수를 잘못 보았을 리 없으며, 우리의 목숨을 구해준 은인이다.
신협(神俠)이 이렇게까지 수고를 자청하는데 거절하는 건 예(禮)가 아닐 터.'
국관이 대답했다.
"소생의 아둔함을 깨우쳐 주셔서 감사합니다. 대협의 가르침을 따르겠습니다."
그날 밤 흑달과 돌쇠, 온평이 요이화 일행과 다물여관으로 돌아왔다.
요이와, 방혁 등은 온평에게 철연방의 대규모 습격을 들었으나, 막상 여관이 전소되고 모두가 천막을 치고 지내는 모습에 크게 놀랐다.

높새가 요이화를 보고 반가워했다.
"어서 오시오. 누추하지만, 연과 조선이 들어오지 못하는 곳이니, 편히 쉴 수 있을 겁니다."
"대인, 갑자기 죄송합니다."
"아니오, 의로운 일의 적임자로 소생(小生)을 기억해주셔서 감사하오.
여협 덕분에 신협(神俠)께서 왕림하시어 목숨을 구할 수 있었습니다. 밤도 늦었고 몸도 성치들 않으시니 모두 들어가 쉬시도록 하십시오."
다음날 아침 식사를 마친 후 다시 칠성각에 모였다. 국관이 모두에게 말했다
"전비가 연왕에게 바치려 한 공물은 오랜 기간 조선에서 강탈한 재물로 모두 백성의 고혈입니다. 열아홉 대 가운데, 명도전 다섯 대는 웅가로 가져가고,
나머지 열네 대 가운데 세 대는 호랑이주막을 버리고 저희를 도와주신 요이화님과 배, 기, 신씨 세 분 영웅의 유족들께 드리겠습니다.
그리고 나머지는 번조선에 내주려 했으나, 필구의 부패를 보고 접었습니다.
요이화 여협의 말씀을 따라, 열 대를 수유후 기비님께 드리고 마지막 한 대는 다물여관을 중건 하는 데에 희사(喜捨)하기로 결정했습니다."
높새가 감탄했다.
"목숨 걸고 얻은 재물을, 의를 위해 내놓다니 진정 의인들이십니다."

고 하자 여홍이 말했다.
"의로운 결정에 감동했습니다. 오가는 권력투쟁에 정신이 없으나 조선은, 중원과 가라무렌강 너머 흑림의 침략을 목전에 두고 있습니다. 하루 빨리 조선의 도를 세우고 악마의 침략에 대비해야 할 것입니다."
토왕귀가 눈을 빛냈다.
"국선협, 저도 최선을 다하겠습니다. 당장 수유성의 기비님께 말씀 드리겠습니다."
이어, 모두 머리를 맞대고 할 일들을 상의했다. 기비에게 가려한 여홍은 불의(不意)의 사태를 대비해 남고, 토왕귀만 수유성(城)으로 떠났다.
여홍은 요이화 외(外) 방혁, 국관, 온평, 높새, 흑달, 돌쇠 등의 상처를 치료하기 시작했다. 거의 대다수가 철연방과의 싸움에서 큰 부상을 입었다.
두약이 외상을 입은 사람들을 치료한 후 모두 운기조식에 들어갔다.
잠시 후
내관에 깊이 들어있는 높새와 요이화, 국관, 온평, 안교, 망치 등은 홀연
영대혈(- 등의 穴)로 스며든 기운이 봄날의 햇살처럼 퍼지며 난하와도 같이 굽이치자, 새 살이 돋고 역동적인 힘이 꿈틀거리는 느낌을 받았다.
그들의 몸을 흐르는 기운은 여홍의 극(極)에 이른 순양의 진기였다. 때로는
아기의 숨결과도 같이, 때로는 절벽을 때리는 파도와도 같이 혈맥을 흐르고 삼백육십오 혈(穴)을 어루만지며 주천하기를 3각 여(餘), 모

두는 남아 있던 고통이 서서히 사라지는 것을 느끼면서 저도 모르게 무아(無我)의 경지에 들며 심공(心功)의 대약진(大躍進)을 맞이했다.

이튿날, 높새는 여관을 신축하는 일에 전념하며 마차를 옮길 방법을 연구했다.
향후, 여관은 다물장으로 부르기로 했다. 설계는 전부터 구상해 놓은 바가 있었기에 빠르게 진척됐다. 국관이 내놓은 마차 한 대는 다물장을 짓고도 남을 돈이었다. 사방으로 사람을 보내, 자재를 사고 인부들을 불러 모았다.
다음 날 국관이 말했다.
"토선협님이 7일 기한으로 가셨으니, 그동안 이도하성을 다녀오려 합니다."
높새는 깜짝 놀랐다.
"무슨..?"
"네, 필구에게 빼앗긴 비룡검을 찾아올까 합니다."
높새가 고개를 저었다.
"국선협, 보검은 필구가 갖고 있을 것이니, 일을 마친 후 기회를 보는 것이 어떻겠소. 지금, 욕살의 관저에 가는 것은 극히 위험한 일이오."
그러나 국관은
"필구를 없애야만 합니다. 웅가로 돌아가면 언제 다시 이도하성에 오겠습니까?"
하며 말했다.

"사제, 다녀오겠네."
온평이 만류했다.
"사형,
난하(灤河)를 건넌 후 기비님의 도움을 받아, 명도전을 도성으로 운반하는 게 우선일 것 같습니다. 그리고 사형, 몸 상태가 아직 회복을…"
국관이 고개를 저었다.
"사제, 몸은 여대협의 신술(神術)로 좋아졌을 뿐 아니라 공력 또한 전보다 훨씬 깊어졌네. 다녀오겠네."
국관이 너무 단호하여 높새 외(外) 호걸들은 말을 잃었다. 높새가 말했다.
"그럼, 얼른 다녀오시오. 엿새 내로 오셔야 일에 차질이 없을 것이오."

이틀 뒤, 국관은 이도하성에 숨어들었다. 필구의 관저와 관아는 경계가 삼엄했다. 천구장 만사기 일행의 종말을 알고 있으리라는 생각이 들었다.
관저(官邸)의 구조와 퇴로를 익힌 국관은 어둠이 내리자, 담을 넘고 지붕을 달리다 밤 고양이처럼 몸을 회전하며 처마에 거꾸로 매달렸다.
소리도 먼지도 한 톨 일지 않는 비범하기 이를 데 없는 몸놀림이었다.
대청은 촛불이 타고 있었으며, 여럿이 자리할 수 있을 정도로 넓었다.

국관이 대들보 위로 숨어든 후, 얼마 지나지 않아 필구가 사람들을 이끌고 들어왔다.
"편히 앉으십시오."
필구의 좌우로 여러 모습의 사람들이 앉았는데 모두 열 한명이었다. 하나같이
태양혈(- 관자놀이)이 높이 솟고 날카로운 안광을 쏟아내고 있었다. 왼쪽으로 오십이 넘은 무인 다섯 명이 앉아있었다. 그들은 인상이 험했는데, 독수리 입에 앵무새 눈을 가진 자가 연신 가식적으로 웃었다.
그 옆으로 대머리에 고목 같은 늙은이가 눈을 감고 있었고 맞은편 필구 오른 쪽으로 차가운 표정의 장정 여섯이 냉소를 머금고 있었다.
특이한 것은 여섯 사람 모두 코가 컸는데, 필구 가까이 앉은 사람부터 차례로
비뚤코, 들창코, 화살코, 매부리코, 주먹코, 무너져 내린 납작코였다.
필구가 말했다.
"연에 계셔야 할 하간오노(河間五奴)께서 갑자기 예까지 어쩐 일이십니까?"
앵무새 눈의 노인이 껌뻑이며 밤공기를 쥐어뜯는 목소리로 대답했다.
"어흠!
연왕께 바칠 마차, 열아홉 대를 도로 빼앗긴 걸 이미, 알고 있겠지요?
욕살, 이도하에서 탈옥한 것들이 저지른 일 아닙니까? 감히 연나라

에서 도둑질을 하다니! 우리는 방주의 사백 전삭님의 지시로 사태 수습의 책임이 있는 욕살을 도와 마차를 회수하기 위해 달려 왔습니다."

하간오노라는 말에 국관은 깜짝 놀랐다.

하간오노(河間五奴)는 이십여 년 전 연(燕), 제, 조의 강호를 주름잡던 무리로,

하나같이 무공이 뛰어나 상대하기 어려운 자들이라고 들었던 기억과

그들 중, 대노(大奴)는 특히 괴이하고 출중한 고수(高手)라고 들어서였다.

'저놈들까지?'

하며 국관이 긴장하는 순간, 필구가 비스듬히 몸을 틀며 말을 꼬았다.

필구는 대노(大奴)의 말투에 기분이 나빴다. 자신의 잘못이 있다 하나 이런 식으로 대놓고 녹림의 무리들에게 상투를 잡힐 수는 없었다.

"대노(大奴)님,

잘 알고 있습니다만, 천하를 흘겨보는 연나라 땅에서 어떻게 그런 일이?

유성추의 달인 만사기가 죽음을 당하다니요? 수비대장 기시는 뭘 하고 있었답니까? 탕지보(堡)까지 호위를 했어야 하는 것 아닙니까?"

필구의 말에 말문이 막힌 대노가 머뭇거리자, 옆의 대머리가 말을 돌렸다.

"흐흐흥!

감히 우리 대왕의 공물(貢物)에 손을 대다니! 놈들을 용서할 수 없소!"
하고 탁자를 누르자 나무가 움푹 파이며 장인(掌印)이 선명하게 찍혔다.
대머리의 심후한 내공에 필구는 내심 놀랐으나, 보지 못한 듯 말했다.
"음, 제가 어떻게 도와드려야?"
대노가 눈빛을 풀고 말했다.
"도적들이 다시 이곳에 올 것이니, 욕살께서 군사를 총 동원해 잡아주셔야 합니다. 철연방 역시 난하 일대를 쥐 잡듯 감시하고 있소이다."
어느 정도 체면이 선 필구가 시종일관 말이 없던 여섯 사람에게 말을 걸었다.
"육마검(六魔劍)께서도 하간오노(河間五奴)님과 같은 일로 왕림하셨습니까?"
오노의 맞은 편 여섯은 누굴까 궁금했던 국관은 육마검이라는 말에 경악했다.
노노아산맥과 상간하 일대의 악인들로, 그들의 사부 말코는 자기 코로 인해,
제자 가운데 후일 경외심을 잃어버린 무례(無禮)한 놈들이 생길까 우려되어, 코가 자기처럼 못생긴 놈들만을 골라 제자로 받아들였다. 이들 역시 주로 연(燕)과 조, 동호 지역을 휘젓고 다니는 고수들이었다.
욕살 필구 바로 옆의 「비뚤코」가 손을 휘저으며 말했다.
"그렇소,

얘기는 하간오노 선배님들이 다 하신 것 같소. 우리는 이번에 조선의 그 선협이라는 것들을 쓸어버리기 위해 유명산(幽冥山)을 내려왔소."
필구가 쩝- 입맛을 다시며
"하하하하,
탈취범들이 이도하성에 나타나면 내 반드시 산 채로 잡아 넘겨드리다."
라고 하자, 화살코가 살모사 눈을 하며 불편한 심경(心境)을 내뱉었다.
"흐흐흐흐?
산 채로 잡아? 욕살도 알다시피 만사기는 향주이나 무예는 당주 급인 자요.
보고에 의하면 창해신검이 만사기를 죽였다는데, 놈이 그리도 뛰어난 자요?
유명산에만 틀어박혀 있었기에, 가달오귀와 흑살귀는 그렇다 치더라도
중원의 제일고수 참수도(刀)가 나이도 얼마 안 된 놈에게 등을 보였고,
만독거미와 사마(邪魔)의 조종(祖宗)이라 할 흑림의 등에와 마각이 사자 앞의 들개처럼 목숨을 잃었다는 소문이 들리니, 어떻게 된 일입니까?"
고 하자
필구가 입을 딱 벌리며 벌떡 일어났다.
"뭐, 뭐라고요? 창해신검이 나타났다고요! 그 말은 금시초문이올시다."

하간오노가 이마에 내 천(川) 자를 그리자, 필구가 몸을 떨며 말했다.
"신검을 본 적은 없으나, 혜성과 같이 나타난 자로 그 소문은 다 사실입니다.
특히 강으로 도망친 사룡(蛇龍)을 쫓아가 목을 벤 이야기는 너무도 유명합니다. 신검이 호랑이 주막(酒幕) 패를 돕다니, 일이 어렵겠습니다."
"음, 알았소. 우린 이만 돌아갈 터이니 이도하성을 잘 감시해주시오."
오노(五奴)와 육마검이 이마를 찌푸리며 떠난 후, 필구가 침실로 가 잠에 떨어졌을 때 국관이 잠입하여 필구의 옆구리를 발로 걷어찼다.
"윽!"
하고 필구가 일어나는 순간 턱이 부서지며 나동그라졌다. 놀란 필구가 다시 일어서자 국관이 아혈을 찍어 더 이상 아무 소리도 낼 수 없었다.
"……"
국관이 필구의 뺨에 검을 대고 내리긋자, 붉은 피가 주르륵 흘러내렸다.
겁에 질린 필구가 벌벌 떨자
"이놈, 끽 소리도 내지 마라."
필구가 머리통을 마구 끄덕이자 국관이 아혈(啞穴)을 풀어주었다.
"비룡검은?"
필구가 벌벌 떨며 대답했다.
"집무실에 있소.
목숨만 살려주시오. 고향에 나만 바라보고 있는 팔순 노모가 계시오. 낸들 좋아서 했겠소. 위에서 윽박질러서 살기 위해 한 짓이오."
필구는 더 없이 비굴했다.
'욕살이 이리 소인배라니.'
"앞장서라"
필구가 속옷 그대로 몸을 일으켜 대청으로 갔다. 국관의 검이 목에 닿아 있었다.
필구가 굽신 거리며 집무실 육등잔(六燈盞)에 불을 붙이자 즉시 불이 타올랐다.
검, 활, 방패가 벽에 걸려 있었고, 붉은 사슴뿔 위에 비룡검이 놓여 있었다.
국관이
"여기서 꼼짝 마라."
하고 한 걸음에 다가가 비룡검을 잡는 순간 사슴뿔 거치대가 움직이며
"쿵!"
소리와 함께 국관이 아래로 추락했다. 필구가 설치해놓은 함정이었다.
"악!"
동물적으로 몸을 뒤집은 국관은 순간 심장이 오그라들었으나, 다행히도 2장 깊이였기에 큰 충격을 받지 않고 바닥에 내려설 수 있었다.
"으하하하하하!"
필구의 비웃는 소리가 들려왔다.
"이놈,
마차를 **빼앗겼다는** 소식을 듣고, 내가 네놈을 기다리고 있었느니라.

왜 이제 왔느냐. 너를 잡기 위해 특별히 벽을 철판으로 만들었다. 푹 쉬고 있어라. 내일 날이 밝으면 네 놈을 심문하여 마차의 행방을 알아 낼 것이다.
으하하하하하하하"
필구가 책상 아래의 줄을 잡아당겼다.
"땡땡땡땡땡땡.."
소리가 밤하늘로 울려 퍼졌다. 군관 병염과 군졸 삼십여 명이 횃불을 들고 허겁지겁 달려왔다. 필구가 얼굴에 피를 줄줄 흘리며 말했다.
"국관을 잡았다. 안팎으로 불을 밝히고 잘 지켜라. 내일 문초할 것이다."
군관 병염이 보니 과연 웬 놈이 있었다. 모두가 침을 튀기며 필구를 찬양했다.
"과연, 지장(智將)이십니다!"
국관이 탄식했다.
'또 당했구나. 한심한 놈.'
다음 날,
필구는 미혼향을 잔뜩 넣어 국관을 기절시킨 후, 차꼬를 채워 지하 감옥의 쇠기둥에 묶었다.
"고분고분 대답하는 게 좋을 거다. 마차(馬車)는 지금 어디에 있느냐?"
국관이 대답을 않자 필구가 명령했다.
"쳐라!"
"옛-!"
육척의 옥리가 휘두른 채찍이 뱀처럼 날며 국관을 할퀴었다. 얼마가지 않아 국관이 피투성이가 되자, 필구가 손을 들어 제지한 후 물었다.
"이제 실토 하겠느냐?"
국관이 이를 뿌드득 갈았다.
"빨리 나를 죽여라!"
필구가
"개과천선 하려면 아직 멀었군. 놈을 쳐서 힘을 쏙 빼놓되 죽이지만 말라."
하고 옥사를 나가자, 죽도록 맞은 국관이 혼절(昏絶)했다. 국관은 나흘간 무자비한 채찍을 맞으며 후회하였으나 이미 돌이킬 수 없는 일이었다.
'아, 사제..'

그날 밤 삼경, 필구의 옆구리를 걷어차는 자가 있었다. 공교롭게도 전날 국관에게 맞은 곳과 같은 자리였다.
"억!"
하고 눈을 뜬 필구 앞에 크고 작은 복면, 둘이 그림자처럼 서 있었다.
가슴이 철렁했다.
"누, 누구냐!"
순간 차가운 검이 목에 닿았다.
"국선협은 어디 있느냐?"
"옥에 있소"
"옥(獄)으로 가자. 잔꾀를 부리면 지체 없이 목을 딸 것이니라."

이어, 여자로 보이는 복면이 입을 벌린 후, 약을 넣고 목을 톡 건드리자, 필구의 의지와 상관없이 꿀꺽 소리와 함께 목젖 너머로 넘어갔다.
이어 차갑게 말했다.
"네가 명심해야할 게 있다. 네가 삼킨 건, 소흥안령 지주산 만독거미의 독약으로 토납을 하거나 힘을 쓰면 독(毒)이 혈맥으로 퍼져 이틀 안에 죽을 것이니, 못생긴 머리통을 굴리거나 경거망동하지 말라.
우리가 아무 탈 없이 나갈 수 있도록 협조만 잘 하면 살려주겠다."
필구는 강자에 약하고 약자에 강한 자로, 무공보다 꾀가 많은 만큼 겁이 많은 자였다. 만독거미의 위명은 너무도 잘 알기에 겁이 더럭 났다.
"네네"
"비룡검은 어디 있느냐?"
"집무..."
"가자"
"예예"
필구가 집무실로 들어갔다. 한쪽 벽 붉은 사슴뿔 위에 비룡검이 있었다.
"가져와"
비룡검을 받은 철탑 같은 흑의 복면이 복면여인에게 준 후, 뇌옥으로 향했다.
필구가 질질 끌려오자 병사들이 달려왔고, 옆구리를 쥐어 박힌 필구가
"모두 가만있어!"

하고 뇌옥에 들어가 명을 내리자, 놀란 옥리가 재빨리 문을 열었다.
"끼익"
옥사(獄舍) 안은 어두웠으나 처참하게 뭉그러진 국관이 흐릿하게 보였다.
필구의 지시로 국관의 차꼬가 풀리자 복면여인이 국관을 흔들었다.
"국관님"
몇 번을 부르고 나서야, 국관이 가까스로 눈을 뜨고 돌아보았다.
"선협, 일어날 수 있으셔요?"
놀란 국관이 몸을 일으켰고 필구를 보자 피빛 살기(殺氣)를 일으켰다.
그때, 복면여인이 건네준 비룡검을
"감사합니다"
하고 받아든 국관이 비틀거리며 검(劍)을 뽑자, 흑의복면이 막아섰다.
"필구를 이용해 탈출해야하오. 걸을 수는 있겠소?"
"자신 없습니다."
흑의복면이 필구를 돌아보며
"네가 업어라"
하자
필구가
"선협님, 나를 살려준다고 약조하지 않았소이까? 나는 업을 수 없소."
흑의복면이 싸늘하게 말했다.
"약속은 지킬 것이니 주둥이 닫아라. 성을 빠져 나갈 때까지는 볼모가 되어야겠다."

옥으로 오는 동안, 복면녀(女)의 말을 확인하기 위해, 기운을 돌려본 필구는 심상치 않은 통증을 감지하였기에, 얼른 국관을 들쳐 업었다.

옥을 나서자, 읍차 장초가 군졸 천 명과 궁수 백(百)을 포진하고 있었다.

복면녀가 필구의 목에 검을 들이대자, 필구가 놀라 장초에게 말했다.

"물러서라."

장초가 입맛을 다시자 복면녀가 말 네 필을 가져오라 지시했고 말을 대령하자,

필구의 마혈을 찍어 말안장에 걸친 후 성을 빠져나갔다. 밖에는 뜻밖에도 안교, 망치가 기다리고 있었다. 국관을 본 안교가 눈물을 폭폭 쏟았다.

"오라버니!"

"안교구나. 괜찮다. 두 분 덕에 악독한 필구의 손에서 목숨을 구했다."

국관이 말에서 내려 두 복면에게 예(禮)를 올리자, 철탑 같은 복면이

"국선협, 완전히 벗어난 게 아니오. 안전지대로 이동한 후 인사하십시다."

국관이 필구에게 갔다는 말을 들은 안교는 밤새도록 마음이 놓이지 않았다.

이도하성에는 병사들도 많고 특히 필구는 눈치가 빠르고 교활하여,

굴을 세 개나 파는 겁 많은 토끼 같다는 얘기를 성에 머무는 동안 장사치들에게 수없이 들었었다. 마차를 잃은 철연방과 필구가 국관을 노릴 거라는 생각에 마음이 놓이지 않았다. 사악한 자의 소리장도는 구탈과 같은 무법지대를 겪은 자만이 느낄 수 있다고 생각한 안교는

사람들에게는 아무 말도 하지 않고 이튿날 망치와 함께 난하를 건넜다.

그러나 성에 도착해보니 경비와 검문은 전보다 훨씬 강화되어 있었다.

안교가 성(城)으로 가는 닭 장수에게 물었다.

"뭔 일이 있나요? 검문이 왜 저리 심해요?"

"응,

탈옥수가 보검을 훔치러 관저에 왔다가 다시 잡혔다는구나. 간도 크지!

탈옥했으면 다 잊어버리고 도망가 살 것이지, 뭐 하러 다시 와서 잡혀. 쯧쯧쯧"

안교가 성으로 들어 갈 궁리를 할 때, 망치가 팔을 끌며 가리켰다.

"저기.."

각설이패들이 성으로 들어갈 준비를 하고 있었다. 두 사람 다 거지였던 때가 있어 익숙했다.

"응, 저들 틈에 끼어 들어가자."

고

변장한 후 각설이 타령을 부르며 들어갔다. 그리고 국관이 있는 옥사를 보니

지난번과는 비교할 수 없을 정도로 방비(防備)가 심해 국관을 구할

묘책이 떠오르지 않았다.
안교는 가슴이 답답했다.
'오라버니가 죽게 생겼어. 이를 어쩌나?'
안교와 망치는 종일 배회하다 황혼이 되자 패수가의 래이객잔에 들었다.
객잔은 이도하성에서 제일 큰 객잔으로 여느 때처럼 상인과 여행객으로 붐볐고 1층 식당도 술과 식사를 하는 사람들로 가득 차 있었다.
안교와 망치는 구석의 빈자리로 갔다. 망치가 불안한 표정으로 앉았다.
"누나, 이번엔 우리 힘으로는 국선협을 구할 수 없을 것 같아. 어떡하지?"
순간 망치의 목소리가 크게 느껴진 안교가 급히 손가락을 입에 댔다.
"쉿, 누가 들으면 어떻…?"
하고 그새 자라목을 한 망치에게 들릴 듯 말 듯한 목소리로 속삭였다.
"아무래도 빨리 돌아가서, 창해신검님께 말씀드려야 할 것 같아."
안교의 붉은 입술이 창해신검을 발음하는 순간, 시끌벅적한 식탁들 너머
대각선 창가의 석탑(石塔) 같은 사나이가 눈썹을 꿈틀거리며 불길 같은 안광을 쏟아냈다. 신경이 곤두선 범의 눈빛이 그러했을 것이나 대한은 곧, 아무 일도 없는 사람처럼 동행과 계속 이야기를 나누고 있었다.
안교, 망치가 식사를 마친 후 2층 객실로 들어가 반 시진 정도 지

나자
"똑똑"
소리가 들렸다. 온갖 궁리에 빠져있던 안교가 검을 들고 몸을 날렸다.
"누구요?"
"실례하오. 긴히 물어볼 것이 있어 그러니, 문을 좀 열어주시겠습니까?"
사나이는 목소리가 굵었으나 매우 정중했다. 안교가 갸웃하며 문을 열자, 가죽으로 싼 긴 물건을 등에 맨 석탑 같은 사나이와 고운 외모의 서생이 서 있었다. 건장한 사내가 부드러운 미소를 지으며 자기를 소개했다.
"나는 넉쇠라 하고 여긴 옥랑(玉郞)이라 하오. 우린 멀리 동옥저 사람이오."
구탈 출신 안교는 동물적으로 선악을 구분했다. 넉쇠의 석탑 같은 체격에 자연 숨이 턱 막혔으나, 그 눈이 악의가 없음을 눈치 챈 것이다.
안교가 검을 거두었다.
"들어오셔요."
두 사람이 자리에 앉자
"안교라 합니다."
하고 옆을 보자 소년(少年)이 일어나 가슴을 펴며 의젓하게 포권을 했다.
"저는 망치라 합니다."
망치라는 말에 옥랑이 입을 가리며 가만히 웃었다. 정말 두상(頭相)이 단단한 망치 같았다.

넉쇠가 말했다.
"용건만 말하겠소. 우린 고향을 떠나 구이원 유적지를 돌아보고 있는 중입니다.
주작성, 해성, 왕검성을 거쳐 조선 서변의 끝 난하를 보고자 왔는데, 아까 식사를 하다 두 분의 이야기를 듣고 마음이 크게 흔들렸소이다."
안교는 크게 놀랐다.
"무슨..?"
"창해..."
순간,
얼굴색이 바뀐 안교가 벼락같이 검을 뽑자 거친 파공음이 일었다. 놀라운 솜씨였다. 몸놀림이 보통이 아니었으나 넉쇠는 개의치 않았다.
"여협의 대화 가운데「창해신검님께 말씀드려야」까진 들렸으나, 시끄러워 그 뒷말은 들을 수 없었소이다. 그분이 어디 계신지 혹 아신다면..."
넉쇠의 말이 체 끝나기 전, 안교가 넉쇠의 가슴을 향해 검을 겨누었다.
"나도 모르오!
강호에, 팔황(八荒)이 추앙하고 만악(萬惡)이 두려워하는 창해신검을 모르는 작자도 있소이까? 나 역시 대영웅(大英雄)을 흠모하여 그분을 한 번 뵙고자 천하(天下)를 떠돌고 있기에 얼핏, 튀어나온 말일 뿐이오.
그리고 신검(神劍)은 구름 속의 신룡과 같은 분. 귀하가 만나기는 쉽지 않을 것이오."

안교는, 넉쇠가 철연방(帮) 고수일지도 모른다는 생각으로 둘러대면서도
긴장한 탓으로 신협(神俠)을 공경하는 소졸(小卒)의 마음을 드러내고 말았다.
뒤늦게 아차! 하고 눈치를 보았으나 넉쇠는 흐뭇한 눈으로 말을 이었다.
"검을 거두시오. 창해신검님은 나의 대형(大兄)이시오. 난 그분의 의제요.
문득 대형의 존호(尊號)를 들었고 두 분이 뭔가 고민이 있는 것 같기에
두 분이 대형과 아는 사이라면 지나칠 수 없어 이렇게 방문한 것이오. 지금 내가 한 말은 모두 사실이외다. 쇠도리깨 앞에 맹세하는 바요."
하며 가죽에 싸인 긴 물건을 꺼내 보이자 쇠도리깨가 몸을 드러냈고
그것을 본 안교가 눈썹을 찡그렸으나 이내, 구탈에 흘러든 자들이 술을 마시고 떠들어대던 한 인물(人物)이 떠오르며, 얼굴이 밝아졌다.
이름은 가물가물하였으나
"지주산 거미방을 도리깨로 쓸어버린 사나이가 있는데, 그는 진실을 얘기할 때,
「늘, 쇠도리깨 앞에 맹세한다」는 말을 듣고 깔깔깔 웃었던 기억이 났다.
'그 사람이 바로?'
안교가 얼굴을 풀며 검(劍)을 거두자, 망치도 덩달아 검(劍)을 거두

었다.
"도리깨 선협!"
"그렇소, 강호(江湖)의 친구들이 나를 도리깨 선협이라 부르는 모양이오."
이어,
자기가 어떻게 창해신검을 대형(大兄)으로 모시게 되었는지 낱낱이 이야기하고 나자, 안교가 자기가 겪은 모든 것을 넉쇠에게 들려주었다.
넉쇠는 대형(大兄) 여홍이 국관 일행의 심공(心功)을 이끌어주었다는 이야기를 듣고 나서, 나이에 비해 심후한 안교의 내공을 이해했고
"창해신검님은 지금 상하운장에서 다시 난하(灤河)를 건너고자 하십니다."
넉쇠는 탄식했다.
"동옥저만 썩은 줄 알았더니 동예, 주작, 번조선 모두 똑 같구나! 나라의 관문을 지키는 욕살이 외적과 사마외도의 무리와 내통하다니!"

옥이와 처녀들을 붉은거미방에서 구해 남갈사성(城)으로 돌아온 넉쇠는, 여전한 성주와 관리들의 학정을 피해 자기와 옥이 부모 모두를
모산신녀가 계신 관봉산 망애곡 가까이 이주시킨 후, 옥이와 함께 강호 주유(周遊)에 나섰다. 그러나 세상은 부패했고 선리(善吏)들은 드물었기에

'대형(大兄)이라면 구이원의 악을 없애고 세상을 바로 잡으실 수 있을 것이다.'

하고 여홍을 찾아다니다 오늘에야 비로소 대형의 소식을 알게 된 것이다.

넉쇠가 말했다.

"여협, 국선협을 구하는 일이 우선이오. 대형을 모시고 오는 것도 좋은 생각이나

그 사이 필구의 손에 목숨을 잃을지도 모르오. 선협은 내가 구할 터이니,

여협은 감옥과 관저에 대한 정보를 알려주시오. 내일 군량(軍糧) 창고와 시장 등 여러 곳에 불을 지르고, 서문 밖에서 우리를 기다리시오."

창해신검과 마찬가지로 의제 넉쇠마저 자기를 여협(女俠)으로 부르자,

과분하기 짝이 없는 호칭이었으나, 안교는 눈을 깜빡거리며 천하 영웅들의 언행을 배우고 무공 수련에 박차를 가해, 어서 빨리 여협에 어울리는 무예(武藝)와 당당한 기품(氣稟)을 갖추어야겠다고 생각했다.

육마검(六魔劍)

성 밖 삼십 리를 지나, 필구를 걷어찬 넉쇠가 도리깨로 바위를 내려치자 쩍- 갈라졌다.
"나는 의롭지 않은 자들의 골통을 이렇게 부수어 왔다. 국경의 성주로 철연방과 내통해 이득을 취하고, 의인들을 괴롭힌 것에 대해 네 머리도 부수어야 하나, 약속대로 놓아줄 터이니 반성하면서 돌아가라.
행여 우리를 추적할 생각을 말고 선관으로 바르게 살아가기를 바란다."
하며 필구의 단전을 차 내공을 파괴하고 한쪽 발목을 부순 후 해독약을 던졌다.
복숭아뼈가 부서진 필구가 고통스러운 얼굴로 뒷걸음질 치다 발을 끌며 도망쳤다.
넉쇠는 난하를 따라 계속해서 중류로 올라갔다. 국경 경비가 강화된 후
난하 일대의 어선을 묶고 출어를 금지하고 있어 강을 건널 방법이

보이지 않았다. 삼십 리 쯤 더 달렸을 때 앞서 가던 안교가 돌아왔다.
"강둑 아래에 배가 있습니다."
"다행이오!"
안교를 따라 버드나무 언덕길을 내려가니 과연 집 한 채가 보였다. 강가 수풀사이로 배가 보였다. 안교가 사립문을 밀고 들어가 주인을 불렀다.
"계십니까?"
"……"
"계십니까?"
세 차례를 불렀으나 아무 기척이 없었다. 안교가 방문을 열어보았으나 아무도 없었다.
안교가 넉쇠를 보고 손을 저으며 부엌 뒤를 둘러보다가 소리를 쳤다.
"두 사람이 죽어 있습니다!"
그때 망치가 외쳤다.
"배 바닥이 구멍이 났어요!"
배에 구멍이 뚫린 걸 확인한 넉쇠가 흠칫, 무언가를 말하려는 순간
"낄낄낄낄 낄낄낄"
"크큭크 크크크크"
"할할할 할할할할"
웃으며 험악한 코를 가진 여섯 명의 괴한(怪漢)이 나타나 길을 막았다.
국관이 놀랐다.
"음, 육마검(六魔劍)입니다."

넉쇠가
"국선협은 안여협, 망치와 함께 몸을 지키기만 하시오. 나머진 우리가 상대하겠소이다."
하자, 국관이 비룡검(劍)을 뽑아들었다. 이를 본 매부리코가 픽 웃었다.
"국관! 천구장으로 가자. 목숨만은 살려주마."
국관이
"너는 유명곡(谷)에서 바로 저승으로 갈 것이지, 왜 조선을 거쳐 가려 하느냐?"
하자, 화살코가 배고픈 놈이 다 된 밥을 보듯 크게 소리쳤다.
"형, 빨리 죽이고 갑시다!"
"죽이다니,
최소, 한 놈은 반쪽이라도 살려가야 마차의 행방을 알아낼 것 아니냐!"
주먹코가 턱으로 안교를 가리키며 말했다.
"그럼, 세 놈은 죽이고, 계집만 살려갑시다. 흐흐, 저년은 내가 먼저요!"
안교가 눈에 살기를 흘렸다.
"호호, 돼지가 뜯어먹을 놈, 마음대로 지껄여라. 주먹코를 잘라 주마!"
주먹코가 목소리를 가다듬어 타이르듯 말했다.
"험험..
넌 어려서 잘 모르겠지만, 한단에선 내 코가 크다고 좋아하는 여자가 많단다."
그의 말에 나머지가 키득거리며 웃는 순간, 국관이 주먹코를 향해 몸을 날렸다.

넉쇠의 배려는 고마우나, 웅가 소도의 맏도비로서 아녀자의 힘으로 두 번이나 목숨을 구했기에, 더 이상 구차한 모습을 보일 수 없었다.

한 걸음에 다가선 국관이 구궁(九宮)을 후려치자 아홉 개의 검화(劍花)가 폭죽처럼 피어나며 주먹코의 전신(全身)을 노렸고, 이어 솔개가 몸을 꺾듯 선회한 비룡검이 주먹코의 목을 향해 빛살처럼 날았다.

국관이 분영(分影: 그림자를 벰)의 쾌검을 펼친 것이다. 주먹코는 용을 쓰는 국관의 허점을 보았으나, 같이 죽자는 놈의 기세를 외면하느라

검화에 이어 목을 노리는 일검(一劍)마저 피했다간 얼마간 수세에 몰릴 것과, 애송이를 상대로 육마검의 면(面)을 구겼다는 책망을 들을까 두려워 에잇! 기합을 토하며 염소가 들이박듯 국관의 검을 후려쳤다.

그러나 만사기를 만나기 전의 국관이었다면 몰라도 그 후, 국관은 하루가 다르게 검의 도(道)를 깨달아 가고 있었으며 창해신검의 신술(神術)로 공력이 몇 단계 더 깊어졌기에 비룡검(飛龍劍)에 실린 힘은 주먹코가 짐작하는 한낱 애송이의 수준(水準)이 결코 아니었다.

창!

소리와 함께 두 개의 검(劍)이 부딪치는 찰나, 주먹코의 검(劍)을 반쯤 자른 국관의 검이 역회전하며 하복부로 쇄도하자, 혼비백산하여 허리를 튼 주먹코의 얼굴에 국관의 좌장(左掌)이 질풍처럼 들이닥쳤다.

"퍽!"

"큭!"

생사(生死)를 결하는 자세와 비룡검 그리고 치우장(掌)이 만든 승리였다.

이어 힘을 소진한 국관이 비틀거리자 납작코가 달려들었고 안교가 막아섰다.

어어? 하던 오(五)마검이 움직이는 순간 철탑 같은 그림자가 들이닥쳤고,

넉쇠가 움직이자 시종(始終) 조용하기만 하던 옥랑(玉郞)이 서리 같은 검광을 뿌리며 매부리코를 향해 거침없이 육박(肉薄)해 들어갔다.

매부리코는 연약해 보이는 옥랑이 자기를 노리자 기가 막혔으나, 빠르지 않은 듯 빠르게 다가서는 신법(身法)이 예사롭지 않음을 느꼈다.

"엽!"

기합과 함께 메부리코의 검이 옥랑의 검광을 파고들며 허리를 베어가자

"창창창창창..!"

막고, 가르고, 찌르고, 비껴 치는 두 개의 검이 살풍경한 공방을 주고받았다.

메부리코의 힘은 강했으나, 봉우리를 도는 구름처럼 틀고, 비틀고, 휘감는 옥랑의 검(劍)이 기울어진 달이 지듯 기이한 궤적을 그릴 때면,

메부리코는 허(虛)를 찔린 사람처럼 검(劍)을 거두며 실속 없이 물러섰다.

짧은 시간에 승부를 볼 수 없는 호각지세(互角之勢)가 이어지는 가운데
돌연,
"얍!"
천둥 같은 기합과 함께 넉쇠의 돌개바람이 들창코의 옆구리를 부쉈고
석탑(石塔)이 돌듯 후려친 격공추(擊空推: 허공을 가격해 밀어냄)에 화살코의 머리가 쪼개지며 쓰러졌다. 싸움이 시작되자마자 일어난 결과에
비뚤코는 영문을 알 수 없는 표정으로 아연실색(啞然失色)했다. 격공추(推)의 수법을 썼다고는 하나, 넉쇠의 무예는 이미 절정에 이르러 있었다. 이를 보고 놀란 납작코가 급히 비뚤코 옆으로 와서 포진했다.
국관과 안교, 망치는 넉쇠의 무자비한 무술을 보고 넋을 잃고 말았다.
들창코와 화살코가 순식간에 이승을 하직하자, 겁이 난 비뚤코가
"너는 누구냐?"
고 물었고
'창해신검의 동생, 쇠도리깨 넉쇠이니라!"
고
하는 넉쇠의 대답에 자기도 모르게 얼굴이 굳어 주위를 둘러보았다.
조금 전
넉쇠의 무술에 놀란 삼마검은, 필구가 두려워하던 창해신검이 근처에 와있는 것 아닐까 하고 간이 오그라든 것이다. 아우라는 자(者)가 이 정도면 신검의 무예는 불문가지(不問可知)였기에, 자기도 모

르게 신검이 가까이 있거나 곧 들이닥칠지 모른다는 두려움이 일었다.
그때,
기변(機變: 임기응변)의 화술로 삼마검을 흔든 넉쇠가 비뚤코를 치고 쓸고, 패고, 찍다 역동작으로 찬 철각이 쇠몽둥이 같은 파공음을 일으키며, 납작코의 턱으로 날았다. 넉쇠의 도리깨질과 철각을 본 국관이 그의 패도적인 무예에 놀랄 때 비뚤코가 급히 메부리코를 불렀다.
혼자 힘으로는 승산이 없었기에 삼재진(陣)을 펼치려는 의도였으나, 메부리코는 휘감기듯 길을 막는 옥랑(玉郞)을 벗어날 수 없었다.
그때
"슉슉슉슉!"
소리를 내며 메부리코의 관자놀이와 코, 뺨, 목으로 들이치는 네 개의 암기와
그 뒤의 또 다른 암기를 감지한 옥랑이 고운추일(孤雲追日: 외로운 구름이 해를 쫓음)의 경신술로,
황급히 물러서다 빈틈을 보이고 만 메부리코를 쫓으며 허리를 갈랐다.
"으흑!"
암기는 안교의 공기돌이었다. 예전의 안교였다면 위협이 되지 않았을 터이나,
창해신검의 지도로 내공이 급증했고 몇 가지 무리(武理)를 가르침 받았기에,
돌의 속도와 간격을 달리함으로써 메부리코의 보법에 균열을 일으키는 데에 성공했고, 그 잠깐의 허(虛)를 옥랑이 놓치지 않은 것이

다.
넉쇠와 떨어지기 싫어, 스스로를 지킬 무예를 밤낮없이 처절하게 연마했던 옥랑은 마한의 절대고수 모산신녀의 적전제자(嫡傳弟子)로, 이미 누구도 무시할 수 없는 경지에 올라선 여(女)고수였다. 삽시간에 셋이 죽고 하나가 자빠지자, 비뚤코와 납작코의 눈에 공포가 떠올랐다.
이어, 국관과 옥랑이 납작코를 몰자, 비뚤코의 검을 막은 넉쇠의 좌수(左手)가 일자(一字) 모양으로 급가속 회전하며 비뚤코의 턱을 타격했다.
넉쇠가
대추권(大椎拳)으로 비뚤코의 마지막을 정리하자, 옥랑(玉郎)이 선녀운보(仙女雲步)를 밟으며 혼(魂)이 사라진 납작코의 목을 베어버렸다.

이에, 망치는 자기의 무예를 펼쳐볼 기회가 사라진 걸 아쉬워했다. 사실, 망치는 각설이패를 따라다니며 체득한 싸움기술이 전부였으나,
힘 센 놈들에게 허구한 날 얻어터지는 가운데 자기 몸의 특이한 면을 알게 되었다. 어디든 맞으면 아픈 것이 당연했으나 희한하게도 머리는 웬만큼 맞지 않고는, 아프지도 상처를 입지도 않는다는 사실과
어느 날, 발버둥치는 머리에 부딪친 상대가 톡- 나가떨어지는 걸 보고,
비로소 자기의 머리가 기가 막히도록 단단하다는 걸 안, 망치는 스

스로 별 다른 재주가 없는 걸 잘 알기에 박치기를 연구하기 시작했다.
틈만 나면 산에 올라가 소나무, 참나무에 머리를 비비고 문지르며 머리 가죽을 두껍게 만든 후, 박치기 훈련에 정진(精進)하였으나 박치기만으로 강호의 왈패들과 목숨을 걸고 싸우는 것은 불가능했다. 그들은 망치가 머리로 박으려 들면 가볍게 피하며 길바닥의 돌처럼 걸어찼다.
그렇게 답답한 날들을 보내다, 안교를 도와 좋은 일을 하게 된 것인데,
창해신검을 알게 되었고 귀여움까지 받게 되자, 며칠을 졸졸 따라다니다. 언제부턴지 똥마려운 강아지처럼 여홍의 주위를 낑낑 맴돌았다.
죄 없는 제 머리를 때리기도 하고, 수천 번은 했을 「공기」를 하거나, 혼자 땅따먹기 놀이를 하며 맥(脈)없이 노는 망치를 여홍이 불렀다.
"망치, 요즘 왜 그리 넋 나간 얼굴을 하고 있냐?"
"아닙니다."
"아니라니, 뭔 일이 분명 있는데. 자, 말해 봐라."
"……"
여홍이
"허…"
하고 이마를 찌푸리자, 지켜보던 두약이 여홍의 옷깃을 당기며 말했다.
"호호호, 망치 소협이 오라버니께 드릴 말씀이 있을지도 모르겠어요."

"오.. 망치. 그러하냐?"
"....."
"빨리 말씀 드리셔요."
"....."
그러나 망치가 망설이자
"허! 망치. 내 너를 장차 호협한 장부가 될 아이로 봤건만, 이렇게?"
여홍의 눈이 번득이자, 가슴이 내려앉은 망치가 돌연 무릎을 꿇었다.
"죄송합니다, 대협"
"허, 뭐가 또 죄송한 게냐? 그리고 갑자기 무릎은 왜 꿇는 것이냐?"
"대협!"
"음"
"저..."
"하, 이런. 망치야. 너 앞으로 내 얼굴 안 볼 거냐?"
창해신검의 다정한 말에 감복(感服)한 망치가 바닥에 쿵, 머리를 박았다.
"대협,
말씀 올리겠습니다. 사실 저는, 어려서부터 구탈의 왈패들에게 수없이 맞으며 자랐습니다.
그래서 늘 싸움기술을 연구해왔는데, 어쩌다 제 머리통에 부딪친 상대가 나뒹구는 걸 보고, 그 다음부터 신나게 박치기를 수련하였습니다.
그러나 실전에서는 매번 빗나갔으며, 오히려 저의 전술(戰術)이 노출돼 그 후로 더 얻어터지고 조롱을 당하는 결과를 초래하고 말았습니다."

"그래?"

하고, 여홍이 관심어린 표정을 짓자

"하여,

또 다시 궁리(窮理)를 거듭한 끝에 제가 뒷골목의 허접한 기술만 알고 있을 뿐, 정통 무술의 기초가 조금도 없다는 사실을 깨달았습니다."

"오!"

"예,

그래서 권각술을 배우기 위해 여기저기 기웃거렸으나 구탈은 거의 심성이 나쁜 놈들만 있고 또, 저보다 나이가 많아 몸만 크고 기술 몇 개 더 있을 뿐, 대단한 실력을 갖춘 고수들은 없다고 생각했습니다."

"음.."

"그러던 중, 누님을 따르다 천하무적의 대협을 뵈온 후, 세상이 얼마나 넓은가를 깨달았습니다.

그 후 밤낮으로 고민하다 언감생심, 부지불식간에 일어난 무엄한 생각에 앞뒤와 순리를 모르는 저 자신을 책(責)하며 잠을 이룰 수 없었습니다."

그때 여홍이 망치를 제지했다.

"....."

"네 박치기를 한 번 보자꾸나."

여홍의 느닷없는 명(命)에 울상을 지었으나, 두약의 눈짓에 일어선 망치가 있는 힘을 다해 나름대로 그동안 연구해 온 박치기를 선보였다.

"붕붕, 훅, 훅, 훅훅 휙, 붕붕 훅- 부붕 붕붕!"

주먹 사이사이 사우(四隅)를 들이박고, 발차기 후 좌우를 연달아 박으며

무릎 공격에 이어 역회전 「들소박치기」까지 전개하자, 여홍이 고개를 끄덕였다.

"녀석.. 제법 무(武)를 이해하고 있으나, 마땅한 신법이 없어 효과를 보지 못했을 뿐이니라.

내가 권각술과 보법을 가르쳐 줄 테니, 네 재능을 믿고 처절하게 연마하라.

너는 향후, 그 철두공(鐵頭功)으로 강호에 이름을 떨치게 될 것이니라!"

여홍의 말이 떨어지자, 망치가 부르르 몸을 떨며 맨 땅에 다시 머리를 박았다.

"대협의 은혜 잊지 않겠사오며, 죽는 날까지 의로운 길만을 걷겠습니다."

이후, 망치는 권각과 보법 그리고 자기가 만들어낸 박치기를 교정 받았다.

"초식을 많이 안다고 능사가 아니다. 몇 가지라도 정통하고, 불퇴전의 패기로 상대를 꿰뚫어 본다면, 누구에게도 쉽게 당하지 않을 것이다."

이어, 정교한 보법을 이용한 벼락같은 박치기와 물이 흐르듯 허(虛)와 실(實)을 포착하는, 공수(攻守) 완급(緩急)의 묘를 하나하나 짚어 주었다.

신협(神俠)의 지도 이후, 망치는 틈만 나면 보법과 철두공(鐵頭功)을

연마했다.
신협의 말씀대로 수련하자 박치기가 종횡무진(縱橫無盡) 자유로웠고 구탈에서 자기를 못살게 군 놈들의 빈틈이 손금 보듯 환하게 떠올랐다.
'그깟 놈들에게 두들겨 맞고 살아왔다니'
부아가 치민 망치가 급기야 내공을 실어 박치기를 날리다, 우연히 눈에 걸린 나무를 미친 들소처럼 들이박고 돌아서자 우지끈 꺾어졌다.

일행은 말을 타고 다시 도강할 곳을 찾아 올라갔으나, 강의 양쪽에 연과 번조선의 군대가 있어, 건널 곳을 찾는 건 쉬운 일이 아니었다.
강을 따라 올라 갔으나 건널 곳을 찾지 못한 넉쇠가 다시 빈 집을 찾아 들어갔다.
국관이 말했다.
"강을 건너 상하운장으로 들어가 합류하는 것보다 높새 대인이 마차를 도강시킬 오춘리(里) 강변으로 가 합류하는 것이 좋을 것 같습니다.
오춘리는 이틀거립니다. 당초, 마차를 오춘리에서 수유후 기비에게 인계하면, 기비가 해모수 가한에게 전하기로 했습니다. 날짜는 정확히 모르나 곧 건너올 것이니 오춘리로 가서 기다리는 게 좋을 것 같습니다."
넉쇠가 말했다.
"오춘리에 가 있는 동안, 필구나 철연방이 추적대를 보내면 어떡합니까?"
듣고 보니 일리가 있었다. 운장의 사정을 모르는 상태에서 추적대를 꼬리에 달고 가는 건 적절하지 못한 것 같았다. 별로 말이 없던 옥랑이 말했다.
"그럼, 오춘리로 바로 가지 말고 그 근처에 가서 상황을 지켜보는 게 어떨까요?"

상하운장에 이는 풍운

패수객잔의 악오귀는 노복 왕개와 들개를 데리고 구탈 서쪽 당가장(莊)의 당고충를 찾았다. 당고충은 조나라 한단 사람으로, 한 때 기녀들의 기생오라비 노릇을 하던 건달이었기에 주먹질과 발길질에 능했다.

한단의 기루는 천하에서 제일 화려하고 요란했다. 기루마다 각국의 미인들이 가득해, 칠국(七國)의 사내라면 누구나 술 한 잔 하고 싶은 기루의 도시였다. 때문에 한단은 각국의 객상(客商)들로 늘 흥청거렸다.

그는 간혹 기루에 온 상인들을 상대로 강도 행각을 벌였는데, 한 번은 대상을 잘못 골라

조(趙)의 동정을 살피기 위해, 진왕(秦王)이 상인으로 위장시켜 파견한 흑갈방(幇)의 왕새우를 죽이고 털었다.

당시는 진이 위세를 떨치던 때로 조(趙)에는 진에 매수된 관료가 많았다.

진왕(秦王)이 크게 노하여 조(趙)의 조정을 흔들며 무섭게 추궁했다.

"감히, 진의 상인을 죽이다니!"
이런 이유로 옥에 갇힌 당고충이 옥리를 매수한 후 도망쳐 상하운장에 들어왔고, 한단과 각국의 싸움패 수백을 모아 상하운장의 당가파(派)를 이루었다. 당시 연과 조는 사이가 좋지 않았다. 조는 연을 자주 침범했었기에 당고충은 연의 악오귀를 몇 수 아래로 보고 멸시했다.
그리고
악오귀가 연의 관리였으나, 쥐를 잡는 나랏돈을 훔쳐 운장에 패수객잔을 차린 이야기를 듣고, 자신의 쥐꼬리 수염을 만지면서 중얼거렸다.
"저질이군!"
하고 평가절하 했으나 악오귀 뒤에 철연방(幫)이 있어 함부로 대하지는 못했다. 당고충이 눈을 가늘게 뜨고 찾아온 악오귀에게 물었다.
"패수객잔 주인장께서 장사는 안하시고 이 누추한 곳까지 웬일인가?"
악오귀가 대답했다.
"하하하, 장주님께 수천만 냥을 벌게 해드리려고 이렇게 달려왔습니다."
당고충이 빈정거렸다.
"그 큰돈을 왜 내게.
흐흐흐흐, 돈이라면 국고(國庫)까지 터는 악형이 더 좋아할 텐데, 다 가지시지?"
당고충이 실실거렸으나, 악오귀는 만면에 웃음을 잃지 않고 대답했다.

"물론 돈을 좋아하나 그 돈이 내 것이 될 것 같진 않고, 그렇다고 동이(東夷) 놈들이 갖는 건 눈뜨고 볼 수 없기에, 이렇게 찾아왔습니다."

당고충은 철연방이 다물여관을 공격했다는 소식과 여관이 대부분 불타고

마화가 죽었다는 걸 알고 있었으나, 그들이 왜 싸웠는지는 모르고 있었다.

단지, 패권 싸움으로 짐작하고, 어부지리를 노리며 지켜만 보고 있었으나 「돈」을 놓고 싸웠다는 이야기에 귀가 솔깃했다. 당고충이 물었다.

"한 번 들어나 봅시다."

"다물여관의 조선 것들이 연나라 땅까지 들어와 철연방의 재물마차 열아홉 대를 탕지보(堡) 부근에서 강탈해 조선으로 가져가려 합니다.

명도전과 금은보화, 백록피(白鹿皮), 호피(虎皮), 담비가죽 등 15억만 냥인데

이것은 연나라 사람들이 조선에 들어가 피땀 흘려 모은 것으로 연왕(王)께 바칠 공물이었습니다.

그것을 되찾으려다 마화 당주가 죽고 부하들도 많이 죽었습니다. 마차가 패수를 건너 조선으로 돌아가 버리면 되찾기는 어려울 것입니다.

그래서 장주님과 힘을 합해 마차를 찾으면 장주님께 2할을 드리겠습니다."

당고충이 의심스러운 눈으로 퉁명스럽게 물었다.

"그런데, 철연방(幇)이 직접 찾지 않고 왜 내게 부탁하는 것이오?"

"연과 조선의 국경 수비가 강화되어 살수들을 보내기 어려운 실정입니다. 그리고 난하를 건너면 수유후 기비와 부딪치기 쉽습니다. 방주께선 가능하면 조선과 얽히지 않는 상하운장에서 일을 끝내려고 하십니다."

당고충은 입이 찢어졌다.

'호오! 15억만 냥은 엄청난 돈이다. 작은 나라를 세울 수도 있다. 그럼 그렇지. 금년에 큰돈을 만진다는 신수(身數: 운수)가 바로 이거였군.'

하며 머리를 굴렸다.

"악형, 높새와 그 수하들이 상당한 고수라고 하던데. 그깟 돈 보다 목숨이 중하지 않소이까? 15억 만 냥을 절반으로 뚝, 나눈다면 모를까?"

악오귀가 난처한 표정을 짓다

"후일, 장주께서 우리를 필요로 할 때, 도와드린다는 약조를 하면 어떨까요?"

라고 하자, 당고충이 주걱턱을 들고 쥐꼬리 수염을 비비 꼬며 말했다.

"흐흐, 그건 필요 없소. 연(燕)의 유민들이 그렇듯 우리도 가까운 대국(代國)의 도움을 충분히 받고 있으니 그딴 것은 셈에 넣지 마시오."

악오귀가 한참을 고심하다

"3할 드리리다."

하자

당고충이 단호하게 5할을 제시했고, 악오귀가

"4할"

을 부르자

당고충이

"밥이 아니면, 끼지 않겠소! 그만 돌아가오. 얘들아, 악형 돌아가신단다."

고 억지 배웅을 하자, 악오귀가 입을 따악 벌리고 천정을 바라보다

"좋소. 방주님께 그리 말씀드리겠소이다."

하고 돌아갔다. 악오귀의 뒤통수를 보던 유발이 스윽 입술을 핥았다.

"3, 4, 5할이 다 뭡니까. 장주님, 먼저 차지하는 자가 임자 아닙니까?"

"허허, 순순히 따르면 놈들이 의심할 것이다. 그럴 듯하게 흥정해야 악오귀가 안심할 것 아니냐. 빼앗고 나서 우리 맘대로 하면 될 것이다.

그 돈이면 중원이든 구이원이든, 어디든 가서 떵떵거리며 살 수 있을 게다.

껄껄껄"

유발이 그제야 무릎을 쳤다.

"아! 장주님의 신산(神算: 묘한 계책)을 소생이 헤아리지 못했습니다."

당고충은 즉시 도적질을 나간 부하들을 모두 불러들이고, 마차를 빼앗을 궁리에 들어갔다.

다음날 악오귀는 왕개와 들개를 데리고 망산(亡山)객잔으로 달려갔다.

망산의 주인 희흉(姬匈)은 제나라 사수(泗水) 사람으로 살인을 하고 도망쳐 온 검의 고수였다.

운장에 흘러든 제나라 유민들을 모아 망산파(派)를 조직, 관리하고 있었다.
망산파는 제의 유통망을 이용해, 인접국에 소금을 밀매(密賣)하여 돈을 벌었다.
주공의 후예라 자칭하는 희흉은 늘 주공(周公: 무왕의 동생, 희단姬旦)의 복장을 하고 예(禮)를 따르는 척 하면서 몰래 강도짓을 일삼는 흉악한 놈이었다. 악오귀가 망산객잔에 들자, 마침 희흉이 있었다.
희흉이 귀빈실로 안내했다.
"어서 오시오. 해가 서쪽에서 뜨겠소이다. 악대인."
"네. 대인, 객잔이 날로 성황이군요."
"장사는 악대인이 더 잘하시는 것으로 알고 있는데, 어쩐 일이시오?"
"아, 도움을 청할 일이 생겼습니다."
"훗, 천하의 철연방도 도움을 청할 일이 있습니까?"
"누구나 어려울 때가 있는 법이죠. 무법천지 상하운장에선 더욱 그렇고요."
그리고 반 시진이 넘어서야 둘의 대화가 끝이 났다. 희흉과 악오귀는 손을 잡고 호탕하게 웃으며 헤어졌다. 들개와 왕개가 투덜거렸다.
"쳇! 여기서도 반을 주는 걸로 결론이 났군요. 이러다 재물이 남아나겠습니까?"
악오귀가 돌아보며 눈을 깜빡였다.
"이놈들 정말 둔하네!
주고 안주고가 어디 마음대로 되는 일이더냐? 정말, 내 마음대로 했다간 목에 붙은 머리 하나로는 살아남지 못한다. 모두 방주님의 뜻이다.
높새가 재물을 나누어 이동할지 모르니 어떻게든 열아홉, 그대로 요하를 건네게 하라는 것이다. 그래서 당가충과 희흉의 기분을 맞춰주는 거야.
그러나 내게도 돌아오는 게 있다. 재물에 홀린 세 파(派)가 죽기 살기로 싸우면, 패수객잔이 상하운장 제일의 자리에 오를 것 아니겠느냐?"
왕개가 악오귀의 말에 탄복했다.
"장주님의 신기묘산은 강자아(姜子牙: 주나라의 태공망)에 뒤지지 않습니다!"

운장 서남쪽 사반산(山) 금도동(洞)에 괴팍하고 무예가 뛰어난 금마법사가 있었다.
소시 적, 곤륜선문에 입문한 자로 틈만 나면 주색을 밝히고 다녔는데,
도반들과 수행하던 중 어느 행각도인으로부터 배운 사마외도의 주문을 몰래 외우며 연공하다 회음혈이 찢어지면서, 콧구멍으로 음습한 기운이 쉴 새 없이 뿜어져 나왔다. 금마는 그 일로 선문에서 파문당했고,
우연히 흑선의 무공을 배워 여기저기에서 갖은 악행을 저지르며 유랑하다 사반산에 은거했다.
그는 많은 부하를 거느리고 있었다. 어느 날 골패가 헐레벌떡 달려왔다.

"법, 법사님!"
"뭔 일로, 그리 체통 없이 구는 게냐?"
"넵,
상하운장에 만금(萬金)의 보물이 나타났습니다. 강호의 난다 긴다 하는 자들은 모두 그 보물을 차지하기 위해 눈에 불을 켜고 있습니다."
"무어? 만금이? 에이.. 이 거칠고 척박한 땅에 무슨 돈이 들어오겠냐?"
골패가 물 한 사발을 단숨에 꿀꺽 하고 말했다.
"호랑이 주막패가 연왕에게 가던 공물을 턴 후, 높새의 보호를 받고 있습니다.
무려 15억만 냥에 달하는, 명도전과 보물을 빼앗기 위해 녹림의 살수 수백이 밤하늘을 나는 부엉이처럼 긴박하게 몰려들고 있다 합니다."
하고 주워들은 얘기를 쏟아 붓자, 금마가 눈썹을 모으며 허리를 세웠다.
"흠.. 구미가 당기는구나. 노리는 자가 많다면 쉽지 않은 일이다. 너는 즉시 삭패, 날패 이하 모두를 불러 모아라. 우리도 출동하자꾸나."
"네!"
골패가 동굴 밖으로 신나게 달려 나갔다.

한편
높새는 심백의 지휘 아래 다물장(莊)을 새로 짓고 있었다. 품삯을 후하게 쳐준다는 말이 돌자, 굶주린 유랑민들이 삽시간에 몰려들었다.
높새가 말했다.
"다물장을 짓는 동안만이라도 배를 곯지 않도록, 가능한 한 모두에게 일을 주도록 하라. 자금은 호걸들이 준 재물이 있으니 걱정하지 말라."
건축이 일사천리로 진행되면서, 공사장은 축제의 장(場)처럼 바뀌었다.
그도 그럴 것이, 끼니 때마다 밥을 배불리 먹여주고 밤이면 풍물패를 불러 위로해주니 모두가 콧노래를 불러가며 맡은 일에 최선을 다했고
그 덕에 다물장의 웅장한 건물이 빠르게 위용을 갖추어가고 있었다.

높새가 수유성에 다녀온 토왕귀를 호걸들과 함께 칠성각에서 만나고 있었다.
"토선협, 어찌되었소?"
"네,
기비를 뵙고 말씀드렸더니 크게 기뻐하셨습니다. 구이원 전역이 흉년으로 힘든 상태이며, 해모수님도 재정 부족의 고충을 털어놓으셨다고 합니다.
그 자금이면 큰 도움이 될 것이라 하시며, 해모수 가한께도 서한을 보내셨습니다.
그리고 만날 장소를 정해주셨는데 상하운장에서 난하 상류를 따라 오르다, 수심(水深)이 얕고 물살이 느린 오춘성(城) 밖 파이가산(山)

쪽으로 건너라 하셨습니다."
높새가 물었다.
"날짜는 언제로 정하셨소?"
"닷새 후부터 기다리겠다고 하셨습니다."
"닷새 후?
높새가 반문했다.
"네,
저도 늦어지는 것 같아 며칠 당기자고 말씀드렸더니, 진의 군대가 말을 약탈하기 위해 번조선 유목촌을 노리고 있어, 읍차 과이가찰이 대치하고 있으며
기비님도 출동 태세를 갖추고 있답니다. 진이 물러갈 때까지 지켜봐야 한다고 하셨습니다."
여홍이 한숨을 쉬었다.
"아, 이젠 진나라까지."
높새가, 여홍이 조선 서쪽 변방의 사정을 잘 모를 것 같아 들려주었다.
"조(趙)의 구이원 침략은 하루 이틀이 아니었습니다. 중산, 임호, 대국(國) 등이 그들에게 망하고 유민들은 노예나 종으로 살고 있습니다.
흉노국(國)도 조나라 때문에 많은 피해를 보았는데, 조가 망한 후 달라질 줄 알았으나 조(趙)를 없앤 진나라는 약탈이 더욱 가혹합니다.
수유성(城)은 번조선의 경계이며 중원으로 통하는 요지(要地)라 자리를 비우기 어려운 곳입니다.
우리가 맞추어 드려야 합니다. 그래도 날짜가 정해졌으니, 모든 마

차에 무쇠를 대어 튼튼하게 손보겠습니다."
온평이 말했다.
"대인, 국관 사형이 돌아올 날이 한참 지났고 안교, 망치마저 사라졌습니다. 일이 생긴 게 틀림없습니다. 제가 잠깐 이도하성에 다녀올까 합니다."
사실, 국관이 돌아오지 않자 말을 아끼고 있었으나 모두들 내심 걱정하던 터였다.
요이화가 말했다.
"너마저 자리를 비우면 자금은 누가 지키겠느냐. 우리가 목숨 걸고 도운 것은 고향을 잃고 유랑하는 자들을 구제하는 일이 무엇보다 중요하다고 보았기 때문이다. 사형 문제는 차후로 미루고 이 일에 전념해라.
네 사형은 일의 경중을 가리지 못하고 필구에게 복수하러 떠났다. 분노를 참지 못한 경솔한 처신이었다.
설혹 잘못되었다 하더라도, 이 중요한 시기에 어쩔 수 없다는 말이다."
온평은 답답했다.
"대인께서 소식이라도 알아주실 수 없겠습니까?"
높새가 말했다.
"내 벌써, 이도하성(城)으로 제자 제호를 보냈소이다. 소식을 기다려 봅시다."
이틀 뒤 제호가 돌아오자 모두 칠성각으로 모였다. 높새가 물었다.
"알아보았느냐?"
"국선협이 관저에 침입했다가 필구의 간계에 빠져 옥(獄)에 갇혔는데,"

"아니, 또 잡혔다고!"
제호가 말을 이었다.
"그런데, 사흘을 잡혀있다 어제 탈출했다고 합니다. 안교 소저와 망치가 돕지 않았나 짐작이 갑니다. 지금 성 안이 발칵 뒤집혔습니다. 필구가 인질로 잡혀갔고, 병사들과 철연방 살수들이 쫓고 있다 합니다.
더 알아보고 싶었으나, 경계가 심하고 행방을 알 수 없어 돌아왔습니다."
온평이
"아...!"
하고 탄식하자, 높새가 말했다.
"필구를 인질로 탈출했다니 다행이오. 계속 알아볼 터이니 더 지켜보십시다."
제호가 심각한 얼굴로 말했다.
"사부님,
국선협 일 못지않게 큰 일이 있습니다. 상하운장에서 들은 이야기입니다. 강호의 건달들이 상하운장으로 구름처럼 몰려들고 있다 합니다."
호걸들은 아연 긴장했다. 높새가 다급하게 물었다.
"왜?"
"다물여관에 엄청난 보물이 있다는 소문을 듣고, 모여든다고 합니다."
모두들 깜짝 놀랐다.
"앗!"
"음"

"아.."
다물장 공사로 위장하고 진행해온 일인데 소문이 나버렸으니 보통 일이 아니었다.
토왕귀가 말했다.
"강호의 공동 목표가 되어버렸으니 계획을 다시 세워야 할 것 같습니다."
높새가 이마를 찡그렸다.
"패수객잔 악오귀의 장난일 것이오. 후일 반드시 놈을 제거해야겠소."
"사냥개들을 풀어, 함정으로 몰아가겠다는 술책!"
여홍의 말에 토왕귀가
"대협,
난하 건너에 철연방이 기다리고 있을 거라는 말씀입니까? 기비님이 파이가산에서 기다린다 하셨으니, 난하만 건너면 별 일 없지 않겠습니까?"
라 하자
"그렇게 되면 얼마나 좋겠습니까."
방혁이 한숨을 쉬며 말했다. 그들은 밤늦도록 대책을 숙의하다 숙소로 돌아갔다.
다음날 높새는 공사장 관리와 다물장(莊) 부근 경계를 대폭 강화했다.
그리고 상하운장 내(內) 왈패들의 정보를 상세히 수집한 후 상황을 설명했다.
"상하운장에 다물장(莊) 소문이 들끓고 있습니다.
마차를 노리는 것들 가운데 가장 큰 세력은 조(趙) 출신 당가장의

당고충,「강태공」후예라는 망산파 소금밀매상 희흉(姬凶), 금도동(洞) 금마도사 셋인데,

그들이 인맥을 총 동원해, 중원과 상하운장을 오가는 뜨내기 건달들을 끌어 모으면 각기 칠백 명 정도는 동원할 수 있는 자들입니다. 그 외,

홀로 움직이는 도둑들도 부지기수이나, 패수객잔이 조용한 게 수상하며

만약, 마차가 출발할 때 그들이 일시에 습격을 해오면 우리 인력으로는 난하까지 옮기는 것도 어려워 보입니다.

아무래도 도하(渡河) 시기를 얼마간 뒤로 미루는 게 좋지 않겠습니까?"

그때, 토왕귀가

"역으로, 우리가 놈들을 기습하는 건 어떻습니까?"

라고 하자 높새가 잠시 생각하다 난색(難色)을 표하며 고개를 저었다.

"우리가 자리를 비웠을 때, 철연방이나 연(燕)의 기병이 기습하면 큰일 아닙니까?"

토왕귀가 눈을 빛내며 물었다.

"그들끼리의 관계는 어떤가요?"

높새가 대답했다.

"운장에서 사이좋은 곳은 하나도 없소. 1년 내내, 서로 못 잡아먹어 안달이오."

토왕귀가 호기롭게 말했다.

"금도동(洞)을 건드려, 세 놈이 서로 싸우도록 만들면 어떻겠습니까?"

높새가 말했다.
"아, 좋은 방법입니다. 헌데, 금마는 요선(妖仙)으로 법술도 부린다 하며, 휘하의 골패, 삭패, 날패 또한 뛰어난 무예를 지닌 자들입니다.
당고충과 희흉도 금마와는 상대하기 어려워 정면으로 부딪히는 건 극히 꺼린다 합니다."
그때
"제가 해보겠습니다."
하며 여홍이 자청하자 높새가 반색했다.
"대협이라면 쉽게 해결될 것 같습니다. 그러나 토선협도 함께 가셨으면 합니다."

다음날 여홍과 토왕귀는 망산파의 「망산제염」 복장으로, 목재 공급 후 돌아가는 인부들 속에 섞여 소달구지를 타고 다물장을 빠져 나갔다.
다물장에서 멀어지자 인파가 많은 곳에서 슬그머니 빠져나와 삿갓을 쓰고 사반산(山)으로 달려갔다. 사반산은 지경(地境) 수십 리가 숲이 무성해 금도동의 위치를 짐작하기 어려웠다. 토왕귀는 가슴이 답답했다.
"하, 이것 참.. 사반산 육(六)계곡 초입이니 일단 출입하는 자를 지켜보는 게 좋겠습니다."
그리고
한 시진 정도 지나자 멀리 신나게 떠들며 걸어오는 흑의도인 넷이 보였다.

그들이 다가오자, 토왕귀가 가로 막았다.
"돌(-石) 도사! 잠깐 물어 볼 말이 있다."
그들은 멈칫 하다, 토왕귀의 작달막한 몸을 보고 낄낄거렸다. 그리고
"도토리만한 놈이 겁 대가리를 소금에 파묻고 다니냐!"
토왕귀가 씨익 웃었다.
"금마를 만나러 왔다. 안내해라. 꾸물거리면 머리가 붙어있지 못할 게다"
"뭐, 이놈!"
한 놈이 대노하여 칼을 내려치자 슥- 피하며 파고든 토왕귀가 놈을 잡아 바닥에 돌려 꽂았다. 허공을 한 바퀴 돌며 땅에 머리를 박은 놈이
"컥!"
소리를 내며 기절했다.
토왕귀가 피하고 패대기친 기술에 여홍이 고개를 끄덕였다. 물 흐르듯 유연한 박투술(搏鬪術)에서 수없이 많았을 실전경험을 읽은 것이다.
그때, 두 놈이 동료가 거꾸로 꽂히자마자, 몸을 돌리는 토왕귀를 치고 들어갔다.
두 가닥의 하얀 칼 빛이 종횡으로 토왕귀의 정수리와 허리를 노리고 있었다.
순간, 여유 있게 돌아서던 토왕귀의 얼굴이 굳어졌다. 또 다른 변화를 감추고 있는 듯, 칼끝이 흔들리는 괴이한 도법(刀法)에 긴장한 것이다. 절정의 고수를 만나지 않는 한 두려움이 없는 토왕귀였으나,

둘의 공격은 어느 쪽으로 피하든 횡(橫)으로 긋는 칼과 종(縱)으로 떨어지는 칼에 허리가 끊어지지 않으면 머리가 두 조각이 나고야 끝날 합격술(術)이었다. 격자(格子) 모양의 빈틈없는 시간차 공격에 일곱 개의 퇴로(退路)를 틀어 막힌 토왕귀는 크게 당황할 수밖에 없었다.
이 수법은 당가장과 망산파에 비해 고수(高手)가 부족한 걸 만회하기 위해 금마가 만든 2인 1조의 도법, 음양불패(陰陽不敗)로, 칼끝이 천지 사이의 일곱 방위를 점하여 적(敵)을 옭아매는 전술이었다. 그때,
그늘이 지듯, 토왕귀를 막아선 여홍이 종(縱)으로 내려친 자(者)의 손을 끌어 허리를 베는 칼을 막으며 전광석화와도 같이 걷어차자
"으악!"
"큭!"
소리를 내며 도인들이 나동그라졌다. 음양불패의 이도(二刀)에 토왕귀가 조각날 듯 했으나, 여홍이 유령처럼 끼어들며 정리한 것이다. 가히 귀신도 울고 갈 신법이었다. 토왕귀가 놀라 입을 딱 벌리는 찰나
나머지 도인이 놀라 여홍을 베어가자, 여홍의 좌수(左手)가 환영처럼 번득였다.
"퍽, 쨍그랑!"
도인이 나동그라졌다. 여홍이 그 자리에 선 채, 도신(刀身)을 때리고 가슴을 타격한 것이다. 놀라운 동체시력과 야수 같은 몸놀림이었다. 당연한 결과였으나,
여홍의 무예에 또 다시 입이 벌어진 토왕귀가 정신을 차리고 놈들을 걷어차자, 알아서들 머리를 땅에 박으며 두 손을 싹싹 비볐다.

"아이고, 나리님들.. 살려주십시오."
"금마는?"
"마선법회(魔仙法會)에 가셨습니다."
"법회?"
"녜녜"
"금도동이 어디냐?"
"세 번째 골, 중턱에 있습니다."
"몇 놈이나 있나?"
"삼백이십 명인데 대부분 도둑질 나가고, 지금 오십 명 정도 남아 있습니다."
"그리고?"
뭘 또 얘기하나 생각하던 놈이 토왕귀가 눈알을 확 뒤집자, 얼른 말했다.
"삭패, 날패도인은 약탈하러 나갔고, 지금은 골패도인 한 분만 있습니다."
몇 놈 되지 않는다는 말에 마음이 놓인 토왕귀가 여홍을 보며 말했다.
"허구한 날 소금을 강탈하는 너희들을 당장에 죽이고 싶지만, 특별히 살려주겠다."
"녜녜, 감사합니다요. 그건 다 골패와 삭패, 날패가 시킨 일입니다요."
네 놈이 연신 굽신 거리며 달아났다. 여홍과 토왕귀가 세 번째 골짜기에 들어서니, 장방형(長方形)으로 깎아낸 가시나무에 글이 적혀있었다.
「허락 없이 들어오는 자, 돌아가지 못할 것이다. 금도동」

이를 본 토왕귀가 흥 하고 콧방귀를 뀌며 몇 글자를 긁어내고 새로 써 넣자

「허락 없이 들어와도, 돌아갈 수 있으니, 행여 두려워하지 말라. 망산파」

로 바뀌었다.

여흥이 한바탕 크게 웃었다.

"하하하하하!"

그들은 계속 올라갔다. 한참을 올라가니 중턱의 커다란 동굴 세 개가 보였는데, 금도동(洞)이라고 적힌 동굴이 보였다. 토왕귀가 말했다.

그들이 가운데 동굴로 다가갈 때

"삑"

소리가 들리며 황색(黃色) 도포의 도인 셋이 나와 칼을 들고 막아섰다.

"누구냐? 감히 이곳까지! 함부로 들어서면 죽는다는 푯말을 못 봤느냐?"

토왕귀가

"올라가도 괜찮다고 적혀있더라."

고 하다

"죽을 때가 되면, 헛것이 보이지."

라는 말이 들리자, 목을 우두둑 돌리면서 세 도인을 꼬나보며 외쳤다.

"우리는 망산파다. 너희 잡것들이 망산제염의 인부들을 해하고 돈을 강탈해갔기에 따지러왔다. 금마(金魔)더러 빨리 기어 나오라고 해라!"

황당하고도 무례한 말에, 도인들이 칼을 빼들고 두 사람에게 달려들었다.

여홍이 막아서며 힘을 3할도 쓰지 않았으나, 도인들은 옷깃도 건드리지 못했다.

막고 베고 차고 긋는 네 동작에 모두 고꾸라지며 바닥을 나뒹굴었으나, 느린 듯 빠른 정중동의 움직임이 도인들로 하여금 상대의 실력보다 자신들의 실수(失手)로 패했다는 후회에 사로잡히게 만들었다.

이어, 좌우 동굴에서 튀어나온 황의도인 열 명이 난폭하게 달려들었으나,

"창창창..스슥, 창창 파팍, 창창창 퍽!"

세 개의 칼을 막고 두 개를 흘린 여홍이 다섯 명의 칼을 비껴 치며 이각일권(二脚一拳)을 날리자, 도인 셋이 옆구리와 턱이 깨지며 뒹굴었다.

이어 여홍이 동북서(東北西)로 움직이며 베고, 차고, 찌르고, 타격하자 네 명이 피할 생각이 없는 사람처럼 맥없이 풀썩풀썩 나자빠졌다.

그때,

"네놈이 잔재주가 있구나! 넌 누구냐? 우리는 금도동 흑백도인이다!"

하며 흑백 도포를 입은 안광이 예사롭지 않은 도인 둘과 그 뒤로 얼굴이 잔뜩 구겨진 회색 도포의 도인이 홍의인 열 명을 거느리고 나타났다.

금도동의 2인자 골패였다. 여홍이 차가운 표정으로 저벅저벅 다가섰다.

한 번도 본 적 없는 놈이 자기가 보이지 않는 듯 접근하자, 백의도인이 몸을 날렸다.

"창창창..창창 훅훅.. 파팍.. 창창!"

소리와 함께

골패의 얼굴이 펴졌다. 삭패, 날패 다음으로 강한 칼잡이가 나섰기 때문이다. 간덩이가 부은 놈들이었으나, 대단한 고수로는 보이지 않았다.

놈만 쓰러뜨리고 나면 나머지 작은 삿갓은 별 문제가 없을 것 같았으나

"창창창창창, 창창창...창창."

백의도인의 무차별 공격에도 침입자의 열세가 조금도 느껴지지 않자,

느긋하게 팔짱을 끼고 지켜보던 골패의 눈이 묘하게 찌그러지기 시작했다.

분명 백의도인의 아래로 보였으나 느린 듯 빠르고, 엉성한 듯 정교한 보법이 놈의 평범한 검술과 권각(拳脚)을 강력하게 만들어주고 있었다.

점점 시간이 흐르자, 보다 못한 흑의도인이 협공에 나서려할 때, 자신을 이끌어주던 총관 앞에서 체면이 깎인 백의도인이 기합을 지르며 나름의 절학 금도광분(金刀狂奔: 금도를 들고 미쳐 날뜀)을 펼치는 순간,

치고 박다 스르르 넘어지던 여홍이 백의도인의 허리를 가르고 물러섰다.

"악!"

흑의도인은 깜짝 놀랐다. 그들 흑백은 「골, 삭, 날패」 외에는 이곳

상하운장에서 자기들보다 무공이 높은 고수는 없을 것이라고 자부하고 있었는데 사형 백의도인이 갑자기 죽자, 놀라자빠질 지경이었다.
흑의도인을 막고 나선 골패가
"나는 골패다. 너희는 누구냐?"
고 묻자
망산파에 제나라 출신 냉혈검(冷血劍)이 있다고 들은바 있는 토왕귀가
"너 따위가 냉혈검을 알겠느냐? 허구한 날 망산제염을 상대로 강도행각이나 벌이고, 요즘은 우리가 찜한 다물장 재물까지 넘보고 있다기에 방주님의 명을 받들어 너희 금도동 거지들에게 경고하기 위해 왔다."
고 하자 골패가 흰 자위를 드러냈다.
"제나라 도적! 다물장 재물은 망산파 소유가 아니라 장물(贓物)이니, 임자가 따로 있을 소냐. 나쁜 놈들이 새삼 군자(君子)인 척 하는구나!"
골패가 토왕귀 앞으로 다가서자, 여홍이 다시 검(劍)을 들고 막아섰다.
"제나라 제일의 검수(劍手) 냉혈검(冷血劍)이, 어찌 너 같이 하찮은 사이비 도사를 상대하겠느냐. 나, 온혈검(溫血劍)이 대신 상대해주겠노라."
눈이 찢어지며 핵 돌아간 골패가
"죽는 건 나이 순(順)이 아니지"
하며
굶주린 늑대처럼 달려들자, 여홍이 아슬아슬하게 골패의 칼날을 피

했다.
날이 하얗게 선 칼이 금방이라도 여홍의 목을 칠 듯 번득이자, 토왕귀의 심장이 차갑게 얼어붙었다. 아무리 창해신검이라 하나 지금 여홍의 모습은 폭풍우에 휩쓸린 조각배와 같이 위험해 보였다. 기우뚱거리는 허수아비처럼 피하고 물러서기만 하는 여홍의 모습에 골패가
"얏!"
하고 여홍을 저승으로 밀어버릴 듯 죽을 힘을 다해 칼을 휘둘렀다.
순간,
허리를 노리던 골패의 칼이 목으로 선회하며 피를 부르는 차가운 검음(劍吟: 쏟아낸 기운이 칼을 진동시키는 소리)을 일으켰다. 이를 본 흑의도인과 황의, 홍의의 도적들이 득의(得意)의 미소를 짓고, 토왕귀가 크게 놀라 땅을 붙잡듯 발가락 열 개가 꼬부라지는 찰나, 여홍이 무너지듯 주저앉으며 왼발을 축으로 골패의 왼 무릎을 돌려 찼다.
"우직!"
"악!"
소리와 함께 무릎이 부서진 골패가 푸주간의 고기 덩이처럼 나뒹굴었다.
골패의 눈에 끔찍한 고통과 후회(後悔)와 죽음의 공포가 스치고 지나갔다. 좀 더 신중했어야만 했다. 그러나 후회는 아무리 빨라도 소용없는 법. 이를 본 토왕귀가 가슴을 쓸어내리며 재빨리 겁을 주었다.
"이제 우리의 무서움을 알았을 게다. 다시는 망산의 물건을 탐내지 말라!"

"녜녜녜.."
흑의도인과 도인들은 믿었던 골패가 패해 모두 죽을 줄 알았는데, 냉혈검(劍)이 살려줄 것처럼 얘기하자 너도나도 머리를 박으며 고마워했다.

여홍과 토왕귀는 사반산(山)을 내려와 운장 서쪽의 사산(四山)으로 길을 잡았다.
시간이 너무 늦어 주막에서 쉬고 다음날 아침 일찍 길을 나섰다. 당고충이 목표였다. 당가장은 옛, 조나라로 가는 길목 선수(鮮水)의 근처 사산에 위치하고 있었다. 오후 늦게 당가장 가까운 능선에 도착했다.
소금 밀매라는 소득원이 있어 다른 곳에 비해 강도질을 적게 하는 망산파에 비해
당가장의 약탈은 조직적이었다. 유목과 농경 지역의 말과 가축, 아녀자 그리고 양곡을 약탈하여 중원으로 팔아넘기는 악질 중의 악질이었다.
여홍은 한탄했다.
'흑림보다 사악한 것들.. 흑림은 악을 공포(公布)하고 자행하나, 당가장은 인면수심의 악마들이다! 이들을 쓸어버릴 시간이 없는 게 한스럽다. 큰일을 앞두고 있으니 망산파와 싸움만 붙이고 돌아갈 수밖에.'
그들은 능선에서 당가장을 내려다보았다. 당가장은 조나라 한단 풍(風)으로 지어져 있었다.
돌담 대신 한 길 높이의 목책으로 경계를 만들고 나무를 빽빽하게

심어 안을 들여다볼 수 없게 만들었다.

건물 두 동(棟)과 작은 건물들이 보였는데, 사람들이 들락거리는 건물은 일을 보는 장소 같았고, 오십 장 떨어진 곳의 아담한 건물과 옆에 딸린 소박한 건물들은 당고충과 부하들의 숙소로 보였다. 그리고
사이사이 연못과 정원으로 멋을 부려 도무지 산적들의 소굴 같지 않았다.

둘은 날이 어두워지기를 기다렸다. 당가장은 서쪽 산이 높아 어둠이 빨리 찾아왔다. 땅거미가 내려앉자 여홍과 토왕귀가 정문을 향해 내려갔다.

낯선 사람들이 다가오자 입구의 무사 둘이 창을 교차하며 날카롭게 외쳤다.

"누구냐!"

토왕귀가

"냉혈검이다. 장주를 만나러 왔다."

"냉혈검!"

냉혈검이라면 망산파의 고수가 아닌가. 졸개들의 말투가 부드러워졌다.

"무슨 일이시오?"

"흐흐, 너희들은 알 것 없다. 빨리 가서 이 몸이 왔다고 아뢰어라."

"기다리시오"

졸개가 안으로 달려 들어갔다. 잠시 후 졸개가 세 사람을 모시고 나왔다.

허리에 칼을 찬 두 사람이 시립(侍立)하듯 좌우에 서자, 가슴이 딱 벌어진 갈색 장삼의 사나이가 부리부리한 눈을 굴리며 정중하게 물

었다.
"나는 총관 유발이라 하오만, 뉘시온지?"
"냉혈검이외다. 귀 장주를 만나러 왔소."
"망산의 냉혈검?"
연과 제나라에 이름을 떨친 검객으로, 한 번도 만난 적이 없는 고수였다.
유발이
"존성대명은 우레와 같이 들어왔습니다. 장주님은 일이 있으셔서 출타 중이십니다만, 혹 무슨 일인지 제게 말씀해주실 수는 없으신지요?"
하고 포권의 예를 갖추었으나, 냉혈검은 옆 눈으로 위아래를 훑으면서
"안될 건 없지. 당가장이 그동안 망산제염의 인부들에게 빼앗아간 돈은 눈감아 줄 테니,
대신 다물장의 마차를 탐내지 말라는 경고를 하러왔소. 이번 건은 그만 잊어버리시오. 일만 잘 되면 떡값은 넉넉히 나누어 드리겠소이다."
하고 방자하게 말했다.
유발은 기가 막혔다. 망산파의 세력이 크다 하나, 감히 당가장에 와서 이리도 무례하게 굴 줄은 상상도 하지 못했다.
유발은 사명독장(蛇鳴毒掌)으로 과거, 조나라 북부에서 꽤 이름을 날리던 자였다.
"감히 어디서? 장물이 임자가 따로 있다더냐. 얘들아, 문 닫아라!"
하고 들어가자, 휙- 따라 붙은 여흥이 졸개들을 차고 안으로 들어섰다.

"으"
"억"
여홍이 외쳤다.
"감히 냉혈검(劍)에게 등을?"
이에 유발이
"무쌍양귀(無雙兩鬼)!"
하고
돌아서 우장(右掌)을 내지르자 츠츠 소리와 함께 비린내를 담은 바람이 훅- 몰려왔다.
유발이 기습적으로 사명독장을 날린 것이었으나, 상대는 아무 것도 모르는 듯, 좌장(左掌)을 밀었고, 유발의 입 꼬리가 거꾸로 올라갔다.
삿갓을 써 알 수 없으나, 비린내가 났을 텐데 놀라지 않는 것으로 보아 강호에 나온 지 얼마 되지 않는 강호초출(江湖初出)이 분명했다.
두 줄기 바람이 부딪치자
"꽝!"
소리와 함께 일장(一掌)에 없애려던 유발이 뒷걸음질 치다 중심을 잡았으나, 오장육부를 뒤집으며 치솟는 피를 이를 악물고 몰래 삼켰다.
다행히 상대 역시 충격을 받은 듯 네다섯 걸음 물러서며 비틀거렸으나, 독에 당한 것 같지는 않았다.
'이십 오년 내공의 사명독장(掌)을 견디다니, 제(齊)에 이런 놈이?'
하며 씰룩거렸다.
"넌 누구냐. 그리고 무슨 장법(掌法)이냐?"

여홍이 대답했다.
"소마검(劍)이고, 설괴장(掌)이다."
"설괴장!"
여홍이 사반산(山) 금도동 골패의 도법을 가미해 장법을 펼친 것이다.
무문(無門)의 경지에서 만유를 느끼며 무(武)의 이치를 토납(吐納)하는 여홍이,
한 번 보고 흉내 내지 못할 무예는 이 세상에 없었다. 설괴장(掌)은 적당히 지어낸 이름이었으나 유발은 뭘 좀 아는 듯 눈을 찡그리며 물었다.
"설괴장? 소마검, 너도 금마(金魔)처럼 곤륜선문에서 파문당한 놈이냐?"
여홍이 비릿하게 웃었다.
"곤륜의 고리타분한 규율에 얽매이기 싫어 나 스스로 나왔느니라."
"그럼, 금도동의 잡놈 소마검과 망산파 냉혈검이 함께 굴러 온 것이다?"
그런데, 소마검은 더 이상 공격할 뜻이 없는 듯 보였다. 유발은 놈도 조금 전 충격 때문이라 단정하고 내기를 가라앉히는 데에 정신을 집중했다.
잠시 후, 토왕귀와 무쌍양귀를 응시하던 소마검이 문득 불안한 표정을 짓자
기회다 싶은, 유발이 회복이 덜된 상태로 전(全) 공력을 끌어올리며 사명독장의 절초 풍취사명(風吹蛇鳴: 바람이 불자 뱀이 울다)을 내질렀다.
"츠츠츠츠츠츠츠!"

비린내와 어지러운 소리가 뒤엉킨 검은 독장(毒掌)이 바람처럼 소마검을 기습했다.

유발은 소마검을 없애 공(功)을 세울 수만 있다면 내상 따위는 별것 아니라고 생각했으나, 이는 여홍의 유도작전이었다. 실력을 감춘 채 영원토록 싸울 수는 없기에,

토왕귀가 무쌍양귀의 이목(耳目)을 끌고 있을 때 토왕귀를 걱정하는 척 허점을 보인 것인데, 아니나 다를까 유발이 덜커덕 걸려든 것이다.

마침, 두 귀신이 토왕귀의 벽옥장(掌)과 쾌검추영에 쫓기며 혼비백산할 때, 사명독장을 피하고 다가선 여홍이 유령처럼 유발을 베고 돌아서자

유발이 큭- 소리를 내며, 망연자실(茫然自失)한 표정으로 주저앉았다.

이를 보고 기겁을 한 무쌍양귀가 내빼려다 토왕귀의 검에 하나가 쓰러졌고,

안에서 한 떼의 무리가 나오는 걸 본 여홍이 도망치듯 절뚝거리며 퇴각했다.

무너지는 당가장

당고충은, 흉노국(國) 상인들이 연(燕)으로 천산의 종마(種馬) 백 필과 준마 삼천 필을 몰고 간다는 정보를 입수하고, 십살(十煞)과 일백 명을 끌고 멀리 군도산(山)까지 원정을 갔으나 실패하고 돌아왔다.
생각만 해도 분통이 터졌다. 약탈에 막 성공하려는 찰나 연의 기병이 나타나 수포로 돌아갔고, 아까운 부하 사십칠 명을 잃어 심사가 뒤틀렸다.
그리고 당가장으로 돌아오니 총관 유발과 무쌍양귀 가운데 하나가 죽고 졸개 둘이 죽어 마당 한쪽에 거적으로 덮여있었다. 당고충은 느닷없는 변고에 화가 끓어 견딜 수가 없었다.
특히 다물장 물건을 건드리지 말라는 냉혈검을 도저히 용서할 수 없었다.
급기야 당고충이 주먹으로 벽을 치자, 구멍이 크게 뚫렸다. 무서운 공력이었다.
"뭐! 망산파!"

"냉혈검과 소마검이라는 것들입니다. 소마검은 곤륜선문(仙門)의 설괴장(掌)을 펼쳤는데, 총관님의 독장에 놈도 부상을 입은 것 같습니다."

"곤륜선문의 무공을 사용했다면, 상하운장에서 사이비 금도동(洞) 외에 또 누가 있겠느냐. 마차 강탈을 위해 희흉과 금마가 힘을 합쳤다?"

"네!"

"음"

큰일이었다. 유발과 무쌍일귀가 목숨을 잃을 정도라면 긴장해야할 상대였다.

"냉혈검은 망산파에 언제 왔다더냐?"

"아마, 다물장 마차를 차지하기 위해 특별히 제나라에서 데려온 것 같습니다."

당고충이 제1 당주 원상을 불렀다. 2당주 간위, 3당주 질성도 있었으나, 사납고 난폭한 원상을 가장 신임했다. 이들은 당고충을 오래 보좌한 자들이었는데 이번 원정에 모두 데리고 가 당가장이 비었던 것이다.

원상은 이틀간, 난하로 가는 길을 살펴보다 막 돌아와 마차 탈취를 계획하고 있었다.

"원당주, 마차가 언제 어디서 난하를 건넌다는 정보가 있는 겐가?"

"네, 다물장 공사장에 사람을 넣어 감시하고 있습니다만 아직은 기미가 없습니다. 마차의 출발 시각을 알면, 즉시 알리라고 했습니다."

"우리는 재물을 찾고 나서, 나눠먹든 어쩌든 하려 했는데 망산파와 금도동(洞)은 지들끼리 꿀꺽 하려는 모양이다. 경우 없고 염치없는 것들 같으니.

그리고 뭐?

우리를 어떻게 보았는지, 자기들이 찜해 놓았으니 넘보지 말라고 분탕질을 치고 돌아갔다. 원상아, 내가 이 잡것들을 어찌해야 좋겠나?"

원상이 잠시 후 대답했다.

"차라리 잘됐습니다. 이참에 망산파를 쓸어버리고 망산제염을 빼앗는 건 어떻습니까?"

당고충은 망산제염을 먹자는 말에 흡족한 표정으로 끄덕이며 되물었다.

"언제가 좋은가?"

"아무래도 다물장의 마차가 뜨기 전에 후딱 손보는 게 좋지 않겠습니까? 우리가 마차를 습격할 때 행여, 놈들이 방해하면 어떡합니까?"

듣고 보니, 마차 탈취를 방해를 받지 않으려면 지금 와해시키는 게 좋을 것 같았다.

"흠, 방해된다..? 그럼, 움직이는 김에 금도동도 한꺼번에 손보는 게?"

원상이 뻐드렁니를 쏟아질 듯 몽땅 드러내며 웃었다.

"넵!

망산제염을 치고 기세를 몰아 금도동을 치십시오. 반드시 성공할 겁니다"

"좋다, 쇠뿔도 단김에 빼랬다고 내일 저녁 망산파와 금도동을 치자. 즉시 전서구(傳書鳩)를 날려 사업 나간 아이들은 싹 다 불러들여라."

제1 당주 원상이 명을 받고 나가자, 당고충이 호위무사 십살(十煞)을 불렀다.

십살은 각지(各地)에서 데려온 내로라하는 살수들로 천하의 악인들이었다.

"내일, 망산제염을 공격할 것이다. 망산파 희흉 옆에 새로운 고수들이 나타났다. 냉혈검과 소마검이다. 소마검(小魔劍)은 금도동 금마의 부하로 지금 냉혈검(冷血劍)과 함께 있을 수도 있으며 바로, 총관을 죽인 놈이다. 너희들이 할 일은 이 두 놈을 책임지고 없애는 것이다."

십랑이 가슴을 펴며 대답했다.

"염려 마십시오, 장주님. 명을 받들어 확실하게 처리 하겠습니다."

다음날 저녁,

제2 당주 간위와 삼십 명을 남겨둔 당고충이 삼백 삼십을 이끌고 마운산(山)에 잠입한 후, 자시(子時: 밤 11시 반)가 되자 기름먹인 불화살을 한 명당 열 개씩 양동이로 쏟아 붓듯 일제히 망산파로 날렸다.

망산파의 건물들이 밤바람을 받으며 삽시간에 활활 타오르기 시작했다.

"불이야!"

잠을 자다 놀란 도적들이 우르르 뛰쳐나오자, 당고충이 기병을 풀었다.

십살의 삼십 기병이 이리저리 짓밟으며 달리자, 비몽사몽간(非夢似夢間)에 밖으로 나온 소금 도둑들이 빗자루가 쓰러지듯 저승의 문턱을 넘어갔다. 불에 타거나 창에 찔리고, 말발굽에 차이며 쓰러졌다.

"으악!"
"크헉!"
"큭!"
"으악!"
비상사태를 알리는 북과 고동소리가 마운산(山) 전역에 울려 퍼졌다.
"둥둥둥둥둥"
"부-우웅-붕"
망산파는 저력이 있는 방파였다. 희흉은 잠을 자려다 북소리를 듣고 몸을 날렸다.
"당고충이 습격했습니다."
"왜!"
희흉이 보니 화광이 충천하고 어지러웠다. 제염의 인부들이 재빨리 가마니에 감춘 무기를 들고 패거리 별로 뭉쳐 침입자와 죽기 살기로 싸웠다.
조장과 소두령 급들의 무공은 기본이 탄탄했고 나름대로 임기응변의 필살기가 있었기에 잠시 후, 붉은 색 주머니를 매고 침입자들에게 달려들어 장갑 낀 손으로 한두 주먹씩 휙-휙 뿌려댔다. 독소금이었다.
독소금을 맞은 자들이 비명을 지르며 그 자리에서 숨을 거두자, 당가장 살수들이 멀리 포위하고 암기와 활을 사용해 공격했다. 그러나 이들을 모두 제거했을 때는 십살 중 5명과 기병 17명. 졸개 육십 여명이 독소금을 맞고 고통스럽게 죽어갔다. 예기치 못한 큰 피해였다.
총관 후영이 삼십 여명의 무사들과 달려왔다. 대부분 자다가 당한 봉변이라 옷을 갖추어 입고 무기를 든 자는 절반(折半)을 넘지 못했다.
"방주님, 일단 소금 창고로 피하셔야 합니다. 무사들과 인부들이 죽기를 각오하고 싸우고 있습니다만 적들이 너무 많아 피해가 너무 큽니다."
"뭐, 이대로 도망치란 말이냐?"
후영이 간곡히 말했다.
"조직을 재정비한 후 복수 하자는 말씀입니다."
"음"
희흉은 당장 당고충을 찾아 죽여 버리고 싶었으나 후영의 말대로 일단 피신하기로 했다. 창고는 깊숙한 숲에 있어 위기를 모면할 수 있었다.
방주가 피신하자, 후영이 쫓기는 부하들을 구해 창고로 피신시켰다. 당고충 이하 모두가 눈을 까뒤집고 희흉과 냉혈검, 소마검을 찾았으나 어디서도 찾을 수 없어 산채를 밤이 새도록 때려 부수다 돌아갔다.
다음날 희흉, 후영과 팔십여 명은 산을 내려와 이를 갈며 상황을 정리했다.

한편 금도동의 금마는 무릎이 부서져버린 골패와 삭패, 날패 그리고 흑의도인으로부터 보고를 받고 있었다. 금마는 며칠 전 망산파의 습격을 받고 복수를 위해 이를 갈고 있었으나 경거망동 할 수는 없었다.
삭패가 보고했다.

"망산파 습격을 위해 당고충과 십랑 이하 삼백여 명이 출동했습니다. 망산파 본채가 불타고 무사와 인부들이 상당수가 죽었을 것입니다.
그러나 망산파(派)의 저항으로 당가장도 손실이 적지 않을 겁니다. 저희도 싸움판에 잠입해 부상을 당한 당가장의 무사를 도와주는 척 부축하고 나오다 금마분골법(金魔分骨法)으로 팔다리를 비틀고 뜯으니.."

자기의 분골법(法)을 썼다는 말에 금마가 매우 흡족한 표정을 지으며 턱을 부드럽게 어루만졌다. 부하들이 제대로 일을 했다는 의미였다.

"허허, 그랬더니?"

"망산파가 먼저, 마차을 넘보지 말라고 시비를 걸어 당고충이 복수한 거랍니다. 그리고 다음은 우리 금도동(洞)을 공격할 계획이랍니다."

금마가 눈을 부릅떴다.

"그게 사실이냐?"

"놈도 더 이상은 모른다고 했습니다. 죽기 전에 한 말이니 맞을 겁니다."

금마가 골패를 돌아보며 말했다.

"당가장이 나대신 희흉을 박살내 시원하나, 내가 직접 못한 게 유감이다.
그러나 마차를 독식하려고 한다니 안하무인이로구나. 어찌하면 좋겠느냐?"

골패, 삭패를 힐끗 보던 날패가 대답했다.

"아무리 적의 수가 많아도 수괴만 잡으면 끝나는 것 아니겠습니까.

이번 기회에 당고충을 잡아 패권을 잡으시고 당고충, 희흉을 부리며 상하운장에서 군림하시기를 고대합니다."
금마의 얼굴에 만족스러운 미소가 어렸다.
'내가 아래 것들은 잘 둔 것 같다. 그래 이번에 당고충을 잡아야겠다!'
하며
"골패, 삭패는 당가장의 습격에 만반의 대비를 하고, 날패는 당고충의 움직임을 염탐하라!"

망산파를 불 지르고 온 당고충은 희흉과 냉혈검, 소마검을 죽이지 못했으나, 당분간 거병(擧兵)을 못할 정도로 파괴한 것 같아 만족했다.
이틀 뒤, 2당주 간위와 삼십 명만 남기고 1, 3당주 원상, 질성과 이백 육십을 이끌고 사반산(山)에 도착했다. 정찰 나간 졸개가 돌아와 보고했다.
"길목의 초가에 있는 열 명 외에는 모두, 동굴에서 쉬고 있는 것 같습니다"
당고충이 원상을 보며
"금도동이 놈들의 무덤이 될 게다. 원상은 질성과 일귀, 백 육십을 거느리고 선두에서 공격하라. 나머지 오살(五煞)과 백 명은 나를 따르라."
원상, 질성 부대가 산을 오르자 길목을 지키던 도인들이 깜짝 놀라며 도망치기 시작했다.
그런데 도망치는 모양이 이상했다. 개떼처럼 달리던 놈들이 잠시 후

유람하듯 걸어갔는데 깔깔거리고 웃는 게 나 잡아보라는 것 같기도 했다.
이를 본 원상이 크게 노했다.
"놈들의 가죽을 벗겨라!"
졸개들이 속도를 내자, 도인들이 나 살려라 하고 너구리처럼 동굴 안으로 사라졌다.
동굴 앞에 당도한 질성이 원상에게 물었다.
"입구가 셋인데, 어느 쪽으로 들어갈까요?"
"내가 가운데로 갈 테니 3당주와 무쌍일귀는 오십 명씩 이끌고 각기 좌우로 나누어 진입하라."
질성과 무쌍일귀가 횃불을 들고, 일사불란하게 두 개의 굴로 들어갔다.
원상이 들어간 굴은 천장이 높고 폭은 셋이 나란히 설 정도로 넓었다.
십여 장을 들어갔으나 도인들은 한 명도 보이지 않았다. 삼십여 장을 더 들어가자 넓은 공간이 나타났고 굴은 다시 네 가닥으로 갈라졌다.
미로 같은 동굴이었다. 원상이 어떻게 할까 망설일 때
"쿵!"
"쿵!"
소리와 함께 안쪽에서 바위들이 굴러 나와 한 곳만 남기고 세 개의 입구를 막았다.
깜짝 놀란 무사들이 바위를 힘껏 밀어보았으나 꿈쩍도 하지 않았다. 그때,
느닷없는 화살이 쏟아지며 무사들이 픽픽 쓰러졌다. 원상이 보니 천

장 밑 양쪽 벽의 구멍에서 황의도인 수십 명이 눈에 불을 켜고 활을 쏘고 있었다.
원상이 소리쳤다.
"동굴을 나가라!"
겁에 질린 부하들이 뚫린 동굴로 도망치다 서로 부딪히고 밟히며 화살을 맞았다.
궁수들이 입구에 가까운 자부터 노리자, 시체들이 쌓이며 동굴을 막았다.
죽을힘을 다해 빠져나온 자들은 겨우 열 명이었다. 원상도 화살을 두 대나 맞았다.

3당주 질성은 왼쪽 굴로 들어갔다. 굴은 깊었으나 아무도 보이지 않았다.
오십 장쯤 들어가자 바닥이 푹 꺼지듯 길이 났고, 한참 후 평지에 내려서자 돌연 찬바람이 몰아치며 횃불을 꺼버렸다. 질성이 소리쳤다.
"불을 켜라!"
말이 떨어지기 무섭게, 어둠속에서 적들이 공격해오기 시작했다.
"훅!"
"삭!"
"훅훅"
"푹!"
"악!"
"헉!"

금도동 패는 동굴 생활이 익숙해 싸움은 일반인과 눈먼 자들의 싸움이었다. 그들은 한술 더 떠 머리에 하얀 거위 깃을 꽂아 피아를 구분했다.
질성이 소리쳤다.
"퇴각하라!"
그러나 싸움을 포기하고 도망치기에는 들어온 굴은 너무도 깊었다. 죽기 살기로 기를 써서 탈출하고 보니 오십 명 중(中) 열두 명만이 살아남았다.

무쌍일귀는 오른쪽 굴로 들어가고 있었다. 초입에서 칠장 거리는 넓었으나,
들어가다 보니 한 사람 폭으로 점점 좁아지고 있었는데, 뒤에서 갑자기
"쾅!"
소리가 들리며 바위가 지나온 길을 막아버렸다. 바위는 밀어도 꿈쩍하지 않았다. 일귀는 당황했다. 동굴 안으로 계속 들어가는 수밖에 없었던 것이다.
그러나 5장을 나아가자 탁 트인 곳이 보였는데 그 중간에 도인들이 길을 막고 있었다.
삭패였다. 그와 황의도인 백여 명이 일귀의 부하들을 하나하나 없애 나갔다.
당가장 무사들은 굴(窟)이 좁아 한 사람씩 나갈 수밖에 없어 방법이 없었다. 일귀는 간신히 뚫고 나왔으나 결국 삭패의 부하들에게 맞아 죽었다.

나머지 무사들은 무기를 버리고 항복했으나, 삭패는 귀찮다며 모두 죽여 버렸다. 일귀의 죽음과 부상을 당한 원상 그리고 백육십 명 가운데 스물두 명만 살아 돌아온 걸 본, 당고충이 오살(五煞)에게 명령했다.

"동굴에 불을 질러라. 금마(金魔)와 떨거지들이 숨어서 얼마나 버티나 보자!"

오살이 나무를 산더미처럼 쌓아놓고 불을 질렀으나, 한 시진이 지나도 뛰쳐나오는 놈들이 하나도 없었다. 당고충이 산 뒤에 동굴과 연결된 통로가 있나 살펴보라 했다. 반 시진 후 질성이 돌아와 보고했다.

"반 마장 뒤에 연기가 솟고 있습니다. 금마와 부하들이 그곳으로 빠져 나간 것 같습니다."

"뭣이! 통로? 역시!"

혹시나 했던 일이었다. 이제는 금마의 패거리가 자기 부하들보다 더 많고 이곳 지리에 밝아 불리했다. 원상이 장주의 속을 짐작하고 권했다.

"이제 돌아가시는 게 좋겠습니다. 자리를 오래 비워도 좋지 않습니다."

"음..!"

열불이 났으나 도리가 없었다. 비참하게 당가장으로 돌아온 당고충은 경악했다.

금마를 공격하는 사이, 망산파 희흉의 공격으로 당가장은 잿더미가 되어 있었다.

불씨가 꺼지지 않은 것으로 보아, 희흉이 떠난 지 얼마 되지 않아 보였다.

망산파 후영은 선비족 출신이었다. 희흉이 운장의 노예시장에서 열 살짜리 후영을 샀고, 매우 영리해 글을 가르쳤더니 치우병법이 적힌 죽간을 품고 살았다.

후영이 성인이 되자, 집사 일을 맡겼고 총관이 병으로 죽자 그 자리에 앉혔다. 망산제염이 지금의 모습으로 조직화된 것은 후영의 공이 컸다. 쑥밭이 된 망산파를 보고 망연자실한 희흉에게 후영이 보고했다.

"당고충이 금마를 치러 사반산으로 갔습니다. 지금 당가장을 기습해야 합니다."

희흉이 후영을 보며

"놈들이 많을 텐데?"

"당가장도 독소금에 많은 부하를 잃었는데, 금도동의 이백 도사를 궤멸시키기 위해 거의 모든 병력을 동원한 모양입니다. 금도동도 마차를 노리고 있어, 이번 기회에 상하운장의 패권을 잡으려는 겁니다.

우리는 아직 용사들이 백 명이나 남아있습니다. 당가장을 공격해 놈들의 재물을 빼앗아야 망산제염을 복구할 수 있습니다. 속전속결이 중요합니다."

풀이 죽어있던 희흉이

"흐흐흐흐흐, 자넨 역시 나의 강자아(- 주나라의 태공망)야!"

하며

깊은 밤에 기습해왔던 것이다. 당가장의 제2 당주 간위와 삼십 명은 모두 죽고, 간위는 양발이 잘린 채 다음과 같은 글이 박힌 하얀 천에 덮였다.

「당고충, 한 하늘을 이고 살 수 없으니 언제든 찾아오너라 ..희흉」

하간오노(河間五奴)

당가장과 망산파, 금도동의 움직임은 모두 다물장주 높새에게 보고되고 있었다. 높새는 호걸들에게 그동안의 진행 상황을 말해주며 계획을 설명했다.
"당가장, 망산파, 금도동은 마차를 넘볼 여유가 없을 것이고 우리 준비도 끝나갑니다.
마차는 모래 새벽 출발합니다. 목적지는 난하(- 고대 요하) 서쪽 실필진(津)입니다. 이틀거리이며 역신리(里)에서 하루 밤 묵을 예정입니다. 가는 길은 숲이 많아 도적이 출몰(出沒)하기 딱 좋은 곳입니다.
요이화 여협 가족과 토왕귀님, 제호, 다물용사 삼십 명은 함께 출발하고, 여대협과 온평, 두약님은 따로 처리하실 일이 있어 뒤따라 갈 것입니다."
토왕귀가 걱정스러운 듯
"당고충과 희흉은 움직이지 못할 것이나, 금마는 여전히 대비해야 하며,
운장에 몰려든 여타 인물들에 대해서도 경계를 늦추어선 안 됩니

다.”

높새가 입으로 가져가던 찻잔을 조용히 내려놓으며 무겁게 말했다.
"당연한 말씀입니다. 그러나 계속 다물장에 놔둘 수만도 없는 일이니, 정면 돌파해야 합니다. 모두 푹 쉬시면서 준비 해주시기 바랍니다.”

회의가 끝나자 각자 흩어져 숙소로 돌아갔다. 다음날 인시(寅時: 새벽 3시 반),
북소리에 칠성각으로 모두 모이자 높새가 호걸들과 함께 천상의 칠성대군께 기원했다.

「 북두대성(北斗大聖) 칠원성군(七元星君)
　　………
　　………
　　………
　　………
　　끊어질 듯 위태로운 선맥(仙脈)이 다시 이어져
　　하늘의 도가 바로 서게 되기를 기원하오며
　　오늘 저희들이 구이원의 백성들을 도울 수 있도록
　　대군의 칼로 저 무도한
　　도적(盜賊)들을 물리쳐 주시기 바랍니다 」

천제를 끝내고 아침을 배불리 먹은 후, 열아홉 대의 마차 행렬이 다물장을 떠났다.
마차는 누가 봐도 귀한 물건을 싣고 가는 것처럼 보였다. 마차마다 꽂힌 옛 다물군의 깃발이 힘차게 펄럭였다. 높새는 한 번 더 기도했다.
'언릉 원수님, 굽어 살피소서.'
제호와 토왕귀가 선두에 섰다.
좌우로 높새, 요이화, 방성과 삼십 기(騎)가 호위하고 후미는 방혁과 방초가 맡았다. 여기에 노련한 마부 열아홉으로 도합 오십육 명이었다.
방초는 위세를 갖추고 마차를 몰고 가니 안심이 되고 마음이 든든했다. 일사불란하게 이동하는 행렬을 보고 감탄하며 부친 방혁에게 말했다.
"호호호, 누가 감히 덤비겠어요. 그런데 온평 오라버니는 안보이네요?"
"여대협과 목련검, 온평은 따로 일이 있어 뒤에 따라올 거라더라"
"그-래요?"
행렬은 오시(午時)에 도착하기로 한 마사량을 목표로 길을 재촉했다.

당고충은 타격이 심했으나 마차에 대한 욕심을 버리지 못해 여기저기 뜨내기들까지 박박 긁어모았다.
'암,
포기할 수 없지! 내 평생 두 번 다시 그만한 재물을 잡을 기회가

없을 것이다. 이 일만 성공하면 고향으로 돌아가 재물을 바치고 공경(公卿)의 자리에 오를 수도 있다'
당시
중원 열국은 끝없는 전쟁으로 재정이 많이 부족해 뇌물을 바치면 벼슬을 내려주는 예(例)가 종종 있었다.
당고충은 망산파와 금도동 감시를 게을리 하지 않았다. 보고에 의하면 금도동(洞)은 움직임이 있으나 망산파는 쥐 죽은 듯 조용하다고 했다.
그저께 밤, 다물장 인부로 숨어든 첩자로부터 오늘 출발한다는 보고를 받자,
회복이 안 된 원상을 남기고 질성, 오살(五煞)과 이백오십 명을 이끌고 마사량 숲에 매복을 했다.
'먼저 차지한 놈이 임자 아닌가. 금마(金魔)도 별 수 없을 것이다. 흐흐'
마차가 출발하자, 첩자가 말을 달려 당고충에게 보고했다.
"조금 전,
마차가 다물장을 떴습니다. 열아홉 대의 마부(馬夫)를 포함해 오십육 인이 호위하고 있으며 다물장주 놉새가 직접 인솔하고 있습니다."
당고충이 벌떡 일어나 번들거리는 입술을 핥으며 야릇한 미소를 지었다.

사시(巳時: 아침 9시 반)쯤 마차(馬車)가 마사량의 언덕길로 막 들어서자, 여기저기서 함성이 터지며 왈패 이백사십여 명이 길을 막아섰

다.
토왕귀가 나서며 호통을 쳤다.
"누구냐? 감히 다물장(莊)의 앞을 막아서다니!"
쥐꼬리 수염의 주걱턱이 앞으로 나섰다.
"당고충이다. 넌 누구냐? 높새는 어디 있느냐?"
"나는 토왕귀다"
자기를 찾는 소리가 들리자 높새가 말을 달려 나와 정중하게 물었다.
"여기 있소. 장주는 무슨 일로 길을 막는 것이오?"
당고충이 포권을 했다.
"대인을 한 번 뵙고 싶었는데 오늘에야 뵙게 되는군요. 거두절미하겠습니다. 저는 철연방의 부탁을 받고 왔소이다. 그 마차는 모두 철연방의 것이라 들었는데, 지금 우리에게 넘겨주시는 게 어떻겠습니까?"
높새가 껄껄 웃었다.
"하하! 철연방의 물건이라 하셨소? 마차의 재물은 철연방이 번조선과 조선 각지에서 약탈한 것이오. 원주인에게 돌려주기 위해 가는 길이니 비켜주시오. 원만히 끝나면 내, 돌아와서 장주께 후히 한 턱 내리다. 괜한 욕심을 거두시고 그나마 살아있는 부하들을 보전하시오."
당고충과 높새가 대화를 주고받는 사이 토왕귀가 마차를 언덕 밑으로 붙이자
요이화(妖夷花), 방혁, 방성, 방초가 말에서 내려 높새의 뒤로 벌려 섰다.
제호는 적이 많아 기병을 말에서 내려서게 하려다, 높새의 손짓에

따라 준비 신호를 보냈다.
당가장의 소두령 급으로 보이는 삼십여 기병이 이백이 넘는 보병들 사이사이에 흩어져 있었던 것이다. 제호는 이들을 상대하라는 장주의 의중을 알아채고 숫자를 믿고 늘어선 당가장의 약점을 찾아보았다.

높새는 다물장을 세우고 제자들과 부하들에게 기마전술을 가르쳤다.
높새는 옛날 「소년다물군」 시절, 마여 장군을 모시고 무공을 배웠다.
마여는 다물군에 가담하기 전, 용가(龍加)의 무술교관 출신으로 기병전술에 뛰어났다. 높새는 그때 배운 기병진(陣)을 다물장 무사들에게 가르쳐왔다.
높새에게서 위엄을 느낀 당고충이 질성과 오살을 돌아보며 명령했다.
"쳐라!"
당가장 무사들이 떼로 달려오자 방혁과 방성, 방초, 마부들이 마주했고
토왕귀는 질성과 싸우기 시작했다.
이때 공격 준비를 마치고 대기하고 있던 제호의 기병들이 긴 창(槍)을 들고 삼각대형(三角隊形)으로 당가장의 무사들을 향해 무서운 기세로 돌진했다.
"두두두두두두"
"악!"
삼각의 양 면을 따라 번득이는 창이 요란한 말발굽 소리와 어울리

며 공포를 일으키는 순간 도적들을 짓밟고 돌파하며 이십여 명을 창으로 꿰어 죽였다.
이어 사십 장 밖에서 말머리를 돌린 후 정렬하자, 당가장도 몸을 돌렸으나
앞의 기병을 치면 뒤의 기병들이 나서 일자(一字) 모양으로 찌르고, 물러서면 방향을 튼 두 면(面)의 기병들이 물고기 비늘이 거꾸로 서듯
창을 지르는 삼각창법에 우왕좌왕하다 또 다시 이십여 명이 죽어갔다.
"두두두두.."
"악!"
"윽"
"큭"
"컥"
"…"
"으악!"

한편 방혁, 방성, 방초 등이 오살 중 넷을 막고 높새는 당고충과 일살을 상대했다.
치고 박으며 차고, 막고, 베고, 후려치는 세 사람이 흙먼지 속에 뒤섞였다.
당고충은 무공을 정식으로 배운 자가 아니고 힘만 좋은 싸움패였으나,
한단의 건달이었을 때 기루를 출입하는 조(趙)의 장군들에게 동냥하

듯 조금씩 배운 무공(武功)으로 고수(高手)가 된 자였다. 따라서 어릴 때, 마여에게 검을 배워 전쟁터를 누빈 높새의 상대로는 부족했다.
다만, 늑대 같은 일살이 협공하고 있어 빨리 승부를 내지 못하고 있었다.
시간이 흐르자 제호의 기병들에게도 변화가 생겼다. 보병들 속에 흩어져 있던 당고충의 기병들도 집결해 다물의 기병들에게 부딪혀 왔다.
당가장(莊)의 보병들이 자기 편 기병들과 연합하여 다물장의 기병을 공격 하자, 다물 기병 측의 희생자도 하나 둘 발생하기 시작했다.
토왕귀가 질성을 상대로 백이십 초를 싸우다 기어이 질성을 해치우고
방혁과 요이화는 삼살의 목을 거두었으나, 다물장도 마부 일곱이 죽고 두 명이 부상을 당했다. 제호의 기병도 분투하다 여덟이 쓰러졌다.
이어 높새가 상대하고 있는 일살의 뒤로 도약한 토왕귀가 벽옥장을 내질렀고,
묵직한 내경(內勁)에 놀란 일살이 몸을 트는 순간, 높새의 화극이 당고충의 칼을 막는 반동으로 뒤집히며 일살의 허리를 가르고 지나갔다.
전세가 돌변하자 다급해진 당고충이 급히 퇴각을 명하며 돌아섰다. 남은 부하 백여 명도 싸움을 접고 당고충이 도망친 숲으로 달아났다.
당가장이 백 수십 명의 사상자를 내고 사라진 마사량은 다시 조용해졌다.

토왕귀가 보니 마부 일곱과 기병 여덟이 죽고 부상자가 다섯이나 되었다.

높새는 그들을 양지 바른 곳에 묻어주고 건량으로 허기를 때운 후 다시 출발했다.

유시(酉時: 오후 5시 반)쯤 역신리에 도착했다. 역신리는 드문드문 숲이 있었으나

대체로 사방이 트인 초원으로 작은 시내가 있었다. 높새는 마차들을 모으고 밖으로 천막을 쳤다. 다음날 새벽 보초 한 명이 모두를 깨웠다.

"지평선에 알 수 없는 자들이 나타났습니다."

모두 놀라 돌아보니 한 떼의 무리가 빠르게 달려오고 있었다. 상당한 수였다.

모두 마차를 몰고 동으로, 동으로 황급히 달렸으나 높새 일행은 얼마 못가 따라잡혔다. 이백 여 무리의 선두에 선 자(者)는 황색, 남색이 섞인 도포의 뚱뚱한 늙은이였는데 바로 금도동(洞)의 금마였다. 도인 둘이 호위하고 있었다.

"난 금마다. 장주가 누구냐?"

높새가 나섰다.

"나요. 법사가 어쩐 일이오?"

금마가 픽 웃으며 말했다.

"오, 반갑소, 장주. 나는 저 마차를 갖고 싶소이다."

높새도 웃었다.

"도인이 수행은 안 하고, 남의 재물이나 탐내다니? 도포나 벗고 그 따위 소릴 하라!"

"낄낄낄, 수행도 돈이 있어야 하느니. 흙을 파서 먹으며 수행할 순

없지 않느냐.
그 마차도 철연방 것이라고 들었다. 어차피 운장에선 힘 있는 자가 임자 아닌가?"
높새가 눈을 껌뻑이다, 난감한 표정을 지으며 한숨을 크게 내쉬었다.
"법사, 소문만 믿고 그런 말씀 마시오. 우리가 죽기를 각오하고 싸우면 법사도 꿉꿉할 터, 타협하는 게 어떻겠소? 두 대를 내어 드리리다."
금마는 자기들의 위세가 높새에게 먹히는 걸 보고 속으로 신이 났다.
'흐흐흐흐, 높새가 당가장과의 싸움에 여럿이 죽자, 겁을 먹은 모양이다.
어제 당고충을 물리쳤다고는 하나 힘이 많이 빠졌을 거라는 보고를 받았지.'
금마가 높새를 깔보듯 쓰윽 훑었다.
"내가 어찌 두 대로 만족하겠소. 장주가 그동안 고생한 걸 고려해서, 마차 두 대를 떼어 주겠소. 대신, 피 한 방울 보지 않게 해드리리다."
높새가 벌컥 화를 냈다.
"무슨 소리! 네 대 드리지. 그 정도면 도둑질 안 해도 십년은 먹고 살 것이오."
금마가 캭- 누런 가래를 뱉으며 승냥이 같은 목소리로 응대했다.
"이 몸이 부하들을 모두 데리고 잠 한숨 안자고 달려온 건, 개평이나 뜯으러 온 게 아니니라.
내 성질을 건드리면 너희들은 한 놈도 여기서 살아 돌아가지 못할 것이다.”
높새가
“당가장 백 수십을 죽인 우리다. 동태 같은 도사들에게 겁먹을 것 같으냐!”
하며 높새가 눈을 부릅뜨자 모두 무기를 들고 항전 태세를 취하는 가운데, 금마의 신호에 황의도인 칠십 명이 번개처럼 두 줄로 서며 활시위를 당겼다.
궁수들과의 짧은 거리와 그들의 일사불란한 기세에 높새가 신음을 토하며 토왕귀를 돌아보았다.
“아.. 마차를 내주는 게 좋을 것 같소이다. 재물 때문에 죽을 수는 없지 않소. 어제도 피해를 많이 보았는데, 무엇보다 목숨이 중하지요.”
토왕귀도 겁먹은 얼굴로 고개를 끄덕였다.
“아, 네..”
그들을 지켜보고 있던 요이화가 얼굴을 일그러뜨리며 높새에게 호통을 쳤다.
“네 이놈, 귀 큰 놈아! 장주! 죽음이 두려운 게요? 겁쟁이들 같으니. 너희들을 믿은 게 잘못이지, 「다물」 좋아하네. 얏!”
하고
검을 내려치자 토왕귀가 후다닥 물러섰고 요이화가 살기를 번득였다.
“주막과 친구들까지 잃고 얻은 물건인데 높새, 네 맘대로 될 것 같으냐?”
방성, 방초가 황급히 요이화를 말리고 방혁까지 나서 요이화의 팔을 잡았다.

"어머니, 참으셔야 해요. 상황이 좋지 않아요. 저 궁수대를 보셔요."
요이화가 씩씩거리다 검을 거두었으나, 입에는 여전히 거품을 물고 있었다.
높새가 입맛을 다시며 말했다.
"대신,
우리 가운데 누구도 다치는 건 용납하지 않겠소. 마차를 놓고 갈 테니 물러났다가 우리가 반 마장쯤 갔을 때 마차를 끌고 가시오. 동주(洞主), 어떻소?"
금마가 흔쾌히 대답했다.
"좋소. 동시에 출발합시다. 우리는 온 방향으로, 당신은 가던 방향으로 가시오."
"그럼, 우리가 멀어지는 것 아니오. 반대로 합시다."
"흐흐, 미안하오."
"쩝, 알겠소이다."
높새와 토왕귀는
각기 방혁과 요이화를 달래며 두 대만을 끌고 난하로 달리다 반 마장쯤 지나 돌아보니 금마는 벌써 도착해 이쪽을 보고 있었다. 나머지를 가로챈 금마는 득의(得意)의 침을 흘리며 상하운장으로 달렸다.
그런데, 남쪽에서 금마를 향해 달리는 백오십 여(餘) 무리가 홀연히 나타났다.
금마가 매우 놀라며 말에 채찍을 가했다. 높새가 토왕귀를 보고 물었다.
"누굴까요?"
"희흉일 겁니다. 지난 번 그리 당하고도 당가장이 금도동을 칠 때 당가장 본영(本營)을 초토화시킨 걸 보면 망산파(派)에 책사가 있습니다.
저들은 지금까지 숨어서 당가장과 금도동(洞)을 감시하고 있다가 나타난 것입니다. 어부지리를 노렸으나 우리가 마차를 포기하자 달려든 겁니다.
당고충은 이미 궤멸했고 희흉과 금마까지 망하고 말 것입니다. 하하하하하하"
"으하하하하하하하"
높새도 뭐가 그리 즐거운지 따라서 파안대소했다. 요이화와 방혁, 방성, 방초는 마차를 내줘 내심 화가 부글부글 끓고 있었는데 두 사람이 웃고 떠들자, 노한 얼굴로 높새와 토왕귀를 둘러쌌다. 요이화가
"야, 이 꺽다리야! 너 귀 큰 도둑아! 네놈들이 진정 죽고 싶은 게냐?"
고 외치자 토왕귀가 깜짝 놀라며 말했다.
"정말 죄송합니다. 미리 알려드려야 했는데 그러지 못한 점, 용서하십시오."
요이화가 살기를 뿜어냈다.
"토끼야, 또 뭔 궤변이냐!"
"금마가 끌고 간 마차들은 다물장을 짓다 생긴 돌과 폐목재가 실려있습니다."
방혁이 냉랭하게 말했다.
"계속하시오"
"모든 건 신협(神俠)의 전략이었습니다. 보고에 의하면 당고충과 희흉, 금마가 포기하지 않았고 우리 인부들 속에 첩자가 숨어있는 것

같았으며 더 이상한 건 패수객잔 악오귀였습니다. 몸이 달아 있어야 할 놈이 평소와 다름없다는 게 수상해서, 대인과 제가 가짜 행렬을 이끌고
진짜는 신협(神俠)과 목련검, 온소협 그리고 무사 열여섯이 화재로 뜯어낸 잔해들을 실은 것처럼 위장해 북쪽으로 출발했습니다. 그들은 북쪽 백하(河) 상류로 두 시진을 가다 동으로 틀어 난하로 향할 것입니다."
토왕귀의 설명을 다 듣고 이해가 간 요이화가 머쓱한 얼굴로 말했다.
"하, 귀띔이라도 해주시지."
"여협께서 검을 무섭게 내려치지 않았으면, 여우같은 금마가 속았겠습니까?"
요이화와 방혁, 방성, 방초가 그도 그렇다며 크게 웃으며 찬사를 보냈다.
해명이 끝나자, 높새가 말했다.
"빨리 백극산(山)으로 가서 마차를 기다립시다. 백극산에서 난하까지는 십리 길이오."

한편 여홍과 두약, 온평은 폐건축자재로 위장한 열여섯 대의 마차를 끌고 상하운장 경계를 벗어나자마자 속도를 올렸다. 사람들을 속이기 위해 난하의 반대 방향으로 돌다보니 자연히 길이 멀어질 수밖에 없었다.
일단 난하 방향으로 튼 지점에서 폐목재 등을 모두 버려 마차를 가볍게 했다.

그리고 종일토록 쉬지 않고 달렸다. 점심도 달리는 마차 위에서 때웠다.

늦새와 만나기로 한 백극산에, 내일 오시(午時)에 도착하기 위해서였다.

첫날은 도중에 길을 가로막는 소규모 산적들이 있었으나 여홍 일행의 상대가 될 수 없었다. 오목눌에서 숙영(宿營)하고 새벽같이 출발했다.

여홍은 한시도 마음을 놓을 수 없었으나, 두약은 여홍과 함께 가는 길이 너무도 즐거웠다. 두약이 말머리를 나란히 하며 여홍에게 물었다.

"오라버니, 재물이 해모수 가한에게 전해지면 단제의 자리에 오르는데 도움이 될까요?"

"건국한지 얼마 안 되어 재정이 어렵다고 들었소. 그리고 아사달전쟁도 치루지 않았소.

그러나 용가는 오래 전부터 정병(精兵) 이십만을 길러왔다 들었소. 아마 큰 도움이 될 것이오."

"그럼, 오라버니는 앞으로 해모수님을 도울 작정이신가요?"

여홍이 대답했다.

"사매, 누구를 특정해서 묻지 마오. 나는 도를 수호하는 사람은 누구나 도울 것이오.

전날, 백두 밀림에서 세상이 알아주지 않아도 목숨 걸고 마도(魔道)와 싸우고 계시던 금선(金仙)들을 뵌 적이 있소. 그분들은 부귀영화는 생각하지 않고, 마도의 무리들로부터 도(道)를 지키고 계셨소이다.

나는 그때 맹세했소.「금선(金仙)」과 같은 영예로운 선계의 작위(爵

位)는 없으나, 하늘의 도를 수호하리라고 말이오. 나는 오직 의(義)에 살고 죽을 뿐이오.

사매도 해모수 가한을 뵙지 않았소? 그분은 이도여치(以道輿治)를 선언하신 영웅이오. 이도여치는 도(道)로써 세상을 다스리겠다는 가한의 포부요. 가한 만이 배달국과 조선의 법통을 이을 자격이 있소."

"네, 오라버니. 집에 있을 땐 몰랐는데 강호에서 백성들의 삶을 알게 되었어요.

하루 빨리 단제를 새로 모시고 구이원에 옛날처럼 태평성대가 왔으면 좋겠어요."

이들이 오목눌을 출발한지 한 시진 반이 지나 밤나무 숲을 지날 때였다.

"멈춰라!"

소리와 함께 오십 대 무사 다섯이, 나이를 짐작하기 어려운 늙은이와 길을 막아섰다.

거미줄 같은 열 가닥의 안광(眼光)이 여홍의 전신을 휘어 감았으나 여홍은 태연했다.

두약과 여홍이 말에서 내렸다. 온평이 달려왔다. 다섯 무리 중, 하나가

"창해신검?"

하고 묻자

여홍이 반문했다.

"귀하는?"

"나는 창해신검, 창해신검 하길래 선문의 노(老)선사인줄 알았더니, 머리에 피도 안 마른 놈이었구나.

허.. 고연! 어린 놈이 안락(安樂)한 세상을 어지럽히다니. 나는 하간오노의 대노(大奴)다. 주인님을 모시고 우리의 물건을 찾으러 왔다."
오노의 첫째 대노는 여홍의 눈과 태양혈(穴)이 밋밋한 걸 보고 마음을 놓았다.

귀가 따갑게 들어온 신위(神威)는 조금도 느껴지지 않았다. 항간의 「참수도가 방심하다 당했다는 소문」을 떠올린 대노는 몸이 가벼워졌다.

'그럼 그렇지. 새끼 곰을 잡고도 어미 곰을 잡았다는 데가 강호 아니더냐.'

며 다가섰다.

온평은 「주인」 소리에 놀랐다. '그렇다면 뒤의 저 늙은이가 북연귀(鬼) 전삭?'

연(燕), 조(趙), 제(齊)의 강호인 가운데 하간오노의 이야기를 들은 적이 있었다. 연(燕), 조(趙), 역수(易水: 중원 하북성의 강), 하간을 오가며 악을 행하던 오악(五惡)이 전삭에게 시비를 걸다 패했고, 그들의 재주를 아낀 전삭이 목숨을 살려주는 대신 종으로 삼은 자들이었다.

그 후 그들은 스스로 오악을 버리고 하간오노로 별호를 바꾸었다. 북연귀 전삭은 전비의 사백이며, 역수(易水)에 몸을 감춘 흑룡(黑龍) 같은 존재였으나, 연나라 공경(公卿)들도 알아 모시는 자(者)라고 했다.

그러나 하간오노와 다르게 여홍을 보는 전삭의 눈에 의아한 빛이 흘렀다.

자기는 옛 시절의 인물이라 혹 모른다 쳐도, 오노의 거미줄 같은 눈빛을 아무렇지 않게 받아낸 자는 본 적이 없으며, 게다가 지금 창해

신검이라는 아이의 자세는 허술한 듯하면서도, 그렇지 않은 듯 보였는데
툭 치면 허물어질 담 같기도 하고, 또 어찌 보면 눈이 내리는 화산(火山) 같기도 했다.
강호의 소문을 전부 믿을 수는 없다 하나, 평생 이와 같은 자를 만나보지 못했던 전삭은 문득, 뇌리를 스치는 어떤 생각에 놀랐으나 이내, 설마 하며 일단 하간오노를 통해 창해신검을 파악하기로 했다.

사실, 여홍은 흡혈마선을 만날 때만 하더라도 일대(一代) 고수의 기풍을 감추지 못했으나,
어느 날 바람이 부는 강과 새와 들을 보며 복마곡(伏魔曲)을 읊조리다 홀연,
서로 다르나 조화를 이루어가는 각자의 호흡을 직관하며 대동(大同)의 율려를 체득해 가고 있었기에, 팔십 년을 넘어선 공력을 지녔으나 겉으로는 농부와도 같이 평범해 보였다. 여홍은 심검(心劍)을 넘어
무인이라면 누구나 꿈에 그리는 전설의 반박귀진(返朴歸眞: 순박한 마음으로 돌아와 대자연과 하나가 됨)에 한 발 들어서고 있었던 것이다.
여홍은 대노(大奴)의 말에 대꾸하지 않고 검을 뽑아들며 턱을 살짝 내밀었다. 전삭은 말이 없었으나, 대노는 숨이 가빠지며 눈이 뒤집혔다.
"네가 죽을 때가 되니 정신이 나간 모양이구나. 네놈의 실력을 한

번 보자. 만사천(萬蛇賤) 덮쳐라."

하자

고목(枯木) 같은 만노가 도약했고, 삼각머리 사노와 멧돼지처럼 생긴 천노가 두약, 온평에게 달려들었다. 이어 만노가 도립(倒立: 거꾸로 섬)의 수법으로 몸을 뒤집으며 여홍의 머리를 향해 주먹을 내려쳤다.

바위 같은 주먹이 머리를 깨기 직전 고개를 틀며 만노(奴)의 턱을 부순 여홍이 공간을 접듯 움직이며 천노(奴)를 잡아 사노(奴)에게 던졌다.

"뚝!"

소리와 함께 기절한 천노가 폭풍에 날아가듯 사노를 덮치며 뒹굴었다.

"컥!"

만노는 턱이 부서졌고 천노와 사노는 푸주간 고기처럼 명부(冥府)를 향해 엎어졌다.

전광석화라는 말 외에, 달리 표현할 길이 없는 여홍의 움직임에 전삭의 눈에 파동이 일었다. 설마 하고 지나친 생각이 맞았던 것이다. 하간삼노가 여홍의 일수(一手)에 세상을 하직했고, 그간의 소문은 여홍을 표현하기에 부족했다. 여홍은 바람처럼 빠르고 더 없이 표홀했다.

"쳐라!"

하고 앞으로 나선 전삭이 벼락같이 검을 뽑으며 회풍검(回風劍: 나선형으로 도는 바람 같은 검)의 절초 흑룡육십조(黑龍六十爪)을 펼쳤다.

검광 속에 사라진 전삭이 여홍을 향해 흑룡이 날아들 듯 들이닥쳤다.
"창창창창창창창창…!"
태산 같은 자세로
이십사검(劍)을 막아낸 여홍이 이어진 광란의 삼십육검(劍)을 빠르게 방어했다.
여홍이 용의 발톱 같은 육십검(劍)을 모두 받아내자, 전삭은 긴장했다. 여홍에게서 잊고 싶으나 평생 잊을 수 없었던 검초를 봤기 때문이다.
사실 전삭은 중원제일이라 불리는 참수도가 무림에 들어서기 전, 알 수 없는 이유로 사라진 전설적인 인물이었다.
사십 사년 전, 백두선문의 금선과 5일을 싸우다 반 초(招)차이로 패한 이후
한 번도 펼칠 기회가 없었던 흑룡육십조(爪)였으나, 금선과의 재대결을 전제로 절치부심 보완하여 승리를 장담하던 최후의 초식을 펼쳤던 것인데, 여홍에게서 금선의 검을 보았으니 놀랄 수밖에 없었다.
아무도 모르는 패배를 안긴 자와 관계된 여홍이기에 전삭은 온 공력을 끌어올렸다.
여홍이 검을 늘어뜨리자, 전삭은 전진하며 비스듬히 검을 들어올렸다.
굽혀진 왼발과 검(劍)이, 위를 잘리자 옆으로 가지를 뻗으며 생을 잇는 나무와도 같아, 심검(心劍)의 경지를 엿보는 단계로 보였으나 순간,
날아오른 여홍이 허공을 밟다 괴조처럼 몸을 뒤집으며 검초를 전개했다.

"파파파파파팍!"

한편 대노(大奴)는 두약을 빨리 해치우려 했으나, 담을 치듯 막으며 반격하는 검(劍)과
승기를 잡을 때마다 들이닥치는 탈명장에 쉽게 끝낼 수 없었고, 온평은 잠깐 사이 마부 다섯을 해친 전노(全奴)와 격돌하며 처음 사십 초는 대등한 국면을 유지했으나, 조금씩 상처를 입어가며 힘을 잃고 있었다.
사실, 전노를 상대로 이만큼 버틴 것만 해도 대단한 경지에 올라선 것으로
예전이었다면 불가능한 일이었으나 여홍의 도움으로 십 년 내공을 얻었기에 가능했던 것인데
이를 알 리 없는 전노는 요의(尿意)를 느끼듯 급하기만 했다. 딱 보니
놈만 잡으면 대노를 도와 계집을 없애고, 여홍을 협공해 일을 끝낼 수 있을 것 같은데,
곧 쓰러질 것 같은 놈이 이따금 날리는 기이한 치우장에 시간만 흘러가고 있는 것이다.
그러나 지금의 위기는 온평 또한 잘 알고 있기에 힘이 부족한 자신을 한 없이 원망하면서 입술을 깨물고 전노와의 옥쇄(玉碎)를 결심했다.
온평이 비장한 표정을 짓는 순간 숲에서 날아든 빗줄기 같은 그림자가 전노를 덮쳤고 또 하나의 그림자가 온평의 뒤로 꽃잎처럼 떨어져 내렸다.

놀란 전노와 그림자가 엉키며 눈 한 번 깜빡일 새 없는 공수를 주고받았다. 한 치의 오차도 용납할 수 없는 고수들의 살초가 삭풍처럼
치고 박고 차고 막고 베며 날기를 오십여 합, 드디어 상대를 파악한 듯
"얏!"
소리와 함께 그림자가 반공을 타격하자, 살을 뜯는 바람이 새끼 잃은 어미여우의 울음처럼 하늘을 긁으며 회오리쳤다. 이에 놀란 온평이
"호곡장(掌)!"
하고 외치자
'호곡장(掌)은 태항산맥에서 악명을 떨치다 사라진 무공. 그렇다면..?'
생각이 여기에 미친 전노(全奴)가 호곡장(狐哭掌)을 피하며 소리쳤다.
"호월선자?"
"호호호호.. 아직도 날 아는 자가 있다니, 기특하군. 너희 오노는 어찌 남의 노예가 되었느냐."
"낄낄낄, 그깟 호곡장으로 나에게 겁을 주는 것이냐. 그러나 네가 나이는 들었지만 아직은 볼 만하구나. 너를 나의 첩으로 삼아야겠다."
는 말에 대노가 싸우면서 흘깃 보니 과연 미색(美色)이 뛰어났다. 이어, 전노가
"이봐, 호월. 나를 따라 하간(河間)으로 가면 어때? 내 정말 잘해줄게."

하자 호월이 살기를 흘렸고, 전노가 입을 또 들썩이자 벼락 같이 쌍수(雙手)를 끊어 쳤다.

생사를 걸 판국에, 전삭을 믿고 육욕을 누르지 못하는 정신 나간 놈들이었다.

빠른 공격에 호곡장(掌)으로 여긴 전노가 검을 휘둘러 내경을 끊었으나, 역한 냄새를 담은 바람 한 가닥이 전노의 코를 훑으며 사라졌다.

"흑"

돌연, 하얗게 질린 전노(全奴)가 뒷걸음질 치며 입에 한가득 피를 물었다.

"네 년이 사악한 독장을.. 큭"

전노 역시 대단한 고수였으나 호월이 독문 출신이라고는 생각을 못했기에

은밀하기 짝이 없는 고독장(掌)에 당하고 만 것이다. 고독(蠱毒)은 음산산맥 북쪽 고비사막에 서식하는 독충(毒蟲)에서 추출한 극독이었다.

그때 눈앞의 싸움에 넋을 잃은 온평의 귀에 환영 같은 옥음(玉音)이 들려왔다.

"오라버니, 이제 걱정 마셔요."

또 다시 놀란 온평이 고개를 돌리자, 한 떨기 백합 같은 이정이 서 있었다.

"아....!"

전노가 쓰러지자 호월은 지체 없이 대노에게 육박해 들어가며 호곡

장의 절초 호곡지천(狐哭至泉: 여우의 곡소리가 황천에 다다름)을 날렸다.
전노가 뱉은 독장(毒掌)이라는 말에 놀란 대노는 감히 호월과 손을 섞을 생각을 하지 못하고 훌쩍 뒤로 몸을 날렸다. 전삭과 격돌하면서도 호월선자의 등장을 안 여홍은 이제야 마음을 놓고 싸울 수 있었다.
잠시 후, 호월과 두약, 대노의 싸움이 극을 달릴 때
"이얏!"
하고 산이 무너질 기합이 울리자, 모두 여홍과 전삭의 승부가 오늘의 일을 결판 짓기에 부지불식간에 공수를 늦추며 신경을 곤두세웠다.
전노를 습격하기 전, 호월은 전삭의 초절한 무예를 보고 크게 놀랐기에 그를 상대하고 있는 여홍에 대해 형언할 수 없는 충격을 받았다.
가물가물한 기억을 되살린 끝에 아! 하며 그 무서운 역수의 흑룡(黑龍) 전삭을 떠올렸는데, 그를 이토록 긴장하게 만든 젊은이는 누굴가?
하는 의문을 풀기도 전에 온평이 위기에 빠지자 뛰어든 호월선자였다.

그때 여홍이 폭풍 속의 나무처럼 검을 흔들자 추(樞), 선(璇), 기(璣), 권(權), 옥형(玉衡), 개양(開陽), 요광(搖光)을 스친 일곱 개의 검화가
전삭의 거미줄 같은 검망을 가르며 번득였다. 칠성검의 칠성분지(七

星分地)였다.

일곱 개의 별빛 같은 칠검(七劍)이 날자 북연귀 전삭은 크게 당황했다.

금선을 벼르며 연마한 흑망도천(黑網到天: 검은 그물이 하늘에 닿음)이 균열을 보이고 있었다.

'아니?'

전삭이 신음을 토하자

"얏!"

소리와 함께 검과 일체가 된 여홍이 흑망(黑網)을 내리그었고, 담장이 갈라지듯 그물이 열리는 순간 여홍이 좌수(左手)를 좌우로 떨쳤다.

이어 둘이 아닌 듯하나 하나도 아닌 바람이, 무형(無形)의 형(形)으로 느린 듯 빠르게 호호탕탕 전 방위를 흔들며 암류와도 같이 쇄도했다.

여홍이 대자연의 변화를 직관하며 창안한 「불연기연(不然其然)」을 펼친 것이다.

전삭은 방향을 알 수 없는 강물 같은 바람이 밀려들자 아연실색했다.

순간, 검을 던진 전삭이 황급히 좌장(左掌)으로 막으며 우장(右掌)을 날렸으나

"우직 꽝!"

하며 왼손과 오른 팔뚝이 꺾인 전삭이 뒤로 나동그라지며 울컥 피를 토했다.

전장은 삽시간에 경악과 불신(不信)에 휩싸이며 싸늘한 정적이 흘렀다.

희대의 마두, 역수(易水)의 흑룡(黑龍) 전삭이 여홍에게 패한 것이다.
신검(神劍)의 무위가 자자하나, 이는 소문이 과장되었을 뿐 실제는 그렇지 않을 것이라는 게 중원(中原)의 일반적인 견해였으나, 그들이 아는 한
적수가 없는 북연귀 전삭이 여홍에게 백 초(招)를 넘기지 못한 것이다.
전삭이 허무한 눈으로 하늘을 바라보자 여홍이 검(劍)을 거두었고 주인의 패배를 본 대노(大奴)가 크게 놀라다 호월의 호곡장에 엎어졌다.
이어,
여홍이 호월을 향해 몸을 돌리자 전삭이 탄식을 토하며 숲으로 사라졌다. 여홍이 검을 거꾸로 쥐고 호월에게 포권(抱拳)의 예(禮)를 취하였다.
"대협이 아니었다면 일을 그르칠 뻔했습니다. 감사합니다. 동예의 여홍입니다."
"아..!"
그제야, 북연귀 전삭을 잡은 자가 누구인지 알아본 호월선자는, 호흡에 그다지 변화가 없는 여홍을 보며 입을 딱 벌린 체 할 말을 잃었다.
그때
"어머니"
소리가 들리자 정신을 차린 호월선자가 급히 포권을 하며 예를 갖추었다.
"눈이 어두워 무림의 신룡(神龍)을 알아보지 못했습니다. 호월이라

합니다. 오늘 대협의 승리로 천하(天下)가 또 한 번 요동칠 것입니다."
여홍이 다시 한 번 감사를 표하며 돌아보았다. 두약이 피를 흘리고 있었다.
"많이 다쳤소?"
두약이 웃었다.
"아뇨, 괜찮아요. 하지만 오라버니가 전삭에게 당할까봐 내내 두근거렸어요. 만약 오라버니가 잘못되면 저도 따라죽을 각오를 했었어요."
여홍은, 늘 자기만 바라보는 두약이 한없이 고마우면서도 마음이 아팠다.
"만독거미나 등에마군, 마각과는 비교할 수 없는 상대였소이다. 그런 자가 연나라에 있.."
문득 말을 멈춘 여홍이 비수 같은 안광을 쏟아내며 숲을 쓸어보았다.

한편, 온평은 자기를 구해준 이정과 호월선자를 보고 감사를 표했다.
이정이 눈물을 글썽였다.
"오라버니가 보고 싶어 왔는데, 악인들 손에 잘못되는 줄 알고 얼마나 마음을 졸였는지 몰라요. 어디 봐요. 내가 오라버니를 치료해 드릴게요."
온평이 말했다.
"반갑고 고맙소! 동생의 경신술이 그리 뛰어나다니. 날 지켜주고 있는지도 몰랐소.
놀랍소. 병상에서만 지냈는데, 어찌 그렇게? 그리고 여긴 또 어떻게 알고 왔소?"
이정은 온평의 반갑다는 말과 칭찬을 듣자 기분이 좋았고 처음으로 남의 호법을, 그것도 사랑하는 사람을 지킨 것이 너무도 자랑스러웠다.
"다, 오라버니와 국선협님 덕이에요. 어머니가 심산유곡을 다니시며 구한 기화이초(奇花異草)와 녹선단으로 선단을 만들어 주셔서 십이 년 내공을 얻었고 호월무(舞)와 호곡장(掌), 호명검(劍)을 배웠어요. 사실 요결은 이미 암기하고 있었는데 병(病) 때문에 연마할 수 없었거든요.
그리고 오라버니가 보고 싶어, 밥도 안 먹고 어머니께 떼를 썼어요. 명도전을 찾는다고 하셨으니 명도전 마차를 찾으면 되겠다 생각하고 돌아다니다 이도하성 객잔에서 소문을 듣고 여기까지 오게 되었어요."
이정의 이야기를 듣던 온평이 호월선자에게 정중하게 감사함을 표했다.
"선자님, 고맙습니다. 오늘, 하간오노의 손에 죽을 줄로만 알았습니다."
호월선자가
"내 딸을 도와준 보답이라 생각하게. 그런데 자네 사형은 어디 있나?"
묻자 온평이 걱정스러운 얼굴로 답했다.
"사형은 필구에게 잡혔다가 탈출했다는데, 지금은 소식을 모릅니다."

이정이 놀라며 물었다.
"필구가 무공이 높아요?"
호월선자가 대답했다.
"얘야, 강호는 무술이 삼(三), 경험이 칠(七)이란다. 필구는 무공보다 간계가 뛰어난 자다. 국소협은 아마 함정에 걸려들었을 게다. 정아, 너도 처음 만난 자들은 덮어놓고 믿지 말아야 한다. 유난히 어리숙해 보이거나 내 비위를 잘 맞추어 주는 자는 특히 경계하여야 한다."
"네.."
온평이 놀라며 말했다.
"선자님, 얼마 전, 저희 모두 필구의 술수에 걸려들어 죽을 뻔 했습니다."

흑립방(黑笠幇)

여홍 일행은 잠시 휴식을 취한 뒤, 높새와 만나기로 한 백극산으로 출발했다.
마부가 다섯이 죽어 여홍과 두약, 온평, 호월 모녀가 한 대씩 맡아서 몰았다.
선두는 여홍, 두 번째는 두약 다음은 호월 그리고 기타의 마차가 따르고 제일 뒤의 마차는 온평 그 바로 앞 마차는 이정이 몰아 나갔다.
당초 오시(午時: 오전 11시 반)에 만나기로 했으나 북연귀 전삭과 싸우다 벌써 오시를 넘기고 있었다. 백극산(山)은 두 시진(- 4시간)이나 더 가야 했다.
그런데 오십여 장 떨어진 곳에 구덩이를 파고 처음부터 지켜보던 네 명의 무사가 있었다. 그들은 모두 경장에 검은 삿갓을 쓰고 있었다.
여홍이 뜨자 모두 구덩이에서 나왔다. 조(趙)에서 「네 두꺼비」라 불리는 자들이었다.

네 명 다, 두꺼비를 닮았는데, 번조선 황합파(- 노란두꺼비派)와 손잡고 연(燕), 조(趙), 제(齊)를 누비던 자들로 사람들이 꺼리는 자들이었다.

눈이 튀어나온 사내가, 작은 키에 팔뚝은 굵고 목이 짧은 자에게 말했다.

"방주님께 전서구를 날려라."

"네"

하고 「목 짧은 자」가 사라지자 「두꺼비 피부」가 나섰다.

"사형, 창해신검의 눈에 스친 섬광을 보았소? 아찔한 내공(內功)이오.

신검(神劍)은 우릴 감지했으나, 더 이상 지체할 수 없어 떠났을 거요. 다른 건 몰라도 「뱀 잡는 두꺼비」처럼 숨 쉬지 않는 것만큼은 타(他)의 추종을 불허하는 우리를 저 거리에서 느끼다니 대단하오. 귀수(鬼手)라고도 불리는 역수의 흑룡이 당할 줄은.. 아, 뼈와 살이 다 떨리오.

그리고 호월이 나타나 하간오노의 대노와 전노를 없앨 줄은 꿈에도 생각 못했소."

"음, 굉장한 놈이더구나. 중원에 저 자를 상대할 자가 몇이나 있을지."

"사형, 우리도 포기해야 하지 않을까요?"

"그러나
저들은 짐을 실은 마차 행렬이 매우 길다는 약점이 있다. 방주님께 보고했으니 준비하실 게다.
제 아무리 창해신검이라 해도 우리의 손을 벗어나기는 어려울 것이다. 우리는 그 가운데 서너 대만 털어도 된다. 흐흐흐. 자, 우리도 슬슬 가보자."

「왕방울 눈」이 두 발을 모았다가 크게 도약하자 나머지 세 명도 따라 뛰었는데, 한 번 뛸 때 마다 칠(七)장씩 나아가는 모습이 마치 두꺼비 네 마리가 누가 빨리 달리나 시합을 하는 것 같았다. 잠깐 사이,
넷이 사라지자 삼십 장 밖 땅 속에서 또 다른 황색 그림자가 연기처럼 나타났다.
누런 옷의 불룩한 배를 가진 자가 두꺼비처럼 눈을 껌뻑이며 갸웃거리다, 네 두꺼비가 간 방향으로 고개를 틀고 탄식하며 몸을 날렸다.
한 걸음에 십이(十二) 장씩 도약하며 따라가는 모습이 영락없는 황금두꺼비였다.

채찍을 날리며 마차를 모는 이정은 얼마 전의 병약한 소녀가 아니었다.
온평은 허공에 춤추는 그녀의 섬섬옥수(纖纖玉手)에 빠져들다 자기를 돌아보며 방긋 웃는 이정의 자태에 심장이 뛰며 정신이 아찔해졌다.
그들이 한 시진을 달렸을 때였다. 짙은 숲을 막 벗어나자 하천이 나타났다.
표지석에는 이하교(橋)라고 적혀 있었고 다리 가운데 검은 삿갓 셋이 길을 막고 서 있었다. 다리 건너편은 황무지가 숲으로 이어지고 있었다.
여홍이 손을 들어 마차들을 멈추게 하고 호월선자와 함께 앞으로

나섰다.

그들은 조나라 복색을 하고 검을 차고 있었는데 가운데 매 눈을 가진 자(者)가 서 있고 좌우의 사내 둘 모두 오십대로 보였다. 매 눈이 소리쳤다.

"나는 흑립방(黑笠幇)의 방주 견무다. 너희를 기다린 지 오래다. 마차(馬車)를 두고 가라. 그렇지 않으면 살아서 돌아가지 못할 것이다."

여홍은 중원에 가 본 적이 없는지라 흑립방을 몰랐고, 견무는 더욱 알 리 없었다.

호월이 말했다.

"흑립방은 삿갓을 쓰고 연, 조, 진, 조선을 기어 다니는 쥐 같은 자들이오.

견무 밑에 이녹(二鹿: 사슴 둘), 사합(四蛤: 두꺼비 넷)이 있는데, 저 둘이 흑록이마(黑鹿二魔)일 것이오. 둘은 본래 정파였으나 조(趙)가 진(秦)에 망한 후 별호를 바꾸고 흑립방(幇)에 몸을 의탁한 것 같소이다."

흑립방은 조나라 사대 방파 중 하나로 조의 동북 마이산(魔耳山)에 근거지를 틀고 있었다. 운장에서 멀리 떨어진 그들이 어찌 알고 왔을까.

흑립방 견무의 첩 을희는 음기가 넘쳐 하루라도 남자가 없으면 잠을 못 자는 계집이었다.

방주가 약탈을 가고 없는 날, 음욕을 견디지 못한 을희가 산채에 남아있던 조황귀를 은밀히 방으로 불러들이는 걸 힐단이라는 자가 보았다.

힐단은 동작이 늦어 방주에게 늘 야단을 맞아왔으나, 쥐새끼처럼 촉이 빠른 자로

"야, 너는 머리를 장식으로만 달고 다니냐?"

고

놀리는 조황귀에게 이를 갈고 있던 터라, 방주가 돌아오자 두 사람의 밀회를 일러 바쳤다. 견무가 을희를 죽이자, 몸을 피해 유랑하다 목도꾼으로 다물장에 들어간 조황귀는 우연히 철연방 소문을 들었다.

"철연방 보물을 빼앗아 조선으로 운반해? 흐흐흐, 연과 우리는 적이 아니더냐. 그 정도 보물이면 평생 도적질을 안 해도 될 것 아닌가."

하고 견무에게 서한을 보내 자초지종을 보고하며, 죄를 용서해주시면 마차 탈취에 목숨을 바치겠다고 조아렸다. 정말 기가 막힌 정보였다.

조황귀를 불러들인 견무는 만면에 미소를 지으며 너그러운 얼굴로

"알았다.

변치 않는 네 충성심이 기특해 목숨만은 살려줄 터이니, 지금 바로 돌아가 운장 내(內)의 도적들과 철연방의 움직임 그리고 높새의 마차가 지나갈 경로와 언제 어디서 먹고 잘 것인지를 상세히 보고하라."

고 했다.

다물장 내의 움직임을 전서구로 보고하던 조황귀는 마차가 난하로 떠난 후,

얼마 지나지 않아 반대 방향으로 가는 폐자재 행렬을 이상히 여기

고 추적하다.

전삭과 하간오노의 등장과 실패를 지켜보고 급히 견무에게 알렸던 것이다.

웬 여자가 흑립방과 자기에 대해 너무 잘 알자, 견무가 퉁명스레 물었다.

"당신은 누구요?"

"호월이오."

"뭐, 호월선자? 이십년 전 남태항산(山) 행탄촌(村)을 몰살하고 사라진 마녀(魔女)가 아직도 안 죽고, 오늘은 또 여기까지 어떻게 오셨는가?"

사합마가 마음이 급해 호월에 대한 이야기는 빠뜨렸던 모양이었다.

"호호, 조나라 제일의 흑립방주가 나를 알고 있다니 무한한 영광이오.

견무는 제일이라는 말에 어깨가 으쓱 했으나 속으로 갸웃했다. 과거의 호월선자는,

조금 전 자기가 뱉은 말 정도면 당장 눈 일을 파니, 배를 가르고 창자를 뽑아버리니 하며 길길이 뛸 여잔데 뭔가 다른 걸 느낀 것이다.

"흐흐, 남태항산에 메아리치던 호곡장(狐哭掌)을 누가 잊을 수 있겠소?"

그때, 여홍이 호월에게 여기에 없는 사합마(四蛤魔)가 분명 후미를 기습할 것이니 뒤를 지켜 달라 부탁하고 다리 가운데로 성큼성큼 걸어가자,

호월이 지면을 스치듯 이동하다 두 번 도약해 이정의 곁에 사뿐히 내려섰다.

더 없이 우아한 호월무(舞)였다. 소문과 다른 호월선자가 꽃잎이 봄바람을 타고 날듯 경신술(術)을 펼치자 견무의 눈이 취한 듯 흔들렸다.
수많은 사람의 목숨을 나뭇가지 꺾듯 해치며 악명을 떨치던 호월선자는
과거, 정인을 떠나보낸 후 홀로 병든 아이를 키우면서부터 선과 악을 구분하지 않고 살아갔다. 그 누가 딸을 위해 도움의 손길을 주었던가.
아기 아버지에 대한 그리움과 딸의 고통을 감내하며 외롭게 살아가다 뜻하지 않게 온평, 국관의 도움으로 절망에 빠져있던 딸을 구하고
더욱이 이정이 온평을 좋아하자 딸의 행복을 위해 온평을 돕고 있었다. 딸의 소원대로 온평과 합류하면서, 협사들과 함께 의로운 길을 가고 있는 것이다. 과연 악(惡)과 선(善)은 몸속 어디에 있는 것일까.
처음에는 의(義)를 생각하는 게 어색했으나 호월(狐月)은 예전의 냉혹하고 흉포한 모습이 조금씩 사라져가며 소녀 시절의 맑고 아리따운 모습을 되찾아가고 있었지만 자신은 조금도 느끼지 못하고 있었다.

여흥은 흑립방주가 흑록이마를 거느리고 직접 출두한 걸 보자 한바탕 피를 보지 않고는 쉽게 다리를 건널 수 수 없으리라고 생각했다.
다리 아래, 하천 둑을 따라 이어진 갈대밭으로 섬뜩한 살기가 흐르

고 있었다.

여홍이

"조(趙)가 중산, 임호, 누번, 대국을 무너뜨리고 흉노의 태원 일대를 빼앗아 그 백성들은 유랑하거나 노예, 비첩, 기녀가 되어 살고 있다.

구이원에 지은 죄가 너무도 컸기에 너희 역시 포악한 진(秦)에 망한 것인데

오늘 또 조선의 돈을 빼앗겠다고 길을 막은 너희를 용서할 수 없다."

며 몸을 날리자, 일마가 장(掌)을 휘둘러 발을 공격해왔고 이마는 배와 목을 향해 비수를 날렸다. 거센 바람과 하얀 칼날이 훅훅 돌며 쇄도했다.

거대한 사슴이나 들소를 사냥할 때 즐겨 쓰던, 두 발을 흔들며 비수(匕首)를 박는 둘의 합격술(合擊術)은 하수들은 말할 것도 없고 일류고수라 할지라도 진격을 잠시 차단하는 데에 강력한 효과가 있었으나, 상대는 흑림(黑林)의 검산(劍山)을 평지로 만든 창해신검이었다.

여홍이 좌수(左手)를 그으며 높이 도약하자 철벽에 부딪친 듯 일마가 비틀거렸고

순간 비수를 넘어 이마(二魔)의 머리 위로 뜬 여홍이 추상도립(秋霜倒立: 가을서리가 거꾸로 섬)의 검을 펼치자, 차디찬 백인(白刃)이 미쳐버린 바람처럼 겁에 질린 이마(二魔)의 목을 하얗게 쓸고 지나갔다.

일마는 팔꿈치가 꺾였고 이마는 목과 몸이 분리되어 각기 따로 굴렀다.

사실, 견무는 전삭이 신검에게 패했다는 보고에 정면으로 싸울 생각을 접고,
흑록이마와 함께 이하교(橋)의 통과를 저지하는 동안 흑합사마(黑蛤四魔)가 마차의 후미를 공격해 반(半)만 탈취하면 된다고 생각했는데
일합에 나뒹구는 흑록이마를 보며 다리 건너로 황급히 몸을 피했다.
견무가 길게 휘파람을 불자, 갈대밭에서 살수 삼백여 명이 쏟아져 나왔다.
그들은 모두 창이 짧은 삿갓을 쓰고 있었는데 턱 아래로 단단히 묶여 있었다. 특이한 건 삿갓이 흑색, 적색, 회색으로 구분되어 있다는 것이다.
견무는 살인은 흑립(黑笠: 검은 삿갓), 인신매매는 적립(赤笠: 붉은 삿갓), 도박은 회립(灰笠: 잿빛 삿갓)으로 분류해 운영하고 있었으나 당시
중원 칠국(七國)은 전란 중이라 이런 도적들을 단속할 여력이 없었다.
성(城) 밖의 강호는 녹림 세력이 마음대로 활개를 치고 다녔으며, 관부는 오히려 이들과 서로 은밀하게 서로 등을 긁어주는 관계를 유지했다.
견무는 이번에 부하 천구백 명 중, 고르고 골라 정예 삼백을 데려왔다.

그때, 온평과 이정, 호월을 향해 두꺼비 같긴 네 명의 괴한이 날아들자

호월선자가 차가운 안광을 쏟아냈다. 수많은 의서와 독경을 독파하며 기경팔맥을 연구해온 호월의 내공 운용은 비상한 경지에 이르러 있었다.

온평과 이정이 자연스럽게 한 명씩 막아서자, 호월이 좌장은 부드럽게 우장(右掌)은 강하게 쳐내며 두꺼비 둘을 막아섰다. 얼핏, 분심공(分心功)으로 강과 유의 장법을 동시에 펼친 듯하나 호월선자가 알 수 없는 적들의 사기를 일시적이나마 꺾기 위해 전개한 눈속임이었다.

그러나 이 또한 깊은 내공과 고도의 기술이 필요한 술법(術法)이었다.

호월선자는 이정이 경험 미숙으로 위험하기에 속전속결을 취해야만 했다.

손바람에 막힌 두꺼비 둘이 눈을 뒤집고 놀라며 단검(短劍)을 휘두르자

호월(狐月)이 버들가지가 휘어지듯 날아오르며 호곡향귀(狐哭向鬼: 여우가 귀신을 보고 통곡함), 호곡회향(狐哭回響: 여우의 곡이 메아리침), 읍혈호곡(泣血狐哭: 피눈물을 흘리며 여우가 곡을 함), 호곡천지(狐哭天地: 여우의 곡소리가 천지를 가득 메움)로 이어지는 네 개의 절초를 펼쳤다.

삭풍에 나부끼는 비단 폭 같은 죽음의 초식이 두꺼비들을 몰아갔다.

한편, 두약에게 다리를 지키게 하고 삼백 여(餘) 살수(殺手)들 속으로 뛰어든 여홍은 이리저리 마구 흔들리는 갈대 속에서 싸우다 놀랐다.

"악인들이여 악을 받들어라. 대자연의 기원은 악이니, 선은 가야할 길이 아니며
악이 처음 세상을 연 후에야 선이 생기고 그 선이 악을 낳았으니 악이야말로 만물을 낳고 키우는 도이니라. 죽어 귀신으로 태어나는 것은 나의 소망, 마귀가 되어 마황님을 따르는 것은 저승의 지엄한 법도. 아, 지옥의 용광로는 악령을 단련하는 화로! 우리 가달마황님은………"
주문 소리에
'마황은 우리 환웅님께 대항하다 죽은 가달마황을 말할 텐데, 중원의 악도가 어찌 가달 마경(魔經)을 신봉한다는 말인가. 알 수 없는 일이다!'
이때, 바람처럼 주위를 도는 삿갓진(陣)을 본 여홍이 내력을 끌어올렸다.
삿갓진은, 12명이 철립(鐵笠)을 던지고 그 둘레를 도는 또 다른 12명이 철립으로 탈출을 꾀하는 적의 목을 취하는 진법으로, 전삭을 해치웠다는 여홍의 신위(神威)에 견무가 준비한 필살진(必殺陣)이었다.
이들 24인은 천 구백 살수 중, 고수의 반열에 이르지 못한 자는 만져볼 수도 없는 암기와 방패 같은 열두 근(斤)의 쇠삿갓을 쓰고 있었다.
"핑핑"
"쉬쉭"
철립 네 개가 날다 사방에서 날아들고 그 뒤를 또 다른 여덟 개가 날아들었다.
철립참수(鐵笠斬首: 쇠 삿갓으로 목을 벰)를 펼친 것이다. 이어 견무

가 손을 휘두르자, 바깥을 둘러싼 12인의 철립이 연이어 날아올랐다. 도합 스물 네 개의 철립(鐵笠)이 새 떼처럼 비행하자 하늘이 어두워졌다.

앞의 12개를 피할 경우, 퇴로를 모두 베는 립림천하(笠林天下: 삿갓천하)였다.

철립참수에 립림천하가 더해지자 그 어떤 진(陣)보다 살풍경(殺風景)했다.

'제 아무리 신협이라 하나, 24개의 철립을 쉽게 벗어나겠는가. 낄낄낄낄"

견무가 얼굴 가득 득의의 미소를 지을 때, 여홍이 검광 속에 사라지며 맑고 푸른 검운(劍雲: 劍氣검기의 구름)이 24방(方)으로 퍼져나갔다.

순간, 24개의 삿갓이 탁탁..탁타타탁 튕겨지며 12검수가 낙엽처럼 쓰러졌다.

난비(亂飛: 어지럽게 낢)의 수법으로 삿갓을 타격하는 동시에 칠성폭우(七星暴雨: 칠성이 폭우처럼 떨어짐)로 12인의 검수(劍手)를 참한 것이다.

이를 본 견무가 호각을 불자, 이백 팔십여 검수(劍手)가 갈대밭으로 흩어지며,

은밀하고도 더 없이 난폭한 파상공격이 시작되었다. 여홍이 움직이기 시작했다. 갈대가 흔들리듯 셋을 베고 땅을 접듯 여덟을 긋다, 오장씩 종횡(縱橫)하며 열넷을 참한 후 차고, 막고, 쓸고 잡아 던졌다.

돌을 차고 폐가를 무너뜨리듯 나아가던 여홍이 다시 적멸의 검운(劍雲)을 일으키며 망연한 표정을 짓는 이십 여 철립의 혼(魂)을 거두

었다.

잠시 후, 여홍은 더 이상 움직이지 않고 내공을 극한(極限)으로 끌어올렸다.

"죽어 귀신으로 태어나는 것이 우리의 소망, 마귀가 되어 마황님을 따르는 것이 저승의 법도, 아.. 지옥의 용광로는 악령을 단련하는 화로..."

갈대와 수백의 바람을 파고드는 주문 사이로 기어이 가벼운 움직임을 포착했다.

철립들과는 차원이 다른 몸놀림이었다. 지속(遲速)의 절도와 자유로움이 분명 견무였다.

여홍은 적들의 암습을 막고 역습하며, 한 번 포착한 견무의 동정을 놓치지 않았다.

얼마 지나지 않아 살수들의 시체가 백여 구로 늘어났으나, 여홍은 시종일관(始終) 쇠를 때리는 번개처럼 정확했다. 갈수록 쌓이는 시신과 추호의 틈도 보이지 않는 여홍의 모습에 견무는 마음이 급해졌다.

역수의 흑룡 전삭을 물리쳤다고는 하나, 갈대밭에 서서 공격을 유도하며 백 삼십 여(餘) 정예의 목을 끊어갈 줄은 상상조차 하지 못했다.

산을 허물 순 있어도 여홍을 잡을 수는 없어 보였다. 두꺼비 사마(四魔)가 오지 않는 한, 부하들이 다 죽으면 도망칠 수밖에 없었다. 그때,

연이어 열을 베어 넘기던 여홍이 일격에 없애지 못한 적립(赤笠)을 재차 가르려 하자,

기다리고 기다리던 견무가 여홍의 등으로 달려들며 앞뒤 없이 일도

양단의 칼을 휘둘렀다. 차가운 칼이 어깨를 훅- 파고드는 찰나 여홍이 연기처럼 사라졌고, 아차 하고 입을 벌린 견무의 목이 날아갔다.
견무의 수급을 본 살수들이 나 살려라 하며 사방으로 도망쳤다. 이어,
몸을 날린 여홍이 온평, 이정과 싸우던 대설(大舌: 큰 혀)과 갈피를 베자
호월을 공격하던 왕방울과 장족(長足: 긴 발)이 거품을 물고 달려들었으나 장족마저 목숨을 잃었다. 왕방울은 눈이 뒤집히고 가슴이 터질 것만 같았다. 사랑하는 동생들이 한 날 한 시에 싹 다 죽은 것이다.
왕방울이 이를 갈며, 빠르게 접근하는 여홍을 향해 뭔가를 던졌다. 주먹만 한 뭉치가 허공에 선(線)을 긋듯 날아오자 여홍은 내심 놀랐다.
상대는 앞서 죽은 셋과 달리 실 뭉치를 서서히 움직이는 공력의 소유자였다. 여홍이 손목을 틀어 검을 거꾸로 쥐었다. 알 수 없는 암수를 경계하며, 출기불의(出其不意)의 검(劍)을 쓰려는 심산이었다.
'음?'
왕방울이 자기 생의 마지막 투망(投網)일지도 모른다는 생각을 하며 쌍수로 반월(半月)을 그리자, 돌연 사방 4장을 덮는 그물이 만들어지며 여홍을 습격했다. 평범한 실 뭉치가 삽시간에 그물로 변한 것이다.
수많은 고수(高手)들을 무너뜨린 왕방울의 비장(秘藏)의 술법이었다.
순간,
지면에 당겨지듯 쓰러진 여홍이 세 개의 잔영(殘影)을 남기며 지면

을 밀자, 종(縱)으로 길게 누운 여홍이 바람처럼 그물을 벗어났다. 그물의 반경이 넓어 철판교(鐵板橋)로 벗어날 수 없다고 판단한 여홍이 오지추(五指推: 손가락으로 밈)를 펼친 것이다. 수공(水功) 연마 중, 물을 때려 파도를 피한 오지추(五指推)로 그물을 탈출한 것이다.

첫 잔영을 그물이 덮칠 때, 두 번째 잔영이 만들어졌고 두 번째 그림자가 사라질 때

땅에 막혀 퇴로가 없어진 여홍이 벼락같이 지면을 밀며 위기를 벗어난 것이다. 여홍을 놓친 그물이 빈 땅을 때렸고 먼지가 풀풀 일었다.

그간의 적들은 모두 쉽게 잡혔기에 크게 놀란 왕방울이 부랴부랴 그물을 회수하는 찰나 머리 위로 거대한 그림자가 괴조처럼 덮쳐왔다.

위험을 직감한 왕방울이 그물을 냅다 던지고, 쌍장을 들어 자기의 절초(絶招) 「천방지방(天方地方: 매우 덤벙댐)」을 있는 힘을 다해 쳐냈다.

언뜻 허둥지둥 하는 것처럼 보였으나, 상대를 일순 방심하게 만든 후, 좌장(左掌)으로 상대를 때리는 동시에 우장(右掌)을 펼칠 것 같은 동작으로 소매 속의 비수를 날리는 사악하기 이를 데 없는 암수였다.

그러나 좌장을 흘린 여홍이 벼락같이 일검수혼(一劍收魂)을 내리 긋자 눈을 뜰 수 없는 검광(劍光)이 비스듬히 왕방울의 머리를 그어갔다.

순간, 어디선가 훅훅훅훅 네 개의 비수(匕首)가 검과 허리로 날아들었고 여홍이 체공하듯 막아내며 내려서자, 칠십 후반의 황의 노인이

들이닥쳤다.
여홍이 섬광(閃光)을 폭사하며 노인을 쓸어볼 때, 숨이 멎어버린 왕방울이
"사부님!"
하고 땅바닥에 무릎을 꿇었다. 황의 노인이 왕방울을 잠깐 내려다 보고 몸을 돌리며 더 할 수 없이 정중하게 포권(抱拳)의 예(禮)를 취하였다.
"여대협,
나는 황와(黃蛙)라 하오. 4마의 사부요. 보아하니 셋이 죽고 하나만 남았소. 죽어야 할 놈인 건 분명하나, 온정을 베풀어 주실 순 없겠소?
놈들이 내게 독약을 먹이고 흑립방에 들어가 악행을 저지르고 다녔소이다. 이십 년 만에 간신히 무공을 회복하고 놈들을 찾아 나선 것이오.
천하를 어지럽힌 죄는 다, 나의 불찰이오. 놈의 무공을 거두고 악을 행하지 못하게 하리다. 부디 넓은 아량으로 목숨만은 살려주시오."
하고
배를 차자 퍽 소리와 함께 세 사발의 피를 토한 왕방울의 얼굴이 하얗게 탈색됐다. 제자의 기해혈(穴)을 파괴해 무공을 거둔 것이다. 황와는 정사(正邪) 중간의 인물로, 전삭과 같은 연대의 기인이었으나,
무(武)의 고하(高下)로 결정되는 무림의 서열과 율법을 따른 것이다.
조금 전,
비수에 살기가 없었음을 아는 여홍이 검을 거두자, 황와가 예(禮)를 표한 후 왕방울을 잡고 뛰어오르며 눈 깜짝할 사이에 숲속으로 사

라졌다.

왕방울을 놓아준 뒤, 또 한 무리의 무사들이 들이닥쳐 놀랐으나, 다행히 높새 일행이었다.
마차가 2시진이 지나도록 약속 장소에 나타나지 않자, 달려온 것이다.
여홍이 이하교(橋) 입구를 홀로 막고 있던 두약에게 몸을 날렸다.
"사매!"
두약이 흐트러진 머리카락을 매만지며 웃었다.
"몇 군데 상처를 입었지만 괜찮아요. 이 피는 대부분 살수들의 피예요."
호월은 온평 옆에 있는 딸을 안고 눈물을 흘렸다. 그녀는 더 이상 잔인했던 음산(陰山)의 호월이 아니라 딸만 바라보는 평범한 엄마였다.
"이것아, 이렇게 위험하니까 강호에 나오지 말자고 얼마나 말렸니?"
이정이 몸을 살짝 틀며
"전 괜찮으니까 오라버니 좀 봐주셔요."
하자 호월은
'아니, 이것이 제 어미 걱정은 안하고 저 말쑥하게 생긴 녀석만 챙기고 있네. 자식 키워 봐야, 하나 소용없다더니 딱 맞는 말이네. 에구, 내 팔자야.'
하며 살펴봤다. 이정이 온평의 눈길에 쑥스러운 듯 호월을 돌아보았다.
"전 이제 아이가 아니니, 걱정 마셔요."

높새는 제호에게 마차를 몰고 이하교(橋)를 건너라 지시하고 토왕귀, 방혁 가족과 함께 여홍, 두약, 온평이 쉬고 있는 곳으로 갔다. 높새는 호월선자와 이정을 처음 보는지라 여홍에게 소개를 부탁했다.

여홍이, 전삭과 하간오노와 철연방의 공격을 받을 때 하간오노의 대노와 전노를 해치워 전세를 역전시킨 호월(狐月)과 딸 이정이라 소개하자,

높새와 요이화 등은 호월선자라는 별호를 듣자, 이십 년 전 음산(陰山)에서 악명을 떨치던 호월선자가 느닷없이 나타나자 깜짝 놀라며 긴장하였으나, 여홍의 설명에 안도하며 호월에게 다가가 인사를 했다.

"상하운장의 다물장 높새라고 합니다. 선자님을 뵙게 되어 무한한 영광입니다.

저희들에게 너무도 큰 은혜를 베푸셨습니다. 대단히 감사합니다."

"저는 부여의 토왕귀라고 합니다."

"여협, 저는 방혁이라 하며 여긴 처(妻) 요이화와 아들 방성, 딸 방초입니다."

하고 인사를 하자, 여협이라는 말에 어색해진 호월선자가 한숨을 쉬며 말을 돌렸다.

"내가 강호에 나온 건 목숨 걸고 딸을 구해준 국관, 온평 소협을 돕기 위해섭니다.

얼핏 보니 마차에 실은 재물이 15억만 냥은 될 것 같소. 이를 제후들이 알았다면 가만있지 않았을 거외다. 상하운장이 중립지대라 하나

연, 조, 제, 번조선, 동호, 흉노의 상인과 강호 무인들이 거리낌 없

이 들락거리는 지역이지요.

운장 내의 방파들 외(外)에 더 큰 문제는 운장 밖 녹림의 무리에요. 흑도(黑道) 세력은 인근의 여러 나라에 거미줄처럼 침투해 있고 정보망(網)도 극히 넓어 그들의 눈을 속이는 것은 매우 어려운 일입니다.

나도 흑립방까지 나설 줄은 상상도 못했소. 하간오노의 주인 전삭과 4마의 스승 황와(黃蝸)는 중원제일 참수도(刀)를 능가하는 전설의 기인들이오.

오늘, 신협(神俠)이 아니었다면 모든 일은 수포로 돌아갔을 것이외다."

높새 등은 그제야, 북연귀 전삭이 여홍에게 패했으며 황와가 제자를 살리기 위해 몸을 굽힌 사실

그리고 철립 백오십 여 명과 견무가 이하교를 떠도는 혼(魂)이 되었음을 알고 혀를 내두르며 탄성을 토했다. 높새가 눈을 빛내며 대답했다.

"살필진(津) 까지 얼마 남지 않았습니다. 더욱 각별히 조심하겠습니다."

현무와 용가의 전쟁

단군께서 일찍이 진조선(- 신조선)을 오가(五加)로 나누어 다스렸는데
천상의 4대 신장(神將)과 대웅좌(座)를 본받아 동(東) 청룡, 서(西) 백호, 남(南) 주작, 북(北) 현무 그리고 중앙 웅가국(國)으로 이름을 지으셨다.
이는 천상의 세계를 이 땅에 그대로 실현하기 위해 그리한 것으로 지도(地道)가 천도를 따르듯 인도(人道) 역시 천지의 도를 따라야한다는 뜻이다.

현무가(玄武加)는 최초, 주인씨(氏)가 다스렸다. 4대 신수(神獸)의 하나인 현무는 북방에 위치하며 명계(冥界)와 이승의 문을 지키는 수문장이다.
때문에 현무국(國)의 선인들은 선계를 수호하는 임무를 지니고 있었으며, 그 탓인지 현무는 다른 4가와는 달리 현묘하고 기이한 무공

이 많았다.

그러나 2천 년의 긴 세월이 흐르자 현무 역시 다른 가(加)와 마찬가지로 수행을 게을리하고 부패해져 점차 삼신의 도를 잃어가고 있었다.

대선인 유위자는 제11 대(代) 단제 도해님의 「태자 스승」이었다. 그는 선교의 교리를 집대성한 분으로 지금의 가한 유위해는 그의 후손이었다.

오늘도 유위해는 후원의 숲에서 주살(- 새잡는 기구)과 그물로 새를 잡고 있었다. 숲은 볕이 좋고 바람이 잘 통해 늘 많은 새들이 날아들었다.

유위해는 새 잡는 것을 무척이나 좋아했다. 활을 쏘아 잡기도 하고 들에 그물을 쳐서 잡기도 했는데, 궁 안의 후원에도 가끔 그물을 쳐서 새들이 뽐내며 날다 툭 걸려들면 손뼉을 치며 즐거워했다. 새 잡는 기술은, 그 누구도 자기를 따를 수 없으리라 자부하는 사람이었다.

'하늘의 새라 해도 나의 천라지망(天羅之網)은 빠져나가지 못하지. 흐흐흐..'

한 시진이 지나, 새들을 잡고 그물을 거두려 할 때 돌연 금빛 새 한 마리가 휙 지나다 그물에 걸렸다. 처음 보는 새였다. 유위해는 눈이 휘둥그레졌다.

시종들도 금새를 보고 놀라 숨을 죽인 채 가한과 그물을 번갈아 보았다.

새는 기가 막히게 예쁘고 눈부시게 탐스러웠다. 온 몸에 감동의 기운이 짜르르 흘렀다.

'뭐지?

여태 한 번도 본 적 없는 애다. 음, 옛날 환웅님이 신시(神市)를 세우시고 만년에 귀허(歸虛: 신선들이 사는 곳)를 건설하셨다는데 그곳에 신기한 새들이 살고 있다고 들었다. 어쩌면 거기 사는 아인데 길을 잃었을지도!'

하고'

마음대로 상상하는 사이 금새가 퍼덕거리며 그물을 벗어나 북쪽으로 휙 날아가 버렸다.

"저, 저, 저런! 빨리 잡아라!"

유위해가 발을 동동 구르며 거품을 물고 거위처럼 꽥꽥 소리를 질렀다.

"말을 끌고 오너라!"

내관이 말을 가져오자 그물을 들고 말에 오른 유위해가 새가 날아간 방향으로 정신없이 말을 몰았다. 내관과 시종들이 깜짝 놀라 외쳤다.

"혼자 가시면 안 됩니다!"

그러나 금새에 넋이 나간 가한은 멀어져만 갔다. 가한을 그림자처럼 따르며 호위하던 귀갑군(軍) 서을과 양병, 형정 셋이 허겁지겁 뒤를 쫓았다.

태감(太監) 이유는 귀갑군 대장 구태에게 급히 이 사실을 알렸다. 이유와 내관 채오, 구태는 무사 백 명을 이끌고 어둠이 내릴 때까지 가한의 뒤를 쫓았으나 가한과 세 호위는 그 어디에도 보이지 않았다.

태감 이유는 마음이 급해졌다.
"허, 도대체 어디로 가셨을까?"
구태가 말했다
"더 이상 달릴 수 없습니다. 대사자님께 알리고 병사들을 동원해 찾아야 합니다."
"그리합시다."
대사자 기천이 보고를 받고 수비군(軍) 읍차 초달과 유금을 불러 3천 군사로 가한을 찾으라 했다. 그러나 밤새도록 가한이 간 방향을 수색했으나
어쩐 일인지 가한 뿐 아니라 뒤를 쫓아간 무사 세 명까지 행방이 묘연했다.
기천은 이유를 나무랐다.
"태감, 아사달 싸움 이후 부여국 해모수와 용가 사오가 우리를 호시탐탐 노리고 있는데, 새만 갖고 놀고 있다니 태감은 말리지 않았소?"
이유가 기가 차다는 표정으로 대답했다.
"모르시는 말씀입니다. 가한께선, 새와 노는 걸 간섭하면 누가 되었든 벌을 내리는데 가한이 새를 따라간 게 어찌 우리 탓이란 말입니까?
우리는 그저 가한의 손발일 뿐입니다. 가한이 시키는 대로 할 뿐입니다.
그간, 엄청난 돈을 들여 만금장(萬禽莊)을 만드시는 걸 보고도 모두들 못 본 척 하지 않았습니까. 어찌 힘없는 저희들만 나무라십니까?"
기천은 더 할 말이 없었다. 그의 말에 틀린 것이 없었기 때문이었

다.
사실 그는 가한이 누구도 못 말릴 정도로 새를 좋아한다는 것을 잘 알고 있었다.
조이(鳥夷)의 후예라 그럴 거라 생각할 수밖에 없었다.
일찍이 유위해의 어머니 자녕태후는 어려서부터 수(繡) 놓기를 좋아했고, 그녀가 놓은 수(繡)에는 산과 꽃과 새들이 살아있는 듯 했다. 어느 날 태후가 수를 놓다 깜빡 잠이 들었는데 창(窓)으로 새 일곱 마리가 들어왔고
태후가 다가가자 다 날아갔는데 귀여운 아기 새가 태후의 손바닥에 올라앉아, 어머- 하고 눈을 뜨니 꿈이었다. 그 후 지금의 가한을 낳았다.
그래서인지, 유위해는 어려서부터 마당에 모이를 뿌려놓고 새들이 내려와 먹는 걸 손뼉을 치며 좋아했다. 새들도 유위해에게 적의가 없음을 알았는지 날아와 어깨 위나 머리, 손바닥에 앉을 정도였다. 유위해는 대신들의 별명을 새의 특징에 맞추어 다음과 같이 붙이기도 했다.
대사자 백학, 수문장 뱁새, 병부사자 해동청, 예부대신 앵무새, 감찰어사 올빼미..
그 후
가한이 되고 덜 하나 싶었는데 아사달 싸움 이후 정사에는 싫증을 내면서,
엄청난 재정을 쏟아 기성궁(宮) 한쪽에 전각보다 더 큰 만금장(萬禽莊)을 지어 새를 길렀다.
또 새를 직접 잡기도 하고 사들이기도 해, 궁에 팔기 위해 새를 잡으러 다니는 백성들이 많아졌고, 재정은 새를 사고 기르는 비용까지

부담하느라 어려워졌다. 참다못해 한 신하가 가한에게 간언(諫言)하기를
"가한, 해모수나 사오가 쳐들어오면 장수들에게 새를 데리고 싸우라 명(命)을 내리소서."
가한은 대노했다.
"감히 나를 조롱하다니. 여봐라! 이놈을 끌어다 참수하고, 만금장에 던져라!"
신하는 그 날로 죽임을 당했고 그 후로는 모두 입을 꼭 다물어 버렸다.

그들은 가한을 찾지 못해 애태우며 뜬 눈으로 밤을 새웠다. 다음날 새벽, 가한을 쫓아간 무사 서을이 돌아왔다. 서을이 기천에게 보고했다.
"임가산(山)까지 갔으나 가한이 보이지 않아, 세 방향으로 나누어 저는 동쪽, 양병은 서(西), 형정은 북으로 향하였습니다. 밤새 위택(葦澤)까지 달려갔으나 가한을 발견할 수 없어 돌아올 수밖에 없었습니다."
기천은 초달과 유금에게 계속 찾아보라 이르고 기성궁으로 들어가 왕비 난지를 찾았다. 난비는 놀란 모습이었고 잠을 못 잤는지 안색이 초췌했다.
"어서 오세요. 기다리고 있었습니다. 가한을 찾으셨나요?"
"찾지 못했습니다. 그러나 대대적으로 수색을 하고 있고 각 성에도 파발을 띄워 찾으라고 영을 내렸으니 곧 행방을 찾아내지 않겠습니까?"

"행여, 가한의 신변에 일이 생기면.."
"너무 심려하지 마십시오. 가한께서는 반드시 돌아오실 것입니다."
그러나
석 달이 지나도 가한이 돌아오지 않아, 태자 유학명이 대사자 기천과 함께 국정을 처리해 나갔다.
현무가는 평야의 상당 부분을 해모수에게 빼앗긴 후 힘이 약해져 있었기에 현무를 집어삼키기 위해 늘 기회를 엿보고 있던 용가의 간자들은
유위해가 사라져 권좌가 비었다는 소식을 용가국 사오가한에게 보고했다.
사오가 대신들을 소집했다.
"흐흐흐흐흐, 유위해가 드디어 미쳐서 새를 따라 갔다는구나. 지금이 현무국을 손에 넣을 절호의 기회인 것 같은데, 어찌들 생각하느냐?"
병부사자 전채가 나섰다.
"저에게 5만 병사를 내어주시면 현무국을 무너뜨리고 돌아오겠습니다."
사오는 매우 기뻤다. 전채는 바로 과거 다물의 난을 평정한 노장이다. 사오가 매우 흡족한 얼굴로 그를 대장군(大將軍)에 임명하려 하자
"가한, 어찌 작은 일에 병부사자가 직접 가신다는 말입니까? 제가 「늙은 거북이」를 잡아오겠습니다."
하며 나서는 자가 있었는데 상노박이었다. 사오가 대견한 듯 만면에 미소를 띠었다.
"현무가(玄武加)는 약해 보이나 천 년이 넘는 역사(歷史)를 지녔다.

가벼이 보아서는 안 될 터..”
상노박이 씩씩하게 대답했다.
“군령장을 써놓고 가겠습니다. 패(敗)하면 제 목을 내놓겠습니다.”
이에,
사오가 기특하게 여기며 상노박을 대장으로 막, 임명하려고 할 때
“가한, 안됩니다!”
소리에 모두 돌아보니 뒤 줄 제일 끝에서 젊은 장수가 앞으로 나섰다.
도위 전소채였다. 토벌 장수로 임명되려는 순간 전소채가 느닷없이 방해하자, 상노박은 화가 치밀어 올랐다.
“소채야, 어찌 네가 어른들의 일에 버릇없이 나서는 게냐?
전소채가 말했다.
“현무는 용기만으로는 이길 수 없습니다. 병법을 잘 아는 제가 가겠습니다. 정작 패하고 나면 그깟 군령장 뭐에 쓰겠습니까? 군령장은 저도 얼마든지 쓸 수 있습니다.”
이 말에 상노박이 대노했다. 평소 전채로부터 소홀한 대접을 받고 있던 터에 그 자식까지, 병법 운운하며 나서자 도저히 참을 수 없었다.
“그럼 너는 병법을 그리 잘 알아서 네 멋대로 해모수를 잡겠다고 설치다가,
창해신검에게 겁을 먹어 흑룡기 1천기를 내버리고 개처럼 도망쳤느냐? 네가 안다는 병법(兵法)이라는 게, 너만 살겠다고 그 아까운 병사들을 객지에서 죽이고 장례(葬禮)도 안치러주고 도망치는 것이더냐?”
언제까지나 감추고 싶은 일을 상노박이 질타(叱咤)하자, 전소채는

말문이 막혔다.

자다가도 그때만 떠오르면 벌떡 일어나 창해신검을 씹어 먹고 싶어 이를 갈아왔다. 전소채가 군영을 이탈해 1천 기병(騎兵)을 죽이고 군법에 의해 죽게 된 걸, 아비 전채가 사오에게 엎드려 용서를 받은 후

"전소채는 해모수의 수천 근위대를 죽여 용가의 용맹을 떨치고 돌아왔다."

고 했다.

내막은 모두가 알고 있었으나 전채의 위세가 두려워 입을 다물고 있는 상태였다. 전소채는 상처를 들추는 상노박이 미웠으나 할 말이 없었다.

"장군은 어찌 다 지난 일을 꺼내시오?"

하고 자리로 돌아갔다.

현무국을 정벌하는 데는 이것저것 도리나 따지는 선장(仙將)보다 다물의 난을 평정했던 전채와 같이, 교활하고 냉혹하기 이를 데 없는 전소채가 제격이라 생각한 사오가 전소채를 다시 불러 영(令)을 내렸다.

"소채, 병사 5만을 내어 줄 터이니 반드시 현무국(國)을 점령하고 돌아오라. 만일 패하고 돌아오면 지난 일까지 함께 책임을 물을 것이니라."

전소채는 뛸 듯이 기뻐했다.

"가한, 목숨을 걸겠습니다.

"전소채를 흑룡장군에 명하노라. 굼보는 선봉, 용구는 부장으로 현무국을 토벌하라."

이 소식은 세작들을 통하여 즉시 현무국 도성 대귀성(城)에 전해졌

다.
가한 대신, 국정을 맡아보던 태자 유학명은 대사자 기천 이하 대신들을 모두 불러들였다.
"사오는 일찍부터 단제의 자리에 오르기 위해 강병을 길러 왔는데 가한께서 자리에 없는 걸 알고 공격해오는 것이오. 어찌하면 좋겠소?"
병부사자 푸라라가 말했다. 그는 만검성주를 역임하다 도성으로 올라와 있었다.
"용가(龍加)는 5만이 모두 정예병으로, 우리 군은 대부분 서변의 부여를 지키고 있어 그곳 병력을 빼서 돌려야 되는데, 어찌 해야 하오?
아무래도 웅가(熊加), 호가, 주작가에 도움을 요청하는 것이 좋을듯 합니다."
사자 바이리가 말했다.
"도움도 도움이지만, 대장(大將)을 임명하는 게 먼저일 것 같습니다."
읍차 카라가 나섰다. 카라는 늘 자기 부족의 검은색 복장을 하고 다녔다.
"제가 용가군을 상대하겠습니다."
카라는 노장(老將)이었다. 태자는 그라면 믿을 수 있다고 생각했다.
"카라 장군을 원수(元帥)로 하고 읍차 초달과 유금을 부장으로 임명하겠소."
사흘 후,
장군 카라는 병사 2만을 이끌고 출병했다. 며칠 뒤 태자가 대신들을 불러놓고 말했다

"웅가, 호가, 주작가에서 회답이 왔소. 주작국은 한마디로 거절했소."

주작가를 믿고 있던 대신들은 깜짝 놀랐다.

사돈을 맺은 주작국이 용가의 배후를 치면 용가도 어쩔 수 없이 철군하리라 추측했던 터였다. 그러나 태자의 다음 말은 더욱 놀라웠다.

"주작국은 요작미와 염방이 국정을 좌우하고 있는데, 태자 우광과 동생 우화를 죄인으로 몰아 유배시켰습니다. 사오가 거병(擧兵) 전 염방에게 뇌물을 안겨주었다 하며, 태자비 오희가 이번에 사자들과 함께 돌아왔습니다."

사자 바이리가 물었다.

"호가, 웅가는요?"

"호가는 연(燕)과 대치하고 있는데, 몇 달 전 용가의 대사자 포열이 연에 방문해 대왕 희에게 황금을 주며 조선의 서쪽을 공격해 달라고 부탁했답니다.

때문에 백호국과 동호국이 함께 연합해 연군(燕軍)을 상대하고 있습니다."

사자 바이리가 개탄했다.

"구이원 문제를 중원과 내통하며 다른 나라 군대까지 끌어 들이다니."

모두 사오의 용의주도함이 무섭게 느껴졌다. 읍차 서을이 조심스럽게 물었다.

"웅가는 어떻습니까?"

태자가 쩝- 입맛을 다시며 말했다.

"그나마 읍차 용치가 병사 5천을 데리고 올 것이라 합니다. 웅가의 패여 가한이 늙어 그간, 정사(政事)를 대신해오던 을소님이 최근에 돌아가셨으나, 태자 패하는 주색에만 빠져있어 더 말이 아니랍니다."
모두들 생각해보니 조선의 앞날이 캄캄하게 느껴졌다. 고열가 단제 퇴임 후,
입으로는 오가(五加)가 공화정을 편다 하였으나, 말이 공화정이지 만나기만 하면 서로 싸우고 툭하면 칼을 들고 눈을 부라렸다. 힘으로만 보면 용가의 사오가 당장이라도 단제의 자리를 쟁취할 것이었으나
그나마 정사를 틀어쥔 진조선 대보 남후의 노회함이 조선을 유지하고 있었다.
남후가 가한들에게 말했다.
"조선은 신국(神國)입니다. 신물(神物)이 있어야만 구이원 백성들의 지지를 받을 수 있습니다. 단제가 되시려면 천부인 3개 중 어느 하나를 찾아오거나 최근 사라진 금척(金尺)이나 금규(金規)를 가져오시고
그동안은 오가가 협력하여 공화정(共和政)을 펴주십시오. 저와 조정 대신들이 일심으로 돕겠습니다."
그 후
오가(五加)는 단제의 금위대장 상도가 갖고 사라진 금척을 찾기 위해 고수들을 파견했고
마침내 동예에서 상도를 잡았으나 상도가 금척(金尺)의 소재를 실토하지 않고 매가성(城)에서 죽은 후, 금척은 사라지고 누구도 찾지 못했다.
대노한 사오가 상도의 시체를 지네들 법으로 던졌다는 소문까지 떠

돌았다.
사오는 대보 남후의 태도에 뿔이 났다.
"사라진지 수천 년이나 된 천부인과 금척, 금규를 찾아오라니 말이 되는 소린가.
시간낭비하지 말고 얼른 단제를 선출합시다. 그렇지 않으면 대군을 몰아 웅가를 치고 장당경을 쓸어버리겠소. 한울님은 무슨 썩어빠진 한울님! 단제가 제대로 했으면 신국이 이리 되었겠나. 대보는 당장 나를 추대해 주시오. 그러면 남후 당신을 부단제로 임명하겠소. 어떻소?"
남후는 더욱 몸을 낮추었다.
"가한,
그리하면 다른 사가(四加)뿐 아니라, 번조선, 마한, 흉노, 동호, 동북옥저, 동예, 읍루 등 열국이 들고 일어날 것이니 쉽지 않을 것입니다.
가한, 조금만 기다리시지요. 모두 용가를 두려워하고 있으나 잊고 계신 것이 있습니다.
조선은 환웅천황께서 조국(肇國)하신 선교의 나라이니 선문의 지지도 필요합니다. 가한께서는 칠대선문 중 몇 군데가 지지해줄 것 같습니까?"
뜻밖의 질문이었다.
평소, 도인들을 게으르고 헛소리나 하는 무리로 여기고 무시해왔기에, 자기를 도와줄 선문은 한 군데도 없을 것 같았다. 그들과 척을 진지 오래였다.
사오는 내심,
단제가 되면 뜬구름 속을 헤매는 도인들과 선문을 쓸어버릴 생각을 하고 있었다. 중원과 같이 힘이 최고의 도(道)라고 생각하던 터였다.
"도는 무슨 얼어 죽을 놈의 도, 힘을 가진 내가 바로 도(道) 자체니라!"
그 후부터 사오는 오가회의를 무시했다.
회의에 나가지도 않고 대사자 포열이나 욕살들을 대신 보내며 오가를 무력으로 하나씩 장악해 가기로 마음먹었다. 무력을 한층 강화하고,
각국(各國)에 돈을 뿌리고 대신을 매수하거나 말을 듣지 않으면 암살했다.
금새 때문에 가한의 자리가 빈 현무국도 권력을 잡으려는 대신들 간의 암투(暗鬪)로 일사불란한 전투태세를 갖추지 못하고 있는 상태였다.

전소채는 선봉 굼보, 부장 용구가 이끄는 3천 병사를 앞세워 현무국(國)의 십여 개 성을 점령했다.
현무국 대장군 카라는 좌두성(左頭城)에서 용가군을 기다리기로 했다.
좌두성은 성벽이 높고 벽이 두꺼웠다. 해자(垓字)는 깊고 치(雉: 활을 쏘기 위한 돌출부)가 정교해 수성하기 용이했으며 식량, 마초도 충분했다.
현무국은 도성 대귀성(城)의 동쪽에 좌두성, 서쪽에 우두성(城)이 있었다.
대귀성에서 갈라진
「현무의 두개의 뱀 머리 격」인 좌, 우두성이 입을 쫙 벌리고 지키는

모습이었다.
이 성들이 무너지면 즉시 대귀성이 위태로워지는 전력적 요충지였다.
전소채가 좌두성에 들이닥친 후 채찍으로 성루의 카라를 가리키며 외쳤다.
"카라, 항복하시오. 가한도 집을 버린 마당에 충성을 해서 무엇 하겠소?"
카라가 내려다보고 수염을 쓰다듬으며 어린 아이를 타이르듯 말했다.
"어른이 잠시 안 계시다고 나라를 어지럽히고 백성들을 살육하다니, 천인공노할 일이니라. 아이야, 얼른 말머리를 돌려 집으로 돌아가라."
카라가 자기를 애 취급하자 전소채가 노해, 굼보에게 공격하라 명했다. 굼보와 영구가 궁수대를 포진해 성 위로 화살을 쏘자, 이를 본 카라가
방패를 세우라고 소리치자 성벽 위로 크고 넓적한 방패차(車)들이 늘어섰다.
방패 앞엔 짚단이 쌓여있었는데 용가군이 날린 화살들이 짚단에 무수히 꽂히자, 카라의 병사들이 고래고래 소리쳤다.
"하하하하하하.. 고맙다, 소채야! 화살을 보내줘서!"
이에, 전소채가 기가 막혀 화가 끓어오를 때, 카라가 영(슈)을 내리자 성벽 위에 미리 배치해 놓은 천 개나 되는 쇠뇌 틀이 작동했다.
"씽!"
"쌩!"
"훅!"

"휙!"

"…."

카라의 화살들이 용가의 병사들을 부지기수로 쓰러뜨렸다. 쇠뇌는 사거리가 활보다 길고 살상력이 강했다. 전소채가 다급히 후퇴했다.

"방패!"

굼보의 지시에 용가군도 전신(全身)을 가릴 수 있는 큰 방패를 세웠고, 잠시 숨을 돌린 전소채가 다시 공격을 지시했다.

"공격!"

소리와 함께

비석기(飛石機) 부대가 돌을 날리자, 병사들이 방패수레를 앞세우고 운제(雲梯: 긴 사다리)와 파성추(破城椎)를 밀고 성을 향하여 돌진했다.

"와!"

수천 병사가 성벽으로 달려가 사다리를 붙이고 벽을 기어오르기 시작했다.

병사들이 벌떼같이 달라붙어 올라가자 현무군도 활을 쏘고 작대기로 사다리를 밀면서, 돌과 통나무를 던지고 끓는 기름 물을 쏟아 부었다.

"악!"

"윽!"

"앗, 뜨거!"

"큭!"

"…."

전소채는 사흘간 십여 차례 공격했으나 성은 끄떡없었고 많은 사상자를 냈다.

전소채는 장기전을 생각하며 군대를 뒤로 물렸다. 전소채가 흑선(黑仙)과 읍차 굼보, 용구, 목곤, 실하, 변두와 군관 필륵, 철극 등을 불렀다.

"좌두성은 철벽이오. 며칠 동안 많은 피해를 봤소. 어찌하면 좋겠소?"

굼보가

"카라는 백전노장인데다가, 철저한 대비를 한 것 같습니다. 그리고 좌두성은 병력과 마초(馬草)가 충분하답니다. 아무래도 단시일에는 좀.."

이라 하자, 전소채가 눈에 불을 켰다.

"백전노장은 무슨! 도대체 뭔 소릴 하는 거요. 내 보기에 곧 죽을 늙은이던데! 장군이 되어서, 병사들의 사기나 떨어뜨리는 말을 하다니!

핑계만 찾지 말고 대책을 말하시오. 무슨 수를 쓰든 성을 함락시켜야 하오."

굼보는 오랫동안 사오를 모신 노장이었다.

'흥, 이놈이 애비를 믿고 안하무인이로군!'

부하들 앞에서 핀잔을 들은 굼보는 심히 못마땅했으나 도리가 없었다.

부(副)선봉 용구가 건의했다.

"성벽 높이의 탑(塔)을 쌓아 공격하는 건 어떻습니까?"

전소채는

'저들이 성 안에 틀어박혀 나오지 않으면, 흑룡기가 있다한들 아무 쓸모가 없다. 다행히도 공성장비와 목공 기술자를 데려오지 않았는가.'

하고

"용구는 즉시 탑을 만들되, 현무의 백성들을 보이는 대로 잡아 일을 시켜라."

영(令)을 내린 후, 굼보에게 5천 병사를 주며

"좌두성 서북 오십 리에 무자산성이 있는데, 좌두성과 쇠뿔의 형세를 이루고 있는 성이니 점령해야 하오. 오늘 밤 그곳으로 출발하시오."

굼보가 놀라며 말했다.

"장군, 5천으로 어떻게 무자산성을 공격한다는 말이오. 지세도 험하고 무자산성의 읍차는 소도 출신의 지장(智將) 염축으로 병력도 5천이나 되오. 그리고 함부로 병력을 나누는 건 적절치 못하다 생각하오."

전소채가 이마를 찡그렸다.

"장군,

내 안배한 바가 있소. 가한께서 동예 왕에게 병력을 동원하라 하셨소. 매궁이 1만을 이끌고 산성으로 가고 있으니, 힘을 합치도록 하시오.

그리고 무자산성으로 가는 길의 촌락들을 모두 초토화 시키시오. 남자는 어른, 아이 할 것 없이 죽여 씨를 말리고 여자들만 잡아오시오."

굼보는 전소채의 지시에 귀를 의심했다. 즉시 항의했다.

"대장군.

그건 너무 심하지 않소? 적들만 해치우면 되지, 굳이 항복하는 사람들까지 죽여서야 되겠소이까? 잿더미 땅을 정복해서 무엇 하겠소? 그리고 그들 역시 삼신(三神)을 믿는 조선의 백성들이외다."

전소채는 얼굴이 붉으락푸르락해졌다. 시라소니 같은 목소리로 짖어댔다.
"뭐, 뭐요?
삼신(三神)을 믿는 백성? 장군은 근본적으로 잘못된 생각을 갖고 있소!
적을 무너뜨리는 데에 공포보다 중요한 것은 없소. 장군은 내가 시키는 대로만 하면 될 것이오. 만일, 명을 어기면 군법대로 하겠소이다!"
전소채가 군법(軍法)을 들고 나오는 데는 굼보도 어쩔 수 없었다.
"알겠소."
하고 무자비한 살인과 방화를 저지르며 현무국을 침략해 들어갔다. 용가의 만행이 전해지자 현무국은 삽시간에 공포의 도가니로 변했다.
태자(太子) 유학명은 즉시 병부사자 푸라라와 대사자 기천을 불렀다.
"전소채가 백성을 살육하고 있습니다. 저들은 우리와 동류의 인간이 아닌 것 같소."
푸라라가 한탄했다.
"세작들로부터 알게 된 것이 있습니다. 용가에는 가달마교 신봉자들이 많으며,
사오는 정사(正邪)를 가리지 않고 중원의 사마외도까지 불러들이고 있답니다.
전소채는 중원에서 못된 짓을 하던 병부사자 전채의 아들로, 중원 칠국(七國)이 수백 년간 저질러 온 악행을 지금 저지르고 있는 겁니다."

태자가 한숨을 쉬며 심각한 표정으로 말했다.
"언제까지 손 놓고 학살을 지켜봐야 합니까?"
기천이
"무자산성으로 귀갑군 5천을 보내야 할 것 같습니다."
고 하자
푸라라가
"그럼,
전소채의 함정에 빠지게 됩니다. 그리고 귀갑군은 도성(都城) 수비군(軍)인데 무자산성(山城)으로 보내고 나면 도성은 누가 지킵니까?"
하고 반대하자 태자는 생각을 바꿨다.
"읍루의 악탕가 가한께 부탁하면 어떨까요. 악탕카 가한은 장당경 소도와 경당에서 아버님과 동문수학한 사이로 친분이 두텁습니다. 서한을 보내 사정을 이야기하고 구원병을 보내달라고 청해보겠습니다."
대신들은 아무리 머릴 굴려도 달리 의지할 곳이 없었다. 푸라라가 찬성했다.
"그리 하시지요."
태자는 즉시 사자를 읍루국(國)에 보냈다.
굼보는 촌락들을 불 지르고 살육해가며 무자산성에 도착했다. 용가의 만행에 치를 떤 산성의 5천 병사와 백성들은 결사항전의 자세로 임했다.
다음날 동예의 매궁이 1만을 이끌고 왔다. 매궁은 매루의 아들로 한 때 용가에서 무공을 배웠다. 그는 용가의 무공뿐만 아니라, 전소채의 밑에서 사마외도의 무리와도 교류하면서 그들의 무술도 배웠다.
주먹질과 칼 쓰는 법이 한층 더 매섭고 잔인해져 단번에 사오의 눈에 들었고 그 후 동예로 돌아가 읍차가 되었다. 매궁은 굼보와는 구면이었다.
"장군, 오랜만에 뵙습니다."
"오, 어서 오게. 자네를 기다리고 있었네."

무자산성의 염축은 오십이 넘은 노장이었다. 그는 용가 5천과 동예 1만이 합류한걸 보고 명했다.
"저들의 수에 겁먹지 마라. 우리 성은 배달국(國) 시절에 지어진 난공불락(難攻不落)의 성이며 그 후로 여러 차례 성을 두껍게 보수해 왔다.
성벽은 절대 허물어지지 않는다. 상황을 지켜보며 임기응변할 것이다."
굼보와 매궁이 연일 무자산성을 공격하였으나 염축은 밖으로 한 걸음도 나오지 않았다.
굼보는 병사들을 시켜 한 달이 넘도록 싸우지 않는 염축을 조롱했다.
"겁쟁이!"
"쥐새끼!"
"지지배"
그러나 그 어떤 욕을 해도 겁먹은 강아지처럼 나오지 않자, 그들도 조금씩 해이해지면서 밤이면 보초 몇 명만 세우고 두 다리 쭉 뻗고 큰 대자로 잠을 잤다.

한편, 좌두성을 공격하는 전소채는 탑(塔)과 사다리, 방패수레, 투석기를 여러 대 만들었다.

거대한 공성탑은 특히 위협적이었다. 한 달이 지나니 각종 장비의 위용이 드러나기 시작했다.

좌두성 성루에서 대장군 카라가 용가군을 멀리 지켜보다 초달에게 명했다.

"저 탑들이 우리 성보다 높군. 그대로 두었다간 큰일 나겠소. 오늘 밤은 구름이 무겁고 달도 없을 것이오. 그리고 비도 내릴 것 같으니 삼경(三更)에, 오백 군사를 거느리고 저 공성기들을 불살라 버리시오."

"네!"

이어 유금을 불렀다

"유금은 1천 기(騎)를 대기시켰다가 초달이 불을 지르면 남문으로 나가 용구가 있는 진영을 불화살로 공격하되, 너무 깊이 들어가지는 말고 기세만 올리다가 북문(北門)으로 달려 초달과 합류해 돌아오시오."

5백 초달군(軍)은 일찍 자리에 누웠다가 2경이 되자 흑의(黑衣)를 입고 얼굴과 손에 검은 칠을 했다.

어둠 속에서 서로 알아볼 수 있도록 머리에는 흰 거위 털을 꽂았다. 그리고

3경이 되어 북문을 나섰다. 북문은 산등성이와 붙어있어 용가군(軍)이 접근하기 어려웠고, 더욱이 저녁부터 비가 내려 기온이 뚝 떨어지자 경계를 서던 병사들도 몇 만 남기고 대부분 막사로 철수한 상태였다.

이 지역을 잘 아는 좌두성 병사들에게는 움직이기에 더 없이 좋은

밤이었다.

모두 도롱이를 걸치고 고양이처럼 이동하면서 공성기가 있는 곳에 도착했다.

초달의 병사들이 보초들을 몇 명 해치우며 군영을 살펴보았으나 쥐 죽은 듯 고요한 게, 밤이 왜 이리도 아늑하냐며 모두 깊은 잠에 떨어진 듯했다.

공성기들이 어둠 속에 괴물처럼 비를 맞으며 서 있었다. 초달이 지시했다.

"인화 물질과 기름을 공성 탑과 사다리, 투석기에 쏟아 붓고 불을 질러라!"

현무군은 조별로 민첩하게 움직이며 각종 공성 장비들에 불을 붙였다.

"됐다, 돌아가자!"

현무군이 자리를 막 뜨자, 비마저 증발시키며 무섭게 타오르기 시작했다.

"불이야!"

"적이다!"

소리가 들리며 뒤집어졌다.

"공성기에 불이 붙었다-!"

"불이야!"

유금은 용가군에 불이 타오르자, 남문을 열고 용구의 진영을 습격했다.

용가군은 갑옷도 입지 못하고 창을 휘두르며 싸웠다. 전소채가 벌떡 일어났다.

"무슨 일이냐!"

"기습입니다."
"뭐?"
화들짝 놀라 나오니, 비 내리는 밤이었으나, 북문 하늘에 화광이 충천했다.
전소채가 발을 굴렀다.
'공성기를 노리는구나!'
군관이 보고했다.
"적(敵)들이 남문을 나와, 부장 용구의 영채를 공격 하고 있습니다."
"뭐? 남문을!"
전소채가 교활한 미소를 흘리며 기민하게 머리를 돌렸다. 그는 잔꾀의 총체로, 사오는 이 점이 마음에 들어 흑룡장군으로 임명했던 것이다.
'흐흐, 카라! 죽어도 문을 열지 않던 놈이 그깟 공성기에 겁을 먹었더냐!'
전소채는 동문을 쏘아보았다. 어둠 속에 동문은 아무 동정이 없었다.
'드디어 남문, 북문을 열었구나. 음.. 내가 움직이면 동문이 열릴 게다!'
하며, 필극과 철극을 불렀다.
"남문, 북문으로 달려라. 각기 5천을 끌고 가되, 불을 밝히고 요란 법석을 떨어라. 그리고 여기에 불길이 일거든 돌아와 현무군(軍)을 공격하라."
두 사람이 달려가자, 목곤과 변두를 불러 무어라고 여차여차하고 지시했다.
목곤과 변두가 5천씩 이끌고 어디론가 사라졌다. 전소채가 전령을

불러

"즉시 서문에 주둔한 실하에게 공격하는 척 변죽만 올리라고 하라."

"네!"

전소채 진영에서 병사들이 떠나는 걸 본 카라는, 그들이 북문과 남문으로 가는 걸로 판단하고 5천 군사를 이끌고 전소채 진으로 달렸다.

"와!"

"용가군을 주살하라!"

현무군이 성문을 열고 용가 진영에 들이치자 용가군(軍)은 당황했다.

진영은 순식간에 쑥밭이 되어갔다. 전소채가 다급히 영(令)을 내렸다.

"후퇴하라."

"도망쳐라!"

전소채가 허둥지둥 달아나기 시작했다. 현무군(軍)은 신이 났다. 용가의 중군 전소채가 도망치는 것이 아닌가? 카라가 영(令)을 내렸다.

"저 놈이 전소채다. 쫓아라!"

카라가 십여 리를 추격했으나 전소채는 뒤도 돌아보지 않고 도망을 쳤다.

현무군이 호대파산(山) 계곡에 막 들어섰을 때였다. 갑자기 징소리와 꽹과리가 요란하게 들리며 튀어나온 군사들이 현무의 허리를 끊었다.

"와!"

"죽여라!"

목곤이 이끄는 용가군(軍)이었다. 전소채의 명으로 매복하고 있었던 것이다.

계략에 빠졌음을 안 카라가 말머리를 돌려 황급히 목곤을 공격할 때

북과 꽹과리, 나팔소리가 나며 실하의 군(軍)이 협공해오고 도망만 치던 전소채까지 부대를 돌려 달려왔다.

현무군은 대열이 두 동강 나며 포위되었고 카라는 힘을 다해 도망쳤다.

한참을 달아나는데, 필륵과 철극의 1만이 또 나타났다. 카라가 한탄했다.

'내가 전소채를 쉽게 보았구나!'

한편

좌두성은 서문과 남문, 북문에서 맹공격을 받고 있었다. 멀리 카라 장군이 위급하다는 불화살이 오른 것을 보고 초달이 유금에게 말했다.

"대장군이 위험하오. 3천 병마를 이끌고 구해드리겠소. 장군은 성을 맡아주시오."

유달이 굳은 표정으로

"그렇게 하오. 성은 아직 2만이 있소. 반드시 장군을 구해 돌아오시오."

초달이 카라를 구하기 위해 말을 박차고 동문(東門)으로 달려 나갔다.

카라의 5천 병사 중, 살아남은 자는 겨우 천여 명에 불과했으나 그

나마 대부분이 부상을 당했다. 카라는 여러 곳에 상처를 입고 죽음을 예감했다.
'아, 어쩌나. 나 하나 죽는 것은 괜찮다. 좌두성이 무너지면 현무국이..'
그때 필극과 철륵의 뒤로 일대의 군마가 밀려들었다. 그들은 기병들이었다.
수천 개의 창이 반공을 끊을 때마다 낙엽처럼 쓰러지던 용가군이 견디다 못해 물러났다. 때마침 달려온 웅가의 용치가 이끄는 기병들이었다.
그들은 어제 저녁 좌두성 십리 쯤 도착해 연락할 방법을 찾다 한밤중에 성 밖 여기저기의 불길을 보고 전투가 벌어진 것을 알았으나
밤에 비까지 내리자, 피아의 식별이 어려워 지켜만 보다 함정에 빠진 카라를 발견하고 달려온 것이다.
"장군! 용치외다. 우리를 따라오시오"
카라 이하 현무의 군사들은 저승에서 형제를 만난 것처럼 반가워했다.
"오, 용치장군!"
하고 합류했다.
그러나 웅가군도 5천에 불과하여 성(城)만 보고 내달리던 도중에, 초달의 3천 기병이 달려와 추격군을 주살하고 호위하며 성으로 돌아갔다.
현무군은 다시는 꼼짝을 하지 않았다. 전소채는 다 잡은 카라를 놓치고 분노했다.
"웅가군이 훼방을 놓다니. 내 용치 이놈을 절대 용서하지 않으리

라."

한편 무자산성을 공격하던 굼보와 매궁도 피해만 늘어가는 공성을 중단하고 전소채가 시킨 대로 촌락을 다니며 초토화시키는 일에 빠져 있었다.

굼보도 처음엔 내키지 않았으나, 몇 번 해보니 수입도 생기고 부하들도 좋아해 열을 내며 빠져들었다. 염축은 속수무책으로 그들의 만행을 지켜볼 수밖에 없었다.

며칠 후, 매궁도 교대로 3천을 이끌고 나가 무자산 북쪽 오십 리의 건모홀을 약탈했다. 건모홀은 아비규환의 생지옥(生地獄)으로 변했다. 매궁이 촌장(村長) 집 마루에 앉아 여인들의 옷을 벗기며 낄낄댔다.

'흐흐,

이곳 계집들은 모두 반반하구나! 매가성(城)보다 훨씬 고운데, 성질은 훨씬 온순해! 그럴싸한 계집 이십 명만 골라 데려가 종으로 삼아야겠다.'

건모홀 소녀들은 매궁을 보고 더욱 자지러졌다. 매궁은 꼽추에 매부리코였다.

쥐 이빨 같은 옹니가, 말할 때마다 입 밖으로 당장 쏟아질 듯 드러났고 목소리는 더욱 소름이 끼쳤다. 겁에 질린 소녀들이 흘쩍거릴 때면

"까-악! 네 년들을 모두 죽이라는 명이지만, 너희들에게 특별히 덕을 베풀어 죽이지는 않고 종으로 삼겠다. 내게 가슴 깊이 감사해라."

그때

"적이다!"

소리에 매궁이 보니 약탈 간 병사들이 허겁지겁 쫓겨 오고 있었는데, 모두 다리를 끌거나 피를 철철 피를 흘리고 있었다. 매궁이 놀라 벌떡 일어났다.

잠시 후 한 떼의 군마(軍馬)들이 집을 포위하며 한 젊은 장수가 나타났다.

곰처럼 두툼한 가슴과 신조(神鳥)의 날카로운 눈을 가진 범상치 않은 장수였다.

손에는 큰 도끼를 들고 있었고 허리춤에 작은 도끼를 찌르고 있었다.

깃발엔 구관조를 수놓았고, 장수기(將帥旗)는 「읍루 소북」이라 쓰여 있었다.

매궁이

'읍루? 변방의 읍루는 오가의 일에 개입하지 않는데, 저 놈은 예사 놈이 아니다.'

고 생각할 때

"나는 읍루의 소북이다. 용가 사오의 졸개가 되어 악(惡)을 행하는 너를 없애, 아직 천도(天道)가 살아있음을 만천하(滿天下)에 알리겠다."

매궁은 그의 말하는 품새와 기도(氣度)에서 흔히 볼 수 없는 억센 기운을 느끼며 긴장했다.

군사는 이미 저 도끼에 거의 절단 났고 살아남은 병사는 지금 쫓겨 온 사백 뿐으로 보였다. 위기를 직감했으나 매궁은 태연한 척 격장지계(激將之計: 상대의 감정을 건드려 나의 의도대로 이끄는 계책)를 썼다.
"땅강아지처럼 토굴에 살면서 멧돼지나 잡는 족속이 천도를 입에 올리다니?
천도(天道)는 용기와 기백을 가진 자(者)만이 말할 자격이 있는 법. 소북! 나와 단 둘이, 무(武)의 고하(高下)를 겨루어 볼 배짱은 갖고 있는가?"
소북은 매궁의 저의를 알아차리고 말에서 몸을 날리며 도끼를 뽑아 들었다.
"듣던 중 반가운 소리. 날 이기면 누구도 너를 붙잡지 않을 것이다."
자신의 무공(武功)을 자신하는 매궁이 속으로 박수를 치며 검을 뽑자
소북이 뭐 생각할 게 있냐는 듯 곰처럼 달려들며 찍고 패고 후려쳤다.
"깡깡깡깡깡깡.."
치고 박는 도끼와 막고 베는 검(劍)이 뒤엉키며 사십여 합이 지나자 소북이
'한 가닥 하는 놈인데 용가검(劍)을 펼치는 듯하나, 광명정대함은 찾아볼 수 없고 눈과 귀를 속이는 마도(魔道)의 검술이 이것저것 섞여 있군.'
이라고 생각할 때, 매궁은 검으로 전해지는 힘에 심히 놀라고 있었다.
"사십 근(斤)이 넘어 보이는 도끼를 젓가락처럼 가볍게 휘두르다니!'
사실,
과거에도 누굴 두려워해본 적 없는 소북은 흑림(黑林)을 다녀온 후,

창해신검의 지도(指導)와 수많은 격투를 돌아보고 연마(研磨)를 거듭한 끝에 예전과 비교할 수 없는 일류(一流)의 반열에 올라선 상태였다.

마침, 현무국의 요청에 웅심(雄心)이 끓어오르던 소북은 선량한 사람들을 마구 죽이고 여인들을 괴롭히는 매궁을 보자 참을 수 없었다.

머리를 찍은 도끼를 매궁이 막는 순간, 작은 도끼로 허리를 후려치며 삼십여 합이 더 흐르자, 두 개의 도끼가 난폭하게 날고 회전하며 매궁을 몰아갔다.

'놈의 무공은 흑선들과 흡사하다. 이는, 오가에 각팔마룡의 세력이 뻗어있다는 의미!'

소북에게 내공이 밀리는 걸 느낀 매궁이 왼손으로 쇠갈고리를 꺼내 들었고

도끼와 부딪치는

"끼익 끼익 끼익"

소리가 병사들을 괴롭혔으나 또 다시 소북의 도끼질에 밀리기 시작했다.

매궁은 긴장했다.

'으음. 이러다 놈의 도끼질에 언제 머리통이 쪼개질지 모르겠다.'

내공도 내공이지만, 팔방(八方)을 찍어대는 도끼 바람도 무시 할 수 없었다. 읍루의 삭풍과도 같이 얼굴과 눈을 할퀴며 정신을 흔들어댔다.

문득, 매궁이 눈을 번득였다. 밤낮으로 연습한 비장의 수를 쓰기로 한 것이다.

도끼를 막은 매궁이

"얏!"
하고 밀다 휘청거리며 튀어나온 등을 보이자, 소북의 작은 도끼가 벼락같이 원(圓)을 그리며 등을 찍어갔다. 순간 매궁이 내공을 일으켜
"끙!"
하고 힘을 쓰자
"깡"
하고 도끼가 미끄러지며 소북이 비틀거렸고, 동시에 매궁이 회전하며 혹으로 타격해갔다. 신타공(神駝功: 신비로운 낙타 신공)을 펼친 것이다.
매궁이 지난 날, 흑룡궁을 방문한 흑무 타룡(駝龍)을 극진히 모시자, 이를 기특하게 여긴 타룡이 파격적으로 자기의 비술을 가르쳐주었다.
그는 본래 선량한 인물이었으나 가달성의 협박을 받아 어쩔 수 없이 용가의 일을 돕고 있었다.
"얘야, 혹을 부끄럽게 여기지 마라. 신타공을 배울 수 없는 「혹 없는 자」가 불행한 것이며 네가 더 없이 위험할 때 너를 지켜줄 불멸의 신공이니라. 단, 이 공력을 남의 생명을 해치는 데에는 쓰지 말아라."
고 역설한 후, 비결을 전수했다.
매궁은 불멸의 신공이라는 말에 용기백배했고 너무나 기뻤던 만큼 불철주야 연마했으나, 남의 목숨을 해하지 말라는 당부는 곧 잊어버렸다.
그 후, 전장(戰場)에 나갈 땐 꼭 갑옷에 혹을 감싸는 철판을 받쳐 입었다.

상상할 수 없었던 「혹」의 역습(逆襲)에 퍽- 하고 가슴을 가격당한 소북이 비틀거렸다.

매궁의 내공이 더 강했거나, 소북이 약했다면 가슴뼈가 부러졌을 것이다.

이어, 갈고리로 머리를 찍어가던 매궁이, 다급히 갈고리를 잡는 소북을 보고 모든 내력을 쏟아 부었으나, 소북의 손아귀는 찢어지지 않았다.

'왜, 안 찢어지지?'

사실, 소북은, 악탕카 가한이 하사한 천잠(天蠶) 장갑을 끼고 있었다.

장갑은, 잠신(蠶神)으로 불리는 신녀가 흑룡강 이무기의 기름과 운석 가루를 섞은 물에 흑잠의 실을 담가 다섯 번 삶은 후, 49일간 짠 것으로 극히 투명하여 눈을 부릅뜨지 않는 한, 잘 보이지 않았다.

그 옛날, 영웅 술호(術虎)가 읍루국을 세울 때 신녀국으로부터 받은 예물(禮物)이었다.

'이건 또, 무슨 공력(功力)이냐!'

하며 놀라는 순간, 소북이 오른손의 도끼 자루로 매궁의 머리를 찍었다.

"악!"

하고 매궁이 머리를 감싸며 쓰러지자, 이마에서 핏물이 주르륵 흘러내렸다. 이어 소북이 마혈(穴)을 짚으려는 찰나 하늘이 캄캄해지며

"칵!"

소리와 함께

집채만 한 괴조(怪鳥)가 내려와 양발로 매궁을 움켜쥐고 하늘 높이

사라져갔다.

병사들이 놀라 괴조가 날아간 북녘을 보는 사이 소북이 정신을 차렸다.

"용가 놈들을 체포하라."

동예의 병사들은 모두 무기를 버리고 항복했다. 군관 수덕이 물었다.

"포로들을 어찌할까요? 끌고 다니기 어렵고 밥도 없는데 죽여 버릴까요?"

소북이

"지은 죄를 생각하면 죽여야 하나, 차마 다 죽일 수 있겠느냐. 발뒤꿈치 힘줄만 자른 후 발가벗기고, 네 명씩 묶어 국경으로 돌려보내라."

명하고 포로들에게 말했다.

"죽이려다 목숨만은 살려주는 것이니, 다시는 못된 짓을 하지 말라."

수덕이 힘줄이 잘린 포로들을 발가벗긴 후 네 명씩 엮어 국경으로 떠나자, 소북의 병사들은 동예군 옷으로 갈아입고 동예군 깃발로 위장했다.

무자산(山) 아래는 서쪽에 굼보의 5천과 남쪽으로 동예군 부장 십고내가 이끄는 7천 병력이 있었다.

잠시 후, 「초토화」를 나간 매궁이 돌아온 걸로 알고, 십고내가 진문을 열자

동예군(軍)으로 위장한 읍루 병사 천 명이 밀려들며 진영에 불을 지르고 유린하기 시작했다.

뜻밖의 기습으로 아수라장이 된 진영 속에서, 적(敵)과 아군을 구분

하지 못한 동예 병(兵)들은 부딪치고 밟고 서로를 죽이며 쓰러져가다, 소북의 2천 정예가 들이닥치자 급기야 나 살려라 하고 뿔뿔이 흩어졌고, 십고내는 곰 같은 소북의 쌍도끼에 가여운 목숨을 잃었다.

한편 용가군영(龍加軍營) 5리 밖, 매궁 진영 쪽에 화광이 충천하자, 굼보가 새명에게 알아보라고 했다.
"동예군이 공격을 받고 있습니다."
굼보가 놀랐다.
"동예는 1만 명이나 되고, 무자산성은 우리가 지키고 있는데 누가 공격했다는 게냐?"
"어찌된 일인지 모르겠습니다."
"가만히 보고만 있을 수 없다. 네가 당장 1천을 이끌고 도와줘라."
"넵!"
새명이 동예 진영으로 달려갈 때, 현무 깃발을 펄럭이며 한 떼의 병사가 가로막았다.
"나는 마음(馬陰)이다. 어디로 가느냐?"
새명이 호통을 쳤다.
"마음(馬陰)? 정력이 그리 세면 네 집구석 이불 속에서나 놀지, 여긴 뭐 하러 기어 나왔느냐? 비켜라!"
마음이 대노했다.
"새명아, 동예군은 우리를 도우러 온 읍루군(軍)에 절단 났느니라."
'뭐? 읍루?'
이는 예기치 못한 일이었다. 읍루가 참여했다는 사실에 놀란 새명이 달려들었다. 찌르고, 베며 칠십 합을 겨루었으나 승부가 나지 않을 때 소북이 도착했다.

소북이 동예진영을 습격하기 전, 염축에게 사람을 보내 상황을 알리자,

염축이 산성에서 용가군을 내려다보다 마음(馬陰)을 보내 길을 차단한 것이었다.

소북이 폭풍처럼 밀어붙이자 마음의 창이 번득이며 크게 당황한 새명을 찔렀다.

용가 1천을 없앤 소북과 마음이 용가의 굼보가 있는 곳으로 달려갔다.

굼보는 염축이 전(全) 병력을 끌고 나왔으며 동예는 전멸했고 새명이 죽었다는 소식에

"철군하기엔 늦었다. 전소채 때문에 내가 여기에서 죽는구나!"

하며

4천을 이끌고 진문(陣門)에 나서 기다리다 현무 5천, 소북 3천과 마주했다.

소북을 처음 본 굼보가 소리쳤다.

"나는 용가의 굼보다. 넌 누구냐?"

소북이 대답했다

"나는 읍루의 소북이다. 백성을 학살한 용가의 만행을 응징하러 왔다."

더 없이 호쾌한 소북의 기상(氣像)에 굼보가 고개를 끄덕이며 물었다.

"나와 겨루어보겠느냐?"
여느 잡것들과는 다른 기도(氣度)를 느낀 소북이 정중하게 대꾸했다.
"내 도끼를 받아보겠소?"
하며
말을 달려 나갔고 굼보는 천라도(天羅刀)를 휘두르며 맞섰다. 도끼와 천라도가 부딪치길 팔십여 합, 범과 곰이 싸우듯 승부가 얼른 나지 않자
굼보는
'음, 무공이 이리 높다니'
하며 감탄했고
소북도
'과연, 역전(歷戰)의 노장!'
하며
더욱 집중하며 싸웠다. 싸움이 길어지고 빨리 승부가 나지 않자 굼보는 마음이 급해졌다. 그때, 도끼를 휘두른 소북이 허점을 드러내자 천라도(天羅刀)로 훅 그었으나 소북이 왼손으로 칼날을 꽉 잡았다.
굼보가 대뜸 칼을 비틀었으나 손은 잘리지 않았고 칼도 빠지지 않았다.
"음?"
하는 순간 소북의 큰 도끼가 벼락 같이 굼보의 정수리에 떨어졌다.
"컥!"
소리를 끝으로 굼보가 마하(馬下)에 굴러 떨어졌다.
염축은 소북의 무예에 놀라며, 병사를 몰아 공격했고 수덕도 읍루

군을 몰아 공격했다. 얼마 안가 전의를 상실한 용가군(軍) 모두 무기를 버리고 투항했다.

좌두성(左頭城)의 혈전

굼보와 매궁을 무너뜨린 후, 염축과 소북이 무자산 아래에서 만났다.
염축은 1만 동예를 해치운 장수가 홍안(紅顔)의 소년 장수인 걸 보고
'읍루에 이런 소년(少年) 영웅이 있었다니!'
하고 감탄했다.
"장군, 진정 고맙고 반갑소이다."
하며 소북의 손을 덥석 잡자, 소북이 물었다.
"성주님, 좌두성(城)을 도우러 가실 겁니까?"
"네,
지난번 카라 장군이 기습해 공성 장비들을 불태웠으나, 전소채의 계략에 빠져 우리도 피해가 많았습니다. 우린 약하고 저들은 강합니다.
흑룡 2만은 정면으로 맞서기 어렵소. 스스로 물러가도록 해야 합니다."

소북이 두 눈을 동그랗게 떴다.
"전소채가 스스로 물러가다니요?"
"흐흐흐, 용가군의 군량과 마초는 모두 후방 엽혈(葉穴)에 있습니다. 우리가 이곳을 불 지르면 용가군도 오래 버티지 못하고 물러갈 것입니다.
백리 이내 촌락을 지들 손으로 불 질렀기에 엽혈의 군량(軍糧)을 잃고 나면 어디에서도 밥 한 끼, 물 한 그릇 얻어먹을 수 없을 겁니다."
소북은 묘책이라고 생각했다.
"제가 하겠습니다. 거리가 얼마나 됩니까?"
"고맙소, 장군이 가주시면 안심이 됩니다."
염축이 지도를 펼쳐놓고 지형을 설명했다.
"엽혈은 여기서 동남쪽 5십 리에 있습니다. 라필이라는 자(者)가 5천으로 지키고 있습니다. 길을 잘 아는 우리 병사들과 함께 가시오. 나는 박포이산(山) 밀림에 숨어 있다가 용가의 지원병이 오면 기습하겠소."
염축과 소북은 각기 목적한 곳으로 떠났다.
엽혈을 지키는 장수는 라필로 사모창(槍)을 쓰는데, 용맹이 뛰어났다.
그는 은랑회(會) 출신으로 전소채, 쌍영자와 달리 은랑회주 백원랑에게 직접 부탁해 부하로 삼은 자였다. 그는 선봉에 서서 전공을 세우고 싶었으나 후방에서 군량미와 마초를 지키며 따분하게 지내고 있었다.
처음엔 순찰도 직접 돌며 철저히 관리했으나 한 달이 지나도록 아무 일이 없자 계집 생각도 나고 노름을 하고 싶어 손이 근질근질했다. 그동안 억누르고 살았던, 도적 집단 은랑회에서의 습성이 나타났다.
'그렇지. 싸움터는 오십 리 밖이고 우리가 현무의 성들을 포위하고 있어 어느 누구도 올 수도 없다. 또 나의 사모창에 감히 누가 대항하겠는가!'
라고 생각한 라필은, 순찰과 군량 관리를 부하에게 맡기고 귀뚜라미 싸움이나 도박 아니면 인근 부락에서 아녀자를 끌어와 술을 퍼마시며 놀고 있었다.

염축은 무자산성에 갇혀 있는 동안 나무꾼이나 사냥꾼, 약초꾼으로 변장한 정탐병(兵)을 계속 내려 보내 용가의 움직임을 파악하고 있었다.
소북은 염축이 붙여 준 사냥꾼 출신 병사를 앞세우고 산악을 가로질러 행군했다.
굼보의 패전을 전소채가 알고 대비하기 전에, 엽혈에 도착해야만 했다.
그날 밤, 엽혈에 도착했다. 용가의 병영은 곳곳에 불이 밝았으나 모두 잠자리에 들었는지 조용했다. 순찰을 도는 순찰병들이 보였지만 경계는 삼엄하지 않았다. 감히 여기까지 현무군이 오겠느냐는 교만과 나태함이 느껴질 정도였다. 소북은 열두 명씩, 다섯 개 조를 편성한 후
"너희는 동서남북, 중앙으로 침투해 경계병을 죽이고 군량, 마초가 쌓인 곳에 닥치는 대로 불을 질러라. 우리는 밖에서 불화살을 쏘겠다."

"예"
이어, 소북은 화특에게 명했다.
"2천을 끌고 정문으로 가, 용가 진영에 불이 타오르거든 불화살을 쏘며 들이닥쳐라."
2각 후, 진영으로 침투한 병사들이 흩어져 여기저기의 식량 창고와 마초에 썩은 생선기름과 짐승기름들을 쏟아 붓고 불을 지르기 시작했다.
불은 붙자마자 때마침 불어오는 밤바람을 타고 거세게 타올랐다.
"펑"
"펑"
"훅"
"후"
진영은 삽시간에 불길에 휩싸였다. 이를 본 소북의 병사들이 기다렸다는 듯 라필군(軍) 천막에 불화살을 쏘아대며 질풍처럼 들이닥쳤다.
"불이야!"
"적이다!"
놀란 병사들이 밖으로 뛰어나오기 시작했다. 라필은 술에 떡이 되어 자다 일어났으나, 야간 일로 얼마나 힘을 썼는지 다리가 후들거렸다.
"끙"
발가벗은 채 창(槍)을 꼬나들고 나와 보니 지옥 불같은 화염 속에 구관조 깃발이 힘차게 펄럭이고 있었다. 예기치 못한 읍루군(軍)이었다.
"읍루 군이 왜?"

크게 노한 라필이 창을 들고 눈에 띄는 대로 읍루 병사를 해치우며 좌충우돌 했으나,
자기를 향해 달려드는 군사들이 점점 더 많아졌다. 어느새 수십 명의 현무군에 둘러싸였다.
"흐흐흐흐, 이놈들 한꺼번에 덤벼라. 사모창으로 모두 목을 따주마!"
무예가 뛰어난 라필이 길길이 뛰자 병사들이 덤비지 못하고 주저할 때
"비켜라!"
천둥 같은 일성(一聲)을 지른 한 장수가 화광(火光)을 뚫고 도끼를 휘두르며 달려오고 있었다.
라필은 흥- 하며 창을 비껴들고 마주 달렸다. 술은 많이 먹었으나 놈만 잡으면 탈출할 수 있다고 생각하며 힘을 다해 창을 드는 순간 훅훅훅훅 허공을 감으며 사라진 도끼가 라필의 이마 정중앙에 박혔다.
가랑이가 떨리도록 무서운 솜씨였다. 이를 본 모든 병사들이 얼어붙었고, 용가군(軍)은 개미 떼처럼 흩어졌다. 이로써 군량기지 엽혈은 전소되었다.

전소채는 읍루군(軍)의 기습으로 무자산성(城)을 공격하던 용가군과 동예군이 참패하고 굼보까지 죽었다는 보고를 받자 큰 충격을 받았다.
"뭐라, 읍루군이?"
"네"

읍루의 소북에게 굼보가 죽고 매궁이 패했다는 보고를 접한 전소채가 대노했다.

변방의 열국은 신국(神國)의 정치를 간섭하지 않는 게 단조(檀朝)의 조법(祖法)이었다.

"뭐? 읍루가 감히?"

용구가 대답했다.

"짐작도 못했습니다. 매궁, 굼보가 당한 걸 보면 소북이라는 자가 보통이 아닙니다."

"매궁은 어떻게 되었나?"

"소북과 겨루다 쓰러졌는데, 하늘에서 괴조가 낚아채 갔다고 합니다."

"괴조?"

예기치 못한 일이다. 밀림에 있어 밖으로 나오거나 열국의 다툼에 개입한 적이 없었던 읍루가 현무국을 돕다니. 급히 장수들을 불러들였다.

목곤이 말했다.

"대장군, 읍루가 왜 끼어들었냐는 것보다 급한 건 엽혈이 위험해졌다는 것입니다. 굼보군이 무너졌으니 엽혈의 수비를 늘려야겠습니다."

전소채가 끄덕이며 막 지시를 내리려 할 때, 정탐 병이 급히 보고했다.

"엽혈 방향으로 화광이 충천하다고 합니다."

전소채 이하 모두 놀라, 남쪽 하늘을 보니 엽혈의 하늘에 연기가 가득했다.

출기불의였다. 전소채가 목곤에게 명했다.

"즉시, 기병 5천으로 엽혈을 구하시오."
목곤이 명을 받고 나갔으나, 전소채는 그래도 마음이 놓이지 않았다.
변두에게 명했다.
"읍차는 3천을 이끌고 목곤을 도우시오."
변두가 떠난 후 새벽, 전령이 보고했다.
"엽혈이 전부 타버렸고 라필 장군은 소북의 도끼에 죽었다 합니다."
"왁!"
전소채가 분을 참지 못하고 소리를 지를 때 또 다른 전령이 들어왔다.
"읍차 목곤의 부대가 박포이산에서 염축의 매복군에 전멸했다 합니다."
전소채가 화를 냈다.
"변두는 뭐하고 있었던가?"
"박포이산은 한 번 들어가면 나오기 힘든 지형으로 현무군(軍)이 요지를 점하고 화공(火攻)을 구사해 달리 방법이 없었다고 합니다." 기가 막혔다.
하루 사이에 병사 1만에, 장수 넷과 군량을 전부 잃었으니 더 이상 싸울 수 없었다.

다음날, 용가군이 물러가기 시작했다. 좌두성의 장군 카라가 말했다.
"염축과 소북 장군이 굼보의 5천 병마와 동예 1만을 깨뜨리고 군량기지 엽혈을 불 태웠다하오. 용가(龍加)는 어쩔 수 없이 포위를 풀고 물러가고 있소이다."
"어쩔 계획이십니까?"
하고 초달이 묻자, 카라가 수염을 쓰다듬으며 엄숙한 얼굴로 대답했다.
"우리 가한이 자리를 비웠다고 쳐들어와, 백성들을 마구 죽이고 노예로 끌고 간 놈들이오. 온전하게 보내주면 반드시 다시 침략해 올 것이오. 장래를 위해서라도 기필코 놈들을 응징(膺懲)하여야만 하오."
카라가 벽에 걸린 지도를 보면서 명을 내렸다.
"초달은 3천을 대병력으로 위장해 후미를 치고 빠지며 괴롭히기만 하시오."
초달이 영을 받고 나갔다.
"유금은 1만 병사를 이끌고 새비산(山)에 매복하시오. 새비산의 능선은 경사가 급해 궁수(弓手)들을 숨기기 좋으니, 쇠뇌 부대도 데리고 가시오. 나는 나머지 병사(兵士)들과 함께 「찰란벌」로 가겠소이다."
좌두성 성주 어소터가 놀라 물었다.
"장군, 거기는 용가의 국경입니다."
"알고 있소. 우리 영토에서 몰아내는 것만이 능사가 아니오. 우리도 놈들을 쳐야 하오."
카라가 전령을 불렀다.
"염축에게 가서 초달을 도와 놈들이 영토를 벗어날 때까지 공격하되, 반격하면 즉시 후퇴하고 돌아서면 다시 기습하며 괴롭히라 전하라."
다른 전령을 불러

"이 서찰을 읍루국 소북님에게 전해라."
"네"
용가군(軍)은 진드기처럼 따라 붙는 현무군 때문에 한시도 쉴 수 없어 피로했다.
잠을 자려 누우면 꽹과리를 치고 공격할 듯하다, 움직이면 도망을 쳤고 돌아서면 다시 징을 치며 달라붙었다.
염축은 부대를 둘로 나누어 괴롭혔다. 후군을 노리는 초달의 군세는 대단했다.
전소채가 계략을 쓰려 해도
"용가군(軍)이 저 계곡에 숨어 있어요."
"정탐병이 언덕에 있어요."
"용대가리가 밥을 하고 있어요."
라고
현무의 백성들이 용가의 동정을 다 알려줘 속일 수도 없었다. 지칠대로 지친 전소채가 새비산을 지날 때였다. 첨병을 이끄는 군관이 달려와 보고했다.
"백장 앞에 돌과 통나무로 길을 끊었습니다."
전소채가
"막혔으면 뚫어! 그것도 내가 지시해야 되냐!"
고 소리를 지르자
"넵"
하고 군관이 몸을 내뺐다. 기병들이 말에서 내려 장애물을 치우려 할 때, 좌우의 숲에서 화살과 쇠뇌가 쉭쉭 날아왔다. 유금의 부대였다
"악!"

"큭!"

"억!"

"푹!"

용가군이 속수무책으로 죽어갔다. 전소채가 숲으로 돌진하라 명하자, 흑룡기들이 전진했으나, 말이 달리기에 나쁜 지형이라 쇠뇌와 화살을 맞으며 수많은 기병들이 마하(馬下)에 굴러 떨어졌다. 기병들의 사투 끝에 숲에 들어갔을 때에는 현무군은 모두 철수한 뒤였다.

죽고 다친 자가 3천이나 되었다. 전소채는 속이 쓰렸으나 행군을 계속했다. 기진맥진 「찰란벌」에 들어섰을 때 선두에서 전령을 보내 왔다.

"앞에 읍루군이 있습니다."

전소채가 놀라

"우리 영토까지 들어왔다는 것이냐?"

고 묻자

"5천 정도로 보이는데, 공격할까요?"

라고 묻자

용구가 패기 있게

"겨우 5천에 불과하고, 우리가 비록 패했다 하나, 남은 병력이 2만이 넘습니다. 우리 영토에서야 도망칠 수 있습니까? 당연히 싸워야지요."

하며

"나통성(城)의 벽독 성주에게 연락해, 소북의 뒤를 공격해 달라 부탁하시지요."

라고 말하자

현무 정복을 큰소리 쳤다가 체면이 뭉그러진 전소채는 울화가 치밀었다.
겁 없이 덤비는 소북을 찢어 죽이고 싶었다.
"그깟, 읍루군(軍) 5천에 여기저기, 시끄럽게 할 것까진 없을 듯하다."
전소채가 앞으로 가보니 좌우 언덕에 진을 치고 좁은 계곡을 막고 있었다. 싸움은 피할 수 없어보였다. 말 위에 높이 앉은 소북에게 물었다.
"나는 전소채다. 네가 소북이냐?"
소북이 도끼를 훅 돌리며 나섰다.
"네가 용꼬리에 빌붙어 사는 「작은 전갈」이냐?"
전소채는 소북이 빈정대자, 머리가 핵 돌았다.
"소북, 읍루가 어찌 오가의 일에 간섭하는 게냐. 후환이 두렵지 않느냐?"
소북은 물러서지 않았다.
"오가로 인해 백성이 도탄에 빠져있는데 열국인들 가만히 구경만 하겠느냐. 천하를 어지럽히는 흑룡과 전갈을 없애기 위해 나선 것이니라!"
소북 때문에 정벌을 실패한 마당에 소북이 훈계하자 전소채가 대노했다.
좌우를 돌아보며 말했다.
"누가 소북을 잡겠느냐?"
사오의 금의위 군관 출신, 용구가 힘차게 나섰다.
"음, 좋소."
용구가 말을 달려 나가자, 소북이 도끼를 수평으로 들고 마주 달렸다.
"창창창창.. 창창창창창창"
창과 도끼가 치고 박고 날자 삽시간에 일어난 흙먼지가 두 사람을 가렸다.
이어 오십 합이 지나 소북이 작은 도끼를 빼들자 찍고, 막고, 박고, 창을 걸고 머리를 패는 도끼들이, 줄에 묶인 석판처럼 돌며 용구를 몰아갔다.
뿌연 먼지 사이로 용구가 엉거주춤 밀리자 소북의 진영에서 함성이 터졌다.
한순간도 멈추지 않는 강한 도끼질에 용구가 도망치기 시작했다. 스스로의 무예를 자부해온 용구였으나 소북은 그동안 상대해온 자들과는 그 류(類)가 달랐다. 마치, 도끼를 든 두 사람과 싸우는 것 같았다.
도끼를 창(槍)으로 막으면, 동시에 날아드는 예측하기 어려운 각도의 또 다른 도끼가 무서웠고 도끼와 부딪칠 때의 충격 또한 바위를 때린 것만 같아 어깨와 팔꿈치의 통증으로 격전을 이어가기 어려웠다.
계속 싸우자고 거품을 물었던 게 자기였기에 꼬리를 말고 돌아갈 수 없어 일단 빙빙 돌며 역습 기회를 노리기로 마음먹을 때, 두 개의 빛이 무형의 공간을 훅훅 감으며 상하로 날았고, 용구가 몸을 돌려 도끼를 걷어내는 순간, 하얀 빛이 어른거리며 용구의 목에 박혔다.
상하쌍부(上下雙斧)의 수법으로 교란하고 수리검으로 목을 친 것이다.
백발백중을 자신하지 못한다면 감히 펼칠 수 없는 비검술(飛劍術)이었다.
"큭!"
"와-!"
소리와 함께 소북이 도끼와 수리검을 회수하자, 전소채가 분노하며 전군(全軍)의 진격을 명했다.
2만 병력이 전진하자 소북이 후퇴를 명하며 계곡으로 몸을 내뺐다. 이를 본 용가 군(軍)은 오랜만에 승기를 잡아 힘을 내어 뒤를 쫓았다.
읍루군을 쫓아 계곡 밖으로 막 밀고 나오자, 초원 좌우로 웬 병력들이 기다리고 있었다. 카라와 현무 귀갑군(軍)의 깃발이 펄럭이고 있었다.
"카라?"
전소채가 놀라 추격을 멈추자, 도망치던 읍루군이 말머리를 돌려 공격해왔다. 전소채가 급히 후퇴하려는 순간 화살비가 하늘 가득 쏟아졌다.
"악!"
"헉!"
"윽!"
"큭!"
수많은 병력이 굴러 떨어지자, 카라와 소북의 3만 기병이 밀려들었다.
"와!"
"망나니 전소채를 죽여라!"
병력 차는 크지 않았으나,
불리한 지형에서 역습을 당한 용가군은 힘을 쓰지 못하고 죽어갔다.

간신히 계곡으로 후퇴한 전소채가 부대를 정비해 상대하였으나 피해는 늘어만 갔다.

살아남은 용가군은 3천도 안 되어 보였다. 풍전등화와 같은 위급한 상황이었다.

그때, 갑자기 전소채가 머리를 풀어헤치고 손톱으로 얼굴을 파고 긁으며 귀신같은 목소리로 가달마황을 찾았다. 피가 철철 흐르는 얼굴로 부르짖었다.

"가달마황님! 우매한 저를 살려주십시오. 오늘 제가 살아나간다면 후일, 천하를 정복하고 반드시 가달마전을 크게 지어 올리겠습니다!"

전소채의 기도가 끝나자 계곡으로 들어오던 현무와 읍루군이 부대를 서서히 뒤로 물렸다.

용가의 군사들은 웬일인가 싶었지만 일단 살았다는 생각에 안도했다.

얼마 후, 적들이 모두 사라지고 보이지 않았다. 정찰을 나간 부하들이 소리쳤다.

"장군님, 아군입니다! 나통성(城)의 군사 같습니다!"

과연,

구원병이 달려오고 있었다. 전소채가 즉시 계곡 밖으로 달려갔다. 기병 5천을 이끌고 나타난 장군은 다름 아닌 나통성(城) 성주 벽독서였다.

전소채는 벽독서가 고마워 만나자마자 죽마고우(竹馬故友)처럼 끌어안으며

"고맙소. 성주 덕분에 내가 살았소."

라고 했고, 벽독서는 전소채의 두 손을 굳게 잡고 뜨겁게 환영했다.

"고생 많으셨습니다. 일단 우리 나통성(城)으로 가셔서 편히 쉬십시오."

벽독서는 용가의 맹장(猛將)으로 나이는 전소채 보다 많았으나 전소채를 극진히 대하였다. 전소채는 이런 벽독서의 언행이 너무도 흡족했다.

제9 권 　홍범구주(洪範九疇) 　계속

고조선 역사포털 소설
'구이원 [고조선]' 으로의
시공간 이동

http://blog.naver.com/bhnah

제1권 동 호
제2권 흉 노
제3권 해모수
제4권 창해신검 여홍
제5권 백두선문
제6권 조선 디아스포라
제7권 아바간성의 두 영웅
제8권 명도전 전쟁

고조선 역사대하소설
구이원(九夷原) 제 8권 - 명도전 전쟁

초판 1쇄	2024년 6월 20일

지은이	무곡성(武曲星)
발행인	나현
총괄/기획	경쟁우위전략연구소장 강성근
마케팅	강성근
디자인	안준원

발행처	삼현미디어
등록번호	841-96-01359
주소	고양시 덕양구 원흥1로 11, 1206-407호
팩스	0504-045-0718
이메일	kmna1111@naver.com
가격	16,500원
ISBN	979-11-983798-1-8(04810)

무곡성(武曲星) 2024, Printed in Korea.
- 이 책은 저작권법에 따라 보호받는 저작물이므로 무단전재와 무단복제를 금지하며, 책 내용의 일부 또는 전부를 이용하려면 저작권자와 삼현미디어의 서면 동의를 받아야 합니다.
- 파본이나 잘못된 책은 구입처에서 교환해드립니다.